BARBARA FRISCHMUTH

Der unwiderstehliche Garten

aufbau

BARBARA FRISCHMUTH

Der unwiderstehliche Garten

Eine Beziehungsgeschichte

Mit Illustrationen von
Melanie Gebker

aufbau

»Wir können sprechen«, belehrte sie die Tigerlilie, »wenn da jemand ist, mit dem zu sprechen sich lohnt.«

LEWIS CARROLL »ALICE IM WUNDERLAND«
TEIL II »HINTER DEM SPIEGEL«

Ich meine lumpige Sonne fällt EXAKT in Iris Allee nämlich was die Schwertlilien-Iris angeht wehten sie im Winterwind über die Schwelle des Vierkanters in D. usw.

FRIEDERIKE MAYRÖCKER »ÉTUDES«

Vielmehr will ich mich von Thema zu Thema tragen lassen, je nach Wetterlage und Unkrautstand, der mich bald in dieser, bald in jener Ecke des Gartens zur Pflicht ruft.

CHARLES DUDLEY WARNER
»MEIN SOMMER IN EINEM GARTEN«

Der Grund

Der Grund, warum ich dieses Buch schreiben kann, war ein Stück Grund, das mein Mann und ich 1987 erwarben, um ein Haus darauf zu bauen. Dieses Grundstück war bis dahin eine Wiese ohne Büsche und Bäume gewesen, die zweimal im Jahr gemäht wurde und auf der junge Ochsen nach dem Almabtrieb im Herbst, je nach Witterung, noch ein bis zwei Wochen grasten.

Ein Stück Hangwiese in den Alpen, auf ungefähr 800 Meter Seehöhe, bildete also den Grundstock für einen Garten, wie ich ihn mir seit langem erträumt hatte. Doch war es weder in Wien noch in dem Gestüt im Marchfeld, wo ich von 1970 bis 1977 lebte, je dazu gekommen. Aus verständlichen Gründen. Die Wiener Wohnung befand sich, das Mezzanin eingerechnet, im vierten Stock und hatte nicht einmal einen Balkon. Im Marchfeld lag es an den Pferden, die jeden meiner Pflanzversuche innerhalb kürzester Zeit zunichtemachten. Immer wieder gelang es einem oder einer ganzen Gruppe von ihnen, aus den Koppeln auszubrechen und sich über die bescheidenen Resultate meiner ziemlich dilettantischen Bemühungen herzumachen.

Das Einzige, was ich bis zur Essbarkeit über die Runden brachte, war eine äußerst bittere Radicchiosorte, Objekt meiner Schwangerschaftsgelüste, das selbst die Pferde verschmähten.

Anfang Juli 1988 konnten wir schließlich einziehen. Das Haus war zwar noch nicht fertig, aber einigermaßen bewohnbar. Eigentlich war es als Ferienhaus gedacht. Mein Sohn war fünfzehn und

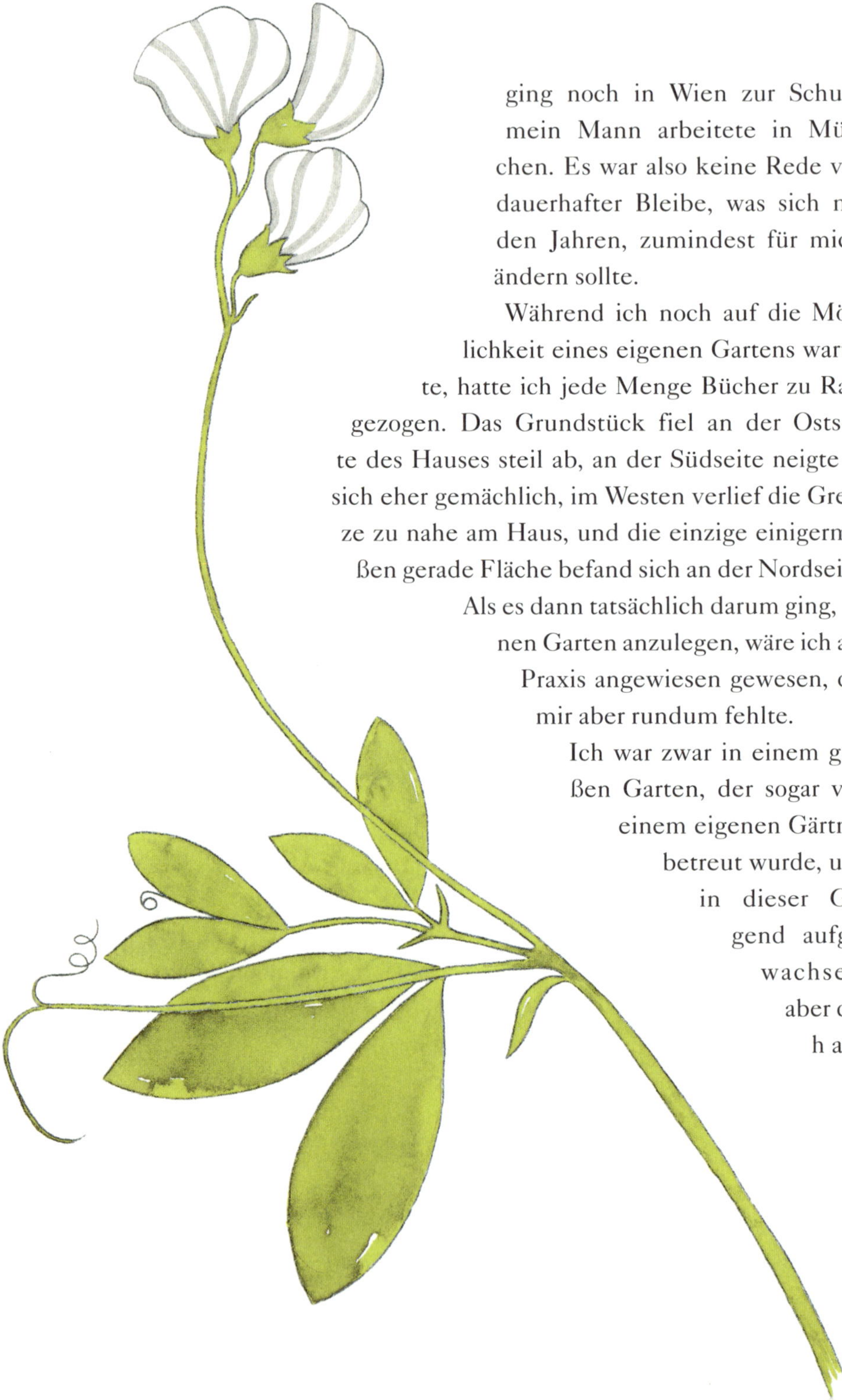

ging noch in Wien zur Schule, mein Mann arbeitete in München. Es war also keine Rede von dauerhafter Bleibe, was sich mit den Jahren, zumindest für mich, ändern sollte.

Während ich noch auf die Möglichkeit eines eigenen Gartens wartete, hatte ich jede Menge Bücher zu Rate gezogen. Das Grundstück fiel an der Ostseite des Hauses steil ab, an der Südseite neigte es sich eher gemächlich, im Westen verlief die Grenze zu nahe am Haus, und die einzige einigermaßen gerade Fläche befand sich an der Nordseite. Als es dann tatsächlich darum ging, einen Garten anzulegen, wäre ich auf Praxis angewiesen gewesen, die mir aber rundum fehlte.

Ich war zwar in einem großen Garten, der sogar von einem eigenen Gärtner betreut wurde, und in dieser Gegend aufgewachsen, aber das half mir nicht wirklich weiter. Es blieb nur die Methode von *trial and error*, die ich auch gehörig nutzte, indem ich meiner Phantasie entsprechend Raum ließ. Dabei verliefen die *trials* der vielen *errors* wegen (Überschätzung, Unterschätzung, schlichte Unwissenheit und unerfüllte Erwartungen) bei weitem nicht immer so, wie ich es mir gedacht hatte.

Es war die Zeit des aufkommenden Biogärtnerns, das in Büchern wie »Der Biogarten« von Marie-Luise Kreuter und der Zeitschrift »Kraut und Rüben« propagiert wurde. Dazu versorgte einen der damals noch als Geheimtipp für Eingeweihte geltende Wolf-Dieter Storl (meine Initiation erfolgte über sein bereits 1982 erschienenes Buch »Der Garten als Mikrokosmos«) mit der notwendigen Mythologie zu den notwendigen Kenntnissen.

Als promovierter Ethnologe, der auch einige Semester Botanik studiert hat, versucht Storl seinen Lesern das Verhältnis zwischen Mensch und Pflanze anhand von Sagen, Mythen, Überlieferungen von Naturvölkern, aber auch von *Sehern* wie Rudolf Steiner oder Dorothy Maclean aus Findhorn näherzubringen, wie er auch noch in der Einleitung zu seinem 1997 erschienenen Buch »Pflanzendevas – Die Göttin und ihre Pflanzenengel. Heilkunde, Kulturgeschichte, Mythologie und Religion der Völker« erklärt. Nämlich einerseits als Märchen für Erwachsene und andererseits mit seiner Erfahrung als Pflanzenkenner und Gärtner. Dabei nähert sich seine Erzählhaltung immer mehr der eines Schamanen an. Man kann das mögen oder nicht, jedenfalls stellt Storl eine große Anzahl an Querverbindungen zwischen den einzelnen Kulturen und der Rolle, die Pflanzen in ihnen spielten und spielen, her.

Wenn ich ihn recht verstanden habe, geht es ihm in Wirklichkeit darum, die Koevolution von Pflanze und Mensch mit all ihren Wechselwirkungen, gegenseitigen Zugeständnissen und Abhängigkeiten in einer Sprache zur Debatte zu stellen, die es schon lange gibt und auf deren Emotionalität man setzen kann. Während die Wissenschaft erst eine finden musste, um den harschen anthropozentrischen Ton loszuwerden, in dem die monotheistischen Religionen, Philosophie und Aufklärung Tiere in Nutz- und Wildtiere und Pflanzen in Nutz- und Unkräuter einteilten. Wobei der Mensch den anderen Lebewesen ihre Entwicklung vorgab, während er selbst sich über jede Form von Manipulation durch sie erhaben glaubte.

Was die Notwendigkeit einer Veränderung dieses Blickwinkels angeht, habe ich viel von Storl gelernt, auch wenn die geballte Kraft der mythischen und spirituellen Erhöhungen sich für meinen Geschmack gelegentlich zu sehr der Grenze zur Esoterik nähert und sich dabei im Übersinnlichen verliert. Was er jedoch aus seiner eigenen Praxis als Gärtner, seiner Erfahrung mit Heilkräutern und wilden Gemüsepflanzen erzählt, hat mich auf der Ebene des Praktischen überzeugt.

Im Besonderen wenn ich allein zu Hause bin, greife ich gerne auf Brennnessel, Giersch, Löwenzahn, Schafgarbe, Wegerich, Schlangenknöterich, Melde, Sauerampfer, Gundelrebe, vor allem Gundelrebe, *Glechoma hederacea* (Gund heißt im Altgermanischen Eiter, Beule, faulige Flüssigkeit oder Gift, was die Gundelrebe bekämpfen soll), Malve, Gänseblümchen, Bärlauch und Kresse zurück, wenn ich vitaminreiches frisches Grünzeug essen will, ohne mir deshalb gleich als Ziege vorzukommen. Im Gegenteil, manchmal fühle ich mich dabei geradezu privilegiert, nicht nur der Frische halber, auch wegen des exklusiven Geschmacks. Und Wildgemüse von der Wiese zu holen dauert auch nicht länger, als ins Dorf hinunterzugehen und Gemüse, das womöglich tagealt und schlapp ist, einzukaufen.

Parallel zu dem Stapel von Büchern, mit denen ich die Zeit, die der Garten mir ließ, verbrachte, wuchsen sich meine Zuneigung, mein Respekt und meine Sensibilität gegenüber Pflanzen zu einer handfesten Besessenheit aus.

Mann, Sohn und Freunde der Familie wollten meinen Missionierungsversuchen entgehen, indem sie sie entweder ignorierten oder sich der Mitarbeit verweigerten. Mein Mann mit gutem, das heißt mit dem schlechtem Grund eines chronischen Rückenleidens, mein Sohn mit der Begründung, dass Kinderarbeit verboten sei. Der Garten war und blieb mir überlassen, was den Vorteil hatte, dass mir niemand dreinredete.

Ich hatte immer schon die Nähe von Pflanzen und Tieren gesucht und ging an das Projekt *eigener Garten* mit der für Anfänger typischen Idealisierung sowie Emotionalisierung heran. Und wünschte mir nichts sehnlicher, als dem Geist oder den Geistern der Pflanzen, wie Storl sie zu erkennen glaubte, zumindest im Traum zu begegnen. Was mich nicht daran hinderte, mich auch des Öfteren an Jacques Monod und sein Buch über »Zufall und Notwendigkeit« zu erinnern (heißer Stoff in den Siebzigern), der die individuellen Ursachen jedes einzelnen Schrittes der Evolution für einen Übersetzungsfehler, eine *Störung* des normalen Ablaufs hielt. Im O-Ton: »Das ganze Konzert der belebten Natur ist aus störenden Geräuschen hervorgegangen.« Eine Lehrmeinung, von der die heutige Wissenschaft, darunter einer ihrer neueren Zweige, nämlich die Pflanzenneurobiologie, nicht mehr so ganz überzeugt ist.

Mir persönlich sind animistische Vorstellungen nicht fremd. Wahrscheinlich war ich schon immer davon ausgegangen, dass wir alle (Pflanzen, Tiere, Menschen) aus demselben Stoff gemacht sind und es daher selbstverständlich wäre, auf Ähnlichkeiten und Gemeinsamkeiten zu stoßen. Dass diese immer vom Menschen her bestimmt wurden (Anthropomorphismus), erschien mir unlogisch, vor allem dann, wenn sich nachweisen ließ, dass die Arten, die mit dem Menschen verglichen wurden, bereits vor ihm existiert hatten. Andersrum hätte es mir eher eingeleuchtet.

Dennoch nahm ich die Pflanzen, wie ich sie sah und so weit ich diese erkennen konnte, nach ihren Bedürfnissen. Fügte Vokabeln wie Wüchsigkeit, Blühfreudigkeit, Widerstandsfähigkeit, winterhart, trockenheitsresistent und feuchtigkeitsliebend in meinen Wortschatz ein, sprach von Pfeilwurzlern, Rhizombildern, Zwiebelgewächsen, von Pflanzen, die sauren oder kalkhaltigen Boden bevorzugten, sich in sandiger oder lehmiger Erde wohler fühlten, die in voller Sonne, im Halbschatten oder lieber ganz im Schatten leben wollten.

Kurz gesagt, ich klinkte mich in den Bestimmungs- und Pflegejargon ein, der Wachstum und Gedeihen versprach. Und das, ohne groß darüber nachzudenken, warum Pflanzen überhaupt wuchsen und dermaßen dominierten oder ob und wie sie das Geschehen um sich herum, einschließlich meiner Betriebsamkeit, wahrnahmen.

Anfang der sechziger Jahre hatte ich drei Semester an der Universität von Debrecen Finnougristik studiert und bei dieser Gelegenheit für einen ostdeutschen Professor schamanistische Gedichte (eher Gesänge) der Wogulen aus dem Ungarischen ins Deutsche übersetzt. Dabei hatte ich vieles über Schamanismus erfahren (weltweit verbreitete archaische Ekstasetechniken, die auch zu Heilzwecken angewendet werden). Das erleichterte es, mir unter einer spirituellen oder rituellen Grenzüberschreitung zwischen Tier und Mensch, wie sie zum Beispiel im Bärenkult der Wogulen praktiziert wurde, etwas vorstellen zu können. Ebenso wie der zwischen Mensch via Geistwesen und Pflanze, wie sie in den Büchern Storls oder denen des An-

thropologen Jeremy Narby beschrieben sind. Dennoch blieb ich im üblichen Sinn wissenschaftsgläubig.

Mir ist klar, dass Pflanzen in einer anderen Welt leben als wir und die anderen Tiere, in einer Welt, die jedoch in vielfältigem Kontakt mit der unseren steht. Und dass diese Welten einander nicht nur berühren, sondern auch durchdringen (wir essen Pflanzen, sie holen sich die Reste von uns wieder aus dem Boden). Obwohl diese verschiedenen Welten unter dem Einfluss eines massiven Verständigungsproblems auch in sich gefangen zu sein scheinen, hat das weder Pflanze noch Mensch, von den Tieren gar nicht zu reden, je daran gehindert, sich gegenseitig zu manipulieren. Die Pflanzen uns, indem sie durch Nahrung, die sie für uns produzieren, aber auch durch Drogen, die sie für ihre Abwehrkraft brauchen (vielleicht auch für ihr Vergnügen), jedoch auch für uns zur Verfügung halten, unser Leben und unsere Kultur beeinflussen, uns von Jägern zu Bauern, von Bauern zu Händlern werden ließen. Während wir durch bewusste Züchtung und forcierte Steigerung der Erträge ihre Form nach unserem Gutdünken und wesentlich schneller, als die Evolution je im Sinn gehabt haben mag, verändern.

Genauer betrachtet, leben die Pflanzen in einer viel umfangreicheren Welt als wir. 90 Prozent der Lebendmasse unseres Planeten besteht aus Pflanzen. Und nicht nur ihr Übergewicht, sondern auch ihre Übermacht dokumentiert sich vor allem in der Tatsache, dass ihnen ohne uns nicht viel fehlen würde, wir jedoch ohne sie und den Sauerstoff, den sie produzieren, nicht einmal lebensfähig wären.

Dies bedenkend, fällt es mir schwer, in Pflanzen noch immer jene passive, von Reflexen gesteuerte Biomasse zu sehen, deren einziger Sinn und Gebrauchswert es sein soll, gefressen oder gelegentlich zu Dekorationszwecken ausgestellt zu werden.

Hatte Descartes selbst die Tiere noch für rein reflexbedingte Wesen gehalten und ihnen jede Art von Empfindung, selbst die des Schmerzes, abgesprochen, zerbricht sich die neue wissenschaftliche Disziplin der Pflanzenneurobiologie heute den Kopf darüber, ob nicht sogar Pflanzen Schmerz empfinden können, wodurch die alte Position von »no brain, no pain« nicht mehr so ganz den Status eines Dogmas behält.

Immer öfter stellt sich die Frage, ob man Pflanzen rudimentäre Formen von Intelligenz oder bloß intelligentes Verhalten zugestehen soll. Dass ihre Wahrnehmung über Sehen, Tasten, Schmecken, Riechen und Hören (wie beim Menschen üblich) hinausgeht, ist inzwischen ausgewiesen, auch wenn sie anders sehen, tasten, schmecken, riechen und hören als wir. Aber doch nicht so anders, dass man es anders benennen müsste. Und dass sie infrarotes und ultraviolettes Licht wahrnehmen können, haben sie uns in jedem Fall voraus.

Inzwischen möchte man bereits wissen, ob Pflanzen lernfähig und zu zielgerichteten Handlungen imstande sind, wie sie sich miteinander verständigen und auf welche Weise und in welchem Umfang sie miteinander vernetzt sind.

Michael Pollan, der Autor eines ungewöhnlichen Buches über die gegenseitige Beeinflussung von Pflanze und Mensch mit dem Titel »Botanik der Begierde«, schreibt am Ende seiner letzten großangelegten Reportage in »The New Yorker« vom 23. Dezember 2013, deren Überschrift »Die intelligente Pflanze« lautet (Subtitel: Wissenschaftler debattieren über eine neue Art, die Flora zu betrachten): »Während ich Mancuso zuhörte, wie er die Wunder beschrieb, die sich unter unseren Füßen entfalten, schien mir, dass Pflanzen tatsächlich ein geheimes Leben führen, das sogar seltsamer und wunderbarer ist als jenes, das Tompkins und Bird beschrieben.«*

* Die mit * gekennzeichneten Zitate wurden von Barbara Frischmuth übersetzt.

(Peter Tompkins und Christopher Bird waren die Autoren des 1973 erschienenen Buches »Das geheime Leben der Pflanzen«, das weltweit zum Bestseller wurde, jedoch in wissenschaftlichen Kreisen wegen der teils nicht nachvollziehbaren Experimente sowie des esoterischen Touchs derart verpönt war, dass kaum mehr ein Wissenschaftler, der einen Ruf zu verlieren hatte, sich des Themas annehmen wollte. Die *Intelligenzforschung* an Pflanzen war dadurch über Jahre hin blockiert.)

Auch ich hatte dieses Buch damals gelesen, um ehrlich zu sein, verschlungen, doch während ich schlang, regte sich immer mehr Skepsis. Da schien mir die Ethnobotanik eines Wolf-Dieter Storl vertrauenswürdiger, die das Mythische als solches erkennbar beließ. Abgesehen davon, dass Storl kein ehemaliger CIA-Mann ist wie Cleve Backster (Fachmann für Lügendetektoren, der ein Galvanometer an das Blatt seiner Dracaena hängte und dabei Reaktionen der Pflanze feststellte, die er auf seine Weise interpretierte), lebt er selbst in einem großen Garten auf der Schwäbischen Alb.

Jeremy Narby bringt es in »Die kosmische Schlange« insofern auf den Punkt, als er meint: »Unter dem Einfluß der Ashaninca hatte ich begriffen, daß Praxis die höchstentwickelte Form von Theorie ist.« Wobei Praxis im Zusammenhang mit Pflanzen mehr ist, als Apparate an sie anzuschließen. Narby hatte Mitte der Achtziger zwei Jahre beim Stamm der Ashaninca-Indianer in Peru zur Feldforschung für seine Dissertation verbracht, aus der sich später das obengenannte Buch ergab.

Aber auch Storl hatte zu Anfang seines Studiums Kontakt zu einem nordamerikanischen Medizinmann, der ihn im Gebrauch von Heilpflanzen unterwies.

Das Wissen, das sowohl Narby als auch Storl unmittelbar aus der Praxis bezogen, arbeitet, wie ich meine, der neuen Pflanzenneurobiologie zu, auch wenn es sich einer anderen Sprache bedient. Es sieht so aus, als hätte jeder der beiden damals eine allgemein verständlichere Übersetzung für die *Sprache der Pflanzen* gefunden als die der Chemie, die sich nur nach und nach mit Hilfe einschlägiger Forschung entschlüsseln lässt.

Interessant ist, dass die Ergebnisse sowohl der ethnobotanisch-anthropologischen wie der neurobiologischen Forschungen im gegenwärtigen Stadium gar nicht so weit auseinanderzuliegen scheinen.

Jedenfalls ist in letzter Zeit viel Bewegung in die Methoden zur Ergründung des Wesens der Pflanzen gekommen. Und das bedeutet, dass die Beschäftigung mit ihnen, jetzt einmal abgesehen von der unmittelbaren Gartenarbeit, immer interessanter wird. Eine Beschäftigung, der ich mich ohne Rücksicht auf Rücken, Knie und arthritische Finger mit all der Neugier, die Pflanzen und ihr *geheimes Leben* noch immer in mir auslösen, widme. Was mich auch in der Hoffnung bestärkt, die Erinnerung an all das, was ich in den letzten 25 Jahren mit Pflanzen erlebt, von ihnen gelernt und über sie erfahren habe, noch lange wachhalten zu können. Schließlich würde ich all diese Erfahrungen noch gerne mit den Ergebnissen der gegenwärtigen Forschung vergleichen und sie vielleicht sogar damit in Einklang bringen.

Wozu ich allerdings weder die Erkenntnisse der Ethnobotanik und der Anthropologie noch die der Pflanzenneurobiologie brauche, ist die Einsicht, dass der Garten zu groß, für mich zu groß geworden ist. Es bleibt also gar nichts anderes übrig, als ihn Jahr für Jahr behutsam zurückzutrainieren. Die Betonung liegt auf behutsam, schließlich soll er ja noch als Garten erkennbar bleiben.

Angeblich kommt es nicht auf die Menge an, sondern … worauf eigentlich? Was macht überhaupt die Ansammlung von Pflanzen zu einem Garten? Ihre Prächtigkeit, ihr Wuchs, ihre Farben? Oder doch das Zusammenspiel? Die Anmut, die von Selbstaussäern und Keimlingen aus unverhofft zugeflogenen Samen sowie in den Töpfen der Gekauften als blinde Passagiere zugereisten Sämlingen ausgeht? Eine Anmut, die ein Beet jenem unverzichtbaren Hauch von Wildwuchs verdankt, der es erst zu einem gelungenen Beet macht?

Oder die dazugehörenden Insekten, ob Nützlinge oder Schädlinge, die Pflanzen ihre Abwehr in Stellung bringen lassen? All die Milliarden von Bakterien, Mikroben und sonstigen Bodenbereitern, die die Erde erst für die Pflanzen zuträglich machen? Von Bienen und Hummeln gar nicht zu reden. Oder den Ameisen, die all das anfallende Aas der Klein- und Kleinstlebewesen (alles ist sterblich in dieser Welt), aber auch der toten Vögel, die von keiner Katze gefressen wurden, beseitigen? Ebenso die Überreste von Spinnen, die mit ihren eingezogenen acht Beinen plötzlich daliegen wie ein Knopf mit Schlaufen.

Das alles gehört zum Garten. Die Kröten, die abends manchmal bis zum Haus kommen, angezogen von den vielen Insekten, die sich wiederum von der Gartenbeleuchtung anlocken lassen. Auch die Schnecken, die einen immer wieder zum Fluchen bringen, sowie all die sechsfüßigen Fressfeinde aus der Familie der Käfer. Die ich zu überlisten versuche, während sie mich meist gnadenlos austricksen.

Mag sein, dass erst das alles zusammen den Garten ausmacht, eine Ansammlung von Leben, in der Pflanze, Tier und Mensch ihren Platz finden. Oder ist der Garten doch nur ein Zoo für Pflanzen, die sich wie gefangene Wildtiere nicht mehr selbst erhalten können, sondern auf Menschenhand angewiesen sind? Auch das ist Garten. Wir alle hüten Gewächse in unseren Gärten, die wir zumindest gie-

ßen und mit ihnen entsprechender Erde versorgen, weil sie ansonsten in unserem Klima, bei unserer Bodenbeschaffenheit, in dieser Seehöhe nicht überleben würden.

Was also ist ein Garten?

Vielleicht werde ich bis zum Ende dieses Buches eine fundiertere Antwort auf diese Frage gefunden haben als die hier angedeuteten Ansätze.

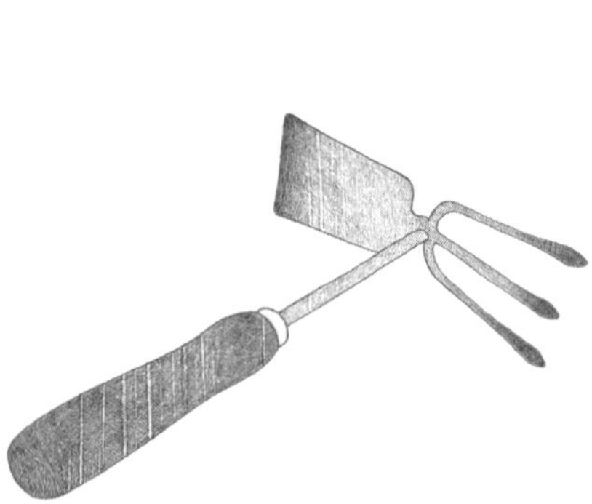

Der gegenwärtige Herbst, der im nächsten Kapitel schon wieder ein vergangener sein wird

Ein Blatt im Wind. Es ist das letzte. Ein scharlachroter Stern, der noch an seinem Stängel hängt, schaukelt am korkigen Ast des Amberbaums. Mit scharfer Kontur unter dem Nebelweiß des Himmels, das selbst die Berge weggewischt hat. Dicker Dunst liegt über den Dächern, die vor Nässe glänzen, obwohl es nicht geregnet hat.

Es ist Herbst, später Herbst. Die Farben der vorhandenen Blüten sind am Verglühen. Auf den Beeten liegt das zerkleinerte, noch vor kurzem leuchtende Laub der Bäume und Sträucher und verbräunt zu einer matten Rehfarbe. Im Frühjahr wird es nach all dem zu erwartenden Schnee so schwarz geworden sein, dass man es für Humus halten kann.

Dennoch fände ich jede Menge zu tun, würde mir die Kälte nicht die Finger steif machen und die Nase rinnen lassen.

Die Föhnperioden dauerten diesmal ungewohnt lange, all den angesagten Wintereinbrüchen zum Trotz. Die beinah durchgängig anhaltende Milde hat manchen Pflanzen viele weitere Blüten abverlangt. So als wäre der Frost aufgeschoben bis zum nächsten Jahr.

Veilchen, die ich der Schnecken wegen in einen ausrangierten Römertopf übersiedelte, hatten sich im Produzieren einzelner Blätter erschöpft. Jetzt, im November, öffnen sich plötzlich die für den

Frühling gedachten blauvioletten Blüten, die sogar einen Hauch Duft übrig haben.

Auch brechen an ein paar Japananemonen (›Honorine Jobert‹ und ›Königin Charlotte‹) erneut kugelförmige Knospen mit purpurner Unterseite auf. Und da ich das meiste rundum schon abgeschnitten habe, wippen die Blüten weithin sichtbar in der warmen Brise.

Weißblauer kräftiger Eisenhut ist schon die längste Zeit stramm gestanden. Auch er kommt jetzt besser zur Geltung. Sind doch die Phloxe samt Kugeldisteln, Wolfsmilchen, Schafgarben und Fingerhüten bereits dabei, sich in Kompost zu verwandeln.

Eine kleine Chrysantheme vom Wochenmarkt mit großen ochsenblutfarbenen Blüten, die die ersten Nächte *draußen vor der Tür* schlecht vertrug (wurde wohl im Gewächshaus großgezogen), hat von da an geschmollt. Plötzlich entsinnt sie sich ihrer verbliebenen, seit Wochen meist von Blättern verdeckten harten Kugelknöpfe und verausgabt sich von einem Tag auf den anderen noch einmal wie im Rausch. In einer lodernden Farbe, der nur mit Staunen zu begegnen ist.

Als es dann ernst wird mit der Kälte, schneide ich ihre sieben Blüten ab und stecke sie in eine kleine grüne Unicum-Flasche (die Unterwegsration dieses Kräuterbitters), in der sie unerwartet lange halten.

Ein ständiges Abschiednehmen, das als Gefühl in der Bewunderung ertrinkt. Was in Pflanzen wie diesen auf molekularer Ebene wohl *passieren* muss, um ihr Blatt- und Blütenleben in solchem Überschwang enden zu lassen? Gedanken für den Winter, wenn ich die biologischen Prozesse nachlesen kann.

Jetzt schwingt alles, vibriert, zeugt von Üppigkeit und Verschwendung, von einem Sterben im Überfluss, das noch voller Begehren scheint und weiterhin wilde Bienen und Hummeln anlockt. *Sex in old age.*

Es ist die Zeit der ausgefallenen Sträuße auf dem Terrassentisch, damit ich sie vom Küchenfenster aus sehe. Der blendenden Herbstsonne ausgesetzt, werden die Farben immer klarer. Von der nachts zunehmenden Kühle erfrischt, halten sie der Auswaschung und dem Verbleichen über Wochen hin stand. Im Haus verwelken sie rasch, ohne den nächtlichen Kälteschock.

Krapprote Astern mit den letzten Bonica-Rosen um einen rotvioletten Hortensienkopf mit Grünstich drapiert, in einem gemusterten breitbauchigen Keramikkrug. Von Rosa nach Gelb changierende Blüten der Rose ›Cornelia‹ in einem kobaltblauen Glasbecher. Weiße Herbstanemonen mit tiefblauen Ziersalbeirispen und dem noch blühenden Stängel eines pinkfarbenen Phloxes in einer schlanken hohen Glasvase.

Ein vom Sturm geknickter Ast der Rose ›Hero‹, voller von der Kälte geröteter Knospen, mit den letzten weißen Cosmeen in einer blau-weißen chinesischen Miniamphore. Ein weiß und zart violett blühender Akanthusstängel mit den struppigen Samenständen der mandschurischen Strauchclematis in einem bernsteinfarbenen Flaschenhalsgefäß mit Krempe am Ausguss. Ein Schimmern, das auch noch im frühen Dämmerlicht wahrnehmbar ist.

Der Glanz färbt auf die eigenen Erwartungen ab.

Henne und Ei

Ich muss mich nicht fragen, wie es ist, alt zu werden. Ich altere täglich um 24 Stunden. Und nehme das herbstliche Farbenspektakel als Belohnung, als beschertes Glück, als Lust des Schauens und füge mich an jedem noch trockenen Tag erneut in die Fron.

Garten heißt Veränderung. Pflanzen tauchen auf und verschwinden wieder. Sie können zwar nicht gehen, jedoch fliegen. Anfangs im Pollen-, später im Samenstadium. Sie fliegen mit dem Wind, den Insekten und ihre Samen sogar im Leib von Vögeln.

»A hen is only an egg's way of making another egg«, meinte Samuel Butler, ein an der Evolutionstheorie interessierter Romancier und Essayist des 19. Jahrhunderts. So originell hat die seit jeher bewegende Frage, wer zuerst da war, die Henne oder das Ei, noch keiner beantwortet. Nämlich dass die Henne bloß eine Verfahrensweise des Eis sei, ein anderes Ei herzustellen.

Ein Gedanke, der zum Lachen reizt, was keineswegs gegen ihn spricht.

Auf Pflanzen bezogen, löst sich das Lachen genauso leicht aus der Kehle, bis es sich angesichts der im Rasterelektronenmikroskop mehrtausendfach vergrößerten Pollen der Molekularbiologin Maria Anna Pabst im Hals verklemmt. Sie hat die Bilder der Pollen auf Leinwand gedruckt, die mit farbiger Tusche ausgemalt wird. Tusche ist transparent, und man erkennt die raffinierten Strukturen dieser männlichen Geschlechtszellen der Pflanzen auf den großen Bildern sehr genau.

Aus dem Buch dazu, »Die Wunderwelt der Pollen«, erfährt man von den eingebauten Luftsäcken, die die Landung der Windreisenden sanfter machen sollen, bis hin zum erforderlichen Code, ohne den der auf der Narbe einer Blüte gelandete Pollen nicht akzeptiert und der auswachsende Pollenschlauch nicht durch die Röhre zu den Samenanlagen durchgewinkt wird.

Pflanzensexualität soll der menschlichen gar nicht so unähnlich sein. Beeindruckt von der Schönheit dieser Pollen, der Eleganz und Vielfalt ihrer äußeren Form, begreife ich, dass es auch hiebei um Gefallen, Begehren und Stimulation geht. Übrigens soll Maiglöckchenduft sowohl auf menschliche wie auch auf pflanzliche Spermien anziehend wirken.

Wäre also die Pflanze auch nur eine Verfahrensweise der Pollen, anderen Pollen herzustellen?

Oder nehmen wir die Samen, da die Pollen als Sündenböcke unserer zunehmenden Überempfindlichkeit (wahrscheinlich hervorgerufen durch übertriebene Hygiene und erhöhte Antibiotikamedikation) immer mehr in Verruf geraten. Wäre also die Pflanze nur eine Vorgehensweise der Samen, zu frischem Samen zu kommen?

Eine leichte Blickwinkelverschiebung, der sich auch der englische Pflanzenbiologe Nicholas Harberd in seinem Buch »Seed to Seed« bedient.

Harberd (jetzt in Oxford) war Leiter einer Forschungsgruppe am John Innes Centre in Norwich, East Anglia, die sich weniger mit den *shoots* als den *roots* der Ackerschmalwand (der Fruchtfliege der Botaniker) befasste und die Prozesse, die notwendig sind, um das Wachstum einer Pflanze zu ermöglichen, analysierte.

Die Versuchspflanzen wuchsen zu Hunderten in Harberds Labor, aber das genügte ihm eines Tages nicht mehr. Als er auf einem

Friedhof in der Umgebung eine frisch gekeimte Ackerschmalwand entdeckte, beschloss er, sie in kurzen Abständen zu besuchen, um zu sehen, wie diese Pflanze außerhalb der Laborbedingungen, sozusagen in freier Wildbahn, zurechtkommt und wie sie sich insgesamt in einer ihr mehr oder weniger adäquaten Umgebung verhält. Auch er maß die Vegetationsperiode nicht an der Blüte und ihrem Entstehen und Vergehen, wie wir das meist tun, sondern von der Keimung des Samens bis zu seiner vollendeten Reproduktion.

»Seed to Seed« ist im wahrsten Sinne des Wortes eine *tiefgründige* Arbeit, die sich mit den Molekülen der Pflanzen, ihren Zellen und Proteinen, mit wachstumsauslösenden und wachstumshemmenden Vorgängen befasst und vielfach Einblick in die *dunkle* Seite der Pflanzen, nämlich ihr Leben unter der Erde, gewährt, aber die Pflanze als Ganzes nicht aus den Augen verlieren möchte. Das Ganze bedeutet in diesem Zusammenhang nicht nur die Ackerschmalwand als solche, sondern das Leben überhaupt.

Auf einer seiner vielen Radtouren stach Harberd das von Regentropfen beperlte Blatt eines Brombeerbusches ins Auge, und er begann langsam zu erkennen: »Dass das Leben des Blattes, seiner Zellen, seiner Gefäße und Härchen, mit meinem verbunden war. Wohl kaum eine große Entdeckung. Bestimmt ist jedem klar, dass alles Leben miteinander in Beziehung steht? Aber diese kurze Erkenntnis war von einer besonderen Klarheit. Für einen Moment die Gewissheit, dass das Brombeerblatt und ich zu ein und derselben Natur gehörten. Und in diesem Augenblick beschloss ich, nach einer Ackerschmalwand zu suchen.«*

Zu diesem verwandten Leben gehört auch das Altern, das Schlaffwerden, das etappenweise Vertrocknen. Während ich sie mit dünnem Strahl befeuchte, halte ich meine Hand an das verknitternde, von braunen Flecken gezeichnete Blatt einer meiner Riesenpelargonien, die mir vorzeiten jemand aus Mallorca mitgebracht hat. So viel anders greift es sich auch nicht an als mein Handrücken. Beide lasch, sich verfärbend, mit einem deutlichen Hervortreten der Venen.

Und dennoch ist das Winterquartier der nicht Winterharten von einem Blühen erfüllt, das der Jahreszeit gar nicht angemessen erscheint. Die sich häufenden Sonnentage in diesem Herbst haben eine Milde erzeugt, die in den teils aus Treibhäusern, teils aus wärmeren Gegenden stammenden Pelargonien, Zyklamen, Schönmalven, Salvesien und einer gelben Topfrose Jugenderinnerungen wachruft, die sie nun, im geschützten Bereich, zu üppigem Blühen stimuliert. Gleichzeitig sehe ich es als einen Hinweis darauf, was die meisten von ihnen, vor allem jene riesigen rosa Pelargonien mit zartrotem Schlund und ebensolchen Rändern, aber auch die beiden normalwüchsigen mit den pinkfarbenen Blüten und dem mehrfärbigen Laub (olivgrün und schwefelgelb, manchmal auch eierschalenweiß mit angedeuteten Rottönen im Stängelbereich), den Sommer über draußen im Freien von Wind und Wetter, praller Sonne, Hagel oder schwergewichtigen Regentropfen erdulden mussten.

So sieht es aus, wenn wir tun, was wir können. Etwas in dieser Art vermittelt mir ihr entspanntes Umsichgreifen. Und das Milchweiß der viel zu großen Zyklamenblüten erklärt mir mit zur Schau gestellter Makellosigkeit, dass, wer aus einem Glashaus stammt, gerne in ein solches zurückkommt. Selbst wenn es sich nur um eine unbeheizte Veranda handelt.

Auch der Rosmarin blüht. Normalerweise tut er das erst im Jänner oder Februar. Und der Zieroregano mit den wie mit Reispuder bestäubten runden Blättchen, die sich nonchalant über den Topfrand lehnen, hat sich ein paar lilafarbene Blütchen aufgehoben, wie um mithalten zu können. (Die Phantasie geht immer mit einem durch.)

Während die Stinkende Nieswurz einfach ihre gezackten Blattfinger glänzen lässt.

Dennoch wird die Pracht sich demnächst erschöpfen und in einfaches Überleben zurückfallen.

Wann weiß eine Pflanze, dass sie altert? Wenn sie nicht mehr so viel Saft in ihre Blätter pumpt. Darin unterscheiden sich die Einjährigen, die zwischen Samen und Samen nur einen Sommer haben, von den Mehrjährigen, die bloß eine Schlafpause einlegen. Und kaum dass die Tage länger werden, wieder austreiben. Sich verjüngen und Blüten ansetzen, in denen erneut Samen reifen. Manchen von ihnen gelingt es, sich, so sie nicht zu stark zusammengeschnitten wurden, über die Jahreszeiten hinwegzuschwindeln und durchzublühen. Sie werden nur zwischenzeitlich etwas mickriger, um dann erneut zu erstarken, wenn die Umstände günstiger sind.

Irgendwann kommt auch ihre Zeit, je nach Art früher oder später. Manche Rosenstöcke schaffen es sogar über mehrere menschliche Generationen hinweg. Unsereins altert kontinuierlicher, wenn auch nicht unbedingt innerhalb einer Vegetationsperiode.

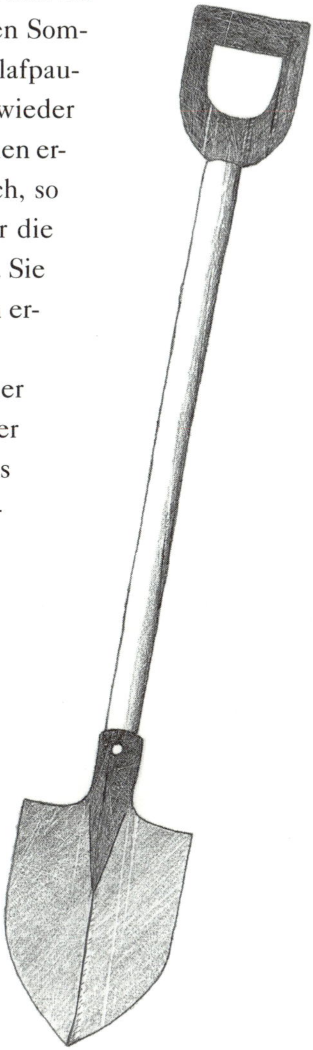

Einsicht in die Notwendigkeit

Ich werde langsamer. Oder vergehen die Tage schneller? Was ich früher mit links gemacht habe, dazu brauche ich längst beide Hände. Bevor ich einen Topf aufhebe, drehe ich ihn dreimal herum, um herauszufinden, ob er nicht doch zu schwer ist. Und lasse ihn dann stehen, bis jemand Kräftigeres vorbeikommt.

Natürlich mache ich noch das meiste selbst. (Was ist daran natürlich?) Und werde es wohl noch eine Weile machen. (Wunschtraum, Fiktion, falsche Selbsteinschätzung?) Aber der Gedanke, es nicht mehr zu können, beschäftigt mich.

Den Garten aufgeben? Das wäre die Schwertstreich-Methode. Weitermachen, als ob nichts geschähe, außer dass man eines Tages tot umfällt? (Absoluter Realitätsverlust.) Mein Rücken, meine Arme erzählen mir eine andere Geschichte.

Was also bleibt zu tun übrig? Ihn zu verkleinern auf das eigene Maß an noch sinnvoller Arbeit? Das funktioniert auf die Dauer nur (was heißt auf die Dauer?), wenn ich Beete auflasse, einiges an die Wiese zurückgebe. Und weniger Töpfe bepflanze.

So dachte ich schon vor Jahren. Und dachte ganze Winter darüber nach, welche Beete und welche Töpfe. Schließlich gehört beides zum Garten.

Wer je einen Garten kennen und lieben gelernt, geschweige denn ihn selbst angelegt hat, wird das Dilemma verstehen. Welche Beete und welche Töpfe? Es hat mich viel taghelles Kopfzerbrechen und nächtlichen Traumschweiß gekostet, um die ersten Entscheidungen zu treffen.

Versuch den Garten kaltblütig zu sehen, sagte ich mir. Wo rechtfertigt das Ergebnis den Aufwand noch und wo nicht? Welches Beet passt am wenigsten in seine Umgebung? Denk nicht an die Pflanzen. Die lassen sich anderswo unterbringen. Die Frage wo klammerte ich vorerst aus. Sie lenkte mich zu sehr von der Tatsache ab, dass ich Kräfte sparen wollte. Was das hieß, wurde mir erst klar, als ich zu verstehen begann, dass das Auflösen von Beeten noch anstrengender ist, als sie zu pflegen. Und was ich ebenfalls begriff: dass jedes Verschwinden eine Leerstelle hinterlässt.

Nicht überall war die Wiese so nah dran, dass man sich mit ihr hätte arrangieren können. Ich hatte vor etwa zwölf Jahren auf dem Rest Wiese zwischen den sich vergrößernden und vermehrenden Beeten den Boden abtragen und mit einer 20 Zentimeter hohen Schicht Flussschotter (das heißt gewaschenem Schotter, damit nicht jeder Flugsamen hängenbleibt und keimt) auftragen lassen. Einerseits weil ich plötzlich Gefallen am Geröll fand, andererseits wollte ich das Mikroklima damit verbessern. Steine speichern tagsüber Wärme und geben sie nachts wieder ab.

Manchmal neige ich zu radikalen Lösungen, auch wenn ich mich selbst dagegen sträube. Im Augenblick, in dem ich sicher war, dass das Dreiecksbeet in der äußersten oberen Ecke als Erstes der Arbeitsvermeidung zum Opfer fallen sollte, war klar, dass auch die angrenzende obere Hecke nicht bleiben konnte.

Der Garten ist von einer Blutbuchenhecke umgeben, nur der obere, zuerst angelegte Teil bestand aus gemischten Sträuchern: Hartriegel, Weigelie, Schneeball, Jasmin, Felsenbirne und *Rosa pimpinellifolia* mit schwarzen Hagebutten. Die wollte ganz und gar nicht wachsen, als ich sie anstelle eines verkümmerten Hartriegels pflanzte. Dazu kam im Lauf der Jahre noch ein Korkflügelspindelstrauch

(*Euonymus elatus*), auch Feuerbusch genannt. In dieser Gegend heißt er *Pfaffenhütchen*.

Das klingt nach erstrebenswerter Vielfalt, hat sich aber nicht bewährt. Manche der Büsche waren einander nicht grün und neigten sich voneinander ab (die gewalttätige Berberitze zum Beispiel war als Nachbar nur wenig beliebt). Sie alle hatten verschiedene Wuchsformen und Ansprüche und wurden nie zur Hecke, sondern blieben einzelne Büsche. Und ihre Zwischenräume gewährten den Rehen bereitwillig Zutritt zu den blühenden Stauden.

Dass ich mich mit der Zeit an ihren Anblick gewöhnte, heißt nicht, dass die Hecke auch als Hecke taugte.

Radikal, sagte ich zum ortsansässigen Landschaftsgärtner.

Mit dem kleinen Bagger? Er schaute ein wenig ungläubig.

Wenn es sein muss, mit dem kleinen Bagger.

Und was kommt an die leere Stelle?

Ein Senkgarten. Ich korrigierte sogleich. Ein Sitzplatz mit einer Steinmauer im Rücken, die den Hang auffängt.

Er nickte anerkennend. Damit es sich auszahlt?

Damit es sich auszahlt. Aber ich will einen realistischen Kostenvoranschlag.

Reines Geplänkel. Er hatte schon verstanden, dass ich wild entschlossen war.

Wir schritten die Hecke ab.

Der einzige Strauch, den du behalten solltest, ist das Pfaffenhütchen. Alles andere …

Ich wusste, was er sagen wollte, und fühlte mich wie eine Tierquälerin. Das Wort Pflanzenquälerin wollte mir noch nicht über die Zunge.

Wenn du sie irgendwo anders brauchen kannst, ich meine, du pflanzt doch immer wieder Hecken …

Er schaute mich mitleidig an. Wenn, sagte er. Wenn, dann komme ich darauf zurück.

Wir fixierten mit Kalkpulver und einer an einem Stock befestigten Schnur den Mittelpunkt des Kreises von zweieinhalb Metern Durchmesser. Er würde mit Steinen ausgelegt und an seiner oberen Grenze sollte eine Mauer hochgezogen werden. Eine Mauer von ungefähr eineinhalb Metern an der höchsten Stelle, dann auf beiden Seiten dem Hang folgend, bis der Höhenunterschied nur mehr 30 Zentimeter betrug.

Und die Pflanzen?

Noch standen wir neben dem, beim Kreisziehen bereits in dem aufzulösenden Beet.

Ich habe schon Abnehmer.

In drei Wochen kommen wir mit dem Bagger, bis dahin sollte das Beet geräumt sein. Es klang wie ein Delogierungsbescheid.

Ich begann in der Gegend herumzutelefonieren, wer was haben wollte, und fing an zu topfen. Auszugraben und zu topfen. Damit die Exilierten Zeit fanden, eine Weile, von Nachbarn ungestört, mit ihren Wurzeln auf gleich zu kommen. Um dann, von unten gestärkt, ins neue Quartier zu übersiedeln.

Dieses dreieckige Beet war in der Mitte und an den Rändern, die langsam von der Hecke in Beschlag genommen wurden, immer schon schwer zu bearbeiten gewesen. Man konnte nur schlecht darin jäten oder pflanzen, ohne den Bewohnern aufs Blatt zu treten. Auch schien der Boden reichlich verdichtet. Und die Pflanzen, denen das nichts ausmachte, hatten den neu Hinzugekommenen nach Kräften das Leben schwergemacht.

Wie immer hatte ich auch den Pflanzenbestand in diesem seit Jahren etablierten Beet unterschätzt. Bald gingen mir die Töpfe aus, und ich griff zu jenen schlecht genagelten Lattenkisten, an denen man entweder selbst oder Teile der Kleidung hängenbleiben. Zuletzt bat ich die Frauen, die ihr Interesse an bestimmten Pflanzen angemeldet hatten, ihre Männer mitzubringen und sich das Gewünschte, bitteschön, selbst auszugraben.

Als jener Tag und mit ihm auch der Bagger kam, nahm ich morgens ein Aspirin, damit mir das Blut nicht stockte, wenn ich die Büsche, die mich an die zwanzig Jahre zumindest gegen den Wind geschützt hatten, plötzlich *upside down* daliegen sehen würde.

Dann ging alles sehr schnell. Ein Lastwagen stand schon bereit, um das *Staudenzeug*, wie die Arbeiter sagten, in Empfang zu nehmen.

Ein Graben war entstanden, in den später die Verlängerung der Blutbuchenhecke gepflanzt werden sollte. Aber erst musste das Beet entwurzelt werden. Unglaublich, was da alles zum Vorschein kam. Sei es an Wurzeln, die die umgebenden Büsche in das Beet hineingeschoben hatten, darunter auch die kinderarmdicken einer Schlehe, die ich wegen invasiven Verhaltens schon vor Jahren ausgegraben hatte – bis hin zu Beinwellkeilen, die metertief in der Erde steckten. Dazu Reste der hohen Astern- und Herbstanemonenbüsche und was sich sonst noch im Boden festgekrallt hatte, nachdem niemand es haben wollte.

Wie weiß schimmernde Bandwürmer, verfilzte Wollsträhnen, ineinander verknotete Jungschlangen, von denen die Erde bröckelte, sah das aus, was da der Bagger auf den Laster kippte. Ich war versucht, mit den Händen nachzuhelfen, um zu sehen, ob tatsächlich alles, was wieder austreiben konnte, aus dem Boden geholt worden war.

Vergebliche Liebesmüh, meinte einer der schaufelnden Männer, dadrauf werden sowieso Steine verlegt.

Ich gab auf und begann zu überlegen, was ich in die Fugen der kleinen Mauer, die da demnächst entstehen würde, pflanzen wollte.

Anderntags sollte das Beet *versiegelt* und auf den Rändern, die der Kreis übrigließ, die üblichen 20 Zentimeter Schotter ausgebracht werden.

Da wächst kein Gras mehr, erklärte mir der Arbeiter mit der Scheibtruhe.

Ich war damals schon skeptisch.

Als der Sitzplatz fertig war und Gartentisch samt Gartenstühlen an ihrem Platz standen, schaute ich mich erleichtert um und fand, dass es gut war.

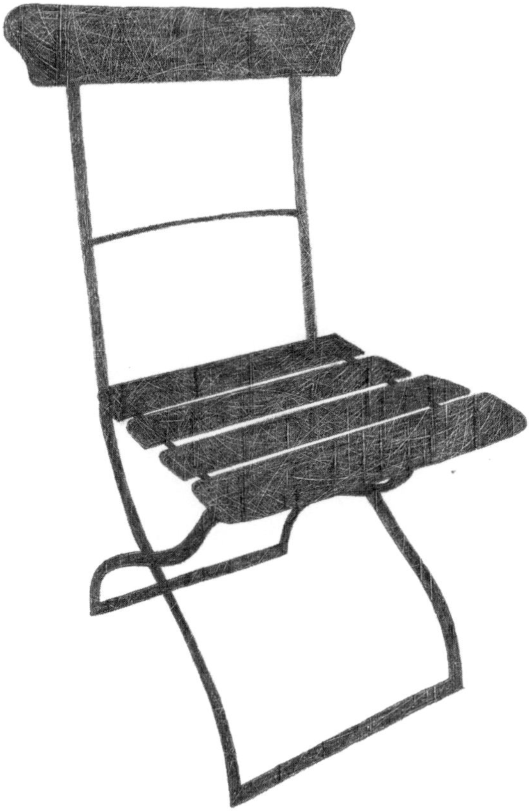

Das Schiefergestein schieferte noch immer, der Verfugungssand bröselte, und ich versuchte die oberen Steinbrocken der Mauerkuppe zurechtzurücken, was mir alleine nicht gelingen wollte. Im Gegenteil, ich klemmte mir auch noch die Finger der linken Hand, als ich sie unter einen der Steine schob, um ihn ein paar Zentimeter zu verrücken.

Von diesem neuen Sitzplatz aus gab es nun wieder eine Aussicht auf den See hinunter und die Trisselwand hinauf, den einzigen nicht von Nachbarsbäumen und neu errichteten Nachbarhäusern verstellten Blick.

Ich malte mir aus, wie ich schon im nächsten Frühsommer hier frühstücken und am Abend mit Mann und Freunden den Aperitif nehmen würde. Jetzt war Mitte Oktober, und am Morgen schien es zu frisch, um hier zu sitzen, und am Abend eindeutig zu kühl. Wie es in den Bergen eben ist.

Tagsüber aber war es noch warm, für hiesige Verhältnisse zu warm. Ich goss gewissenhaft die neue Blutbuchenhecke, damit ihr das Einwurzeln leichter fiele. Auch begann ich zu ihren Füßen, wo im Frühjahr als Erstes der Schnee schmelzen würde, Verschiedenes zu pflanzen. Dabei schob ich penibel den aufgebrachten Rindenmulch zur Seite, als verrichtete ich bereits Hebammendienste an den vielen kleinen Zwiebeln (ausgefallenen Sorten von Zwergtulpen, Schneeglöckchen, Traubenhyazinthen), die ich bei einer Pflanzenbörse in der Nähe von Wien erstanden hatte.

Das Pfaffenhütchen landete in der geschützten Ecke, in der die alte mit der neuen Blutbuchenhecke zusammentraf und in der gerade genügend Platz dafür war.

Am meisten aber lag mir das Bepflanzen der Fugen in der Steinmauer am Herzen. Kostbarer Raum (meist kleiner als der in einem Sämlingstopf), den ich in einen Minisenkrechtgarten verwandeln würde. Das wollte gut überlegt sein.

Nicht dass ich nicht selbst Ideen genug gehabt hätte, doch manchmal fällt auch einem routinierten Berufsgärtner etwas Ungewöhnliches ein. Ich sprach ihn darauf an, als er kam, um sich anzuschauen, was seine Arbeiter aus meinem Dreiecksbeet gemacht hatten. Aber er war in erster Linie Pragmatiker und Geschäftsmann und hatte so gut wie kein Verhältnis zu so kleinen Pflanzen.

Ich dachte, du wolltest dir weniger Arbeit machen.

Schon, aber die Natur und ich dulden keine Leerstellen. Irgendetwas muss in die Löcher.

Warum wartest du nicht ab, was von selber kommt?

Als er meinen Blick sah, besann er sich und meinte, Hauswurzen. Die sind nicht umzubringen. Und pflegeleichter gehts nicht.

Daran hatte ich auch gedacht. Sogar schon welche aus den überfüllten Tonschalen genommen, in denen sie weiter unten an einer hölzernen Plattform herumstanden. Es gibt eine Menge interessanter kleiner Steingartenpflanzen in den attraktivsten und bizarrsten Formen. Vielleicht zwei, drei der Fugen würde ich mit Hauswurzen bepflanzen, aber doch nicht alle.

Da ist so vieles, was bei dieser Gelegenheit getestet werden kann. Von Miniaturglockenblumen und -nelken über kleine Sedums, Saxifragen und polsterbildende Phloxe. Sogar einige meiner robusteren Aurikeln würden hier eine Chance auf ein Leben im Freien bekommen. So viele Zwergformen, angeblich vollkommen winterharte. Man muss nur herausfinden, welche das auch hier und in dieser Höhenlage sind.

Entspannung

Während ich tagelang angestrengt nachdachte, in Begeisterung verfiel und wieder verwarf, was die Gesamtwirkung unterstreichen und was sie stören würde, begann es zu schneien. Und das war gut so.

Je heftiger es schneite, desto mehr war mir und meiner *helfenden Hand* entzogen. Ich konnte lesen, schreiben und kochen, zu welcher Tageszeit ich nur wollte. Die Vögel mit Kernen füttern und den Kachelofen mit Holz. Und wenn mir der Sinn nach Verreisen stand, steckte ich *Birdies* (Plastikvögel auf Tonzapfen) in die Töpfe auf der Veranda, bat die Nachbarin, ein Auge aufs Haus zu haben, und war, jawohl, ein freier Mensch.

Wenn ich mich bückte, dann nur, um die Wäsche aus der Maschine oder die Teller aus dem Geschirrspüler zu holen. Stieg ich auf Leitern, dann um mir aus den oberen Reihen der Bücherregale ein altes Wörterbuch oder das Buch über die Quallen zu holen. Meine Hände wurden wieder geschmeidig, und wenn ich in einen Amaryllis-Topf (heißt heute Ritterstern) langte, dann reichte das nicht einmal für das Schwarze unter den Nägeln.

Noch jeden Herbst war ich mit trügerischen Hoffnungen wie diesen in den Winter gegangen. Hatte tatsächlich geglaubt, von nun an ein meinem Alter gemäßes Leben zu führen, mit täglichen Spaziergängen bei jedem Wetter. Nur starker Wind konnte mich davon abhalten oder tückisches Glatteis, bei dem ich mir vor Jahren einmal das Handgelenk gebrochen hatte.

Ich stapelte all die Bücher, die ich längst hatte lesen wollen. Das heißt, ich ordnete sie zu kleinen Stapeln (im Wohnzimmer, im Arbeitszimmer, im Schlafzimmer), versuchte tägliche Schreibzeiten einzuhalten und seit Monaten nicht beantwortete Post aufzuarbeiten, falls sie sich nicht schon von selbst erledigt hatte.

Sogar dem Kochen räumte ich mehr Zeit ein, suchte nach Rezepten, die ich immer schon ausprobieren wollte. Lud häufiger zum Essen ein und legte die Vogelbestimmungsbücher neben das Fenster, aus dem ich die beste Sicht auf die Futterhäuschen und schaukelnden Meisenkugeln hatte.

So kam ich meist gut und in einer Art Ruhestellung über die finstersten Wochen. Jedoch spätestens in jenen letzten Jännertagen, wenn Eis und Schnee sich gegen einen tiefblauen Himmel abheben, eine wolkenschlürfende Sonne über und nicht hinter den beiden Gipfeln des Sarsteins nach Westen zieht und schon eine halbe Stunde länger scheint, während die Vögel sich warmzusingen versuchen, holt es mich wieder ein. Dieses Stöbern in meinen Noel-Kingsbury-, Piet-Oudolf-, Beth-Chatto-, Helen-Dillon-, Monty-Don- und Jürgen-Dahl-Büchern. Oder ich nehme mir ein paar von den alten *Gardens-Illustrated*- oder *Hortus*-Nummern vor, blättere wie beiläufig darin und zerbreche mir den Kopf, womit ich in die neue Saison gehen werde.

Eine lachhafte Angewohnheit. Geht es doch schon seit geraumer Zeit darum, womit ich nicht in die neue Saison gehen werde. Anstatt neue Pflanzen zu ziehen, sollte ich mir eher Gedanken darüber machen, was entbehrlich ist, ohne dass mein Garten aufhört, ein Garten zu sein.

Mein Garten ... schon wie das klingt. Als könnte ich ihn einfach nehmen und in eine Umhängtasche stecken. Aber ich sage ja auch *mein Zahnarzt*, mit noch viel weniger Recht. Denn nicht ich kümmere mich um ihn, sondern er sich um mich, zumindest um meine Zähne.

Mein Garten. Ich warte ihn, gestalte ihn, soweit er es zulässt, nach meinen Ideen und fühle mich für ihn verantwortlich. Ähnlich dem bereits erwähnten Mikrobiologen Nicholas Harberd, der sich als Kontrast zu seinen vielen Laborpflanzen eine *wild* auf einem Friedhof wachsende Ackerschmalwand suchte und von da an nur mehr von *seiner* Ackerschmalwand sprach. Er besuchte sie so gut wie täglich mit dem Fahrrad, bis er eines Tages beinah einen Herzstillstand erlitt, nämlich als er zuschauen musste, wie eine Schnecke sich über seine Ackerschmalwand hermachte. Da musste er schon all seine wissenschaftliche Disziplin zusammennehmen (schließlich beobachtete er an ihr das Leben dieser Art in der freien Natur), um nicht einzugreifen.

Dabei geriet er sogar ins Schwitzen, das erst wieder aufhörte, als die Schnecke sich plötzlich abwandte. Offensichtlich war es *seiner* Ackerschmalwand gelungen, irgendwelche unangenehmen Substanzen in sich zu aktivieren, die der Schnecke das Weiterfressen vergällten. Obwohl Harberd diesmal nicht eingegriffen hatte, brachte er bei seinem nächsten Besuch eine Art Schutzgitter mit (das man sich wohl wie ein Nudelsieb aus feinstem Drahtgeflecht vorzustellen hat), das er über seine Ackerschmalwand stülpte. Und zwar mit der Begründung, er wolle von nun an beobachten, wie und ob die Pflanze sich regeneriere und wie weit ihre Selbstheilungskräfte reichten.

Besitzansprüche gehören nun einmal zu den ältesten Ansprüchen, die das Leben an seine Umgebung stellt.

Mach nur einen Plan

Selbst der Abstand, den ich über die Jahre hin zum Garten zu gewinnen versuchte, konnte nicht verhindern, dass es *mein* Garten war und blieb. *Mein* Garten und somit *meine* Pflanzen hatten längst damit begonnen, mir die Wechselwirkungen eines solchen Besitzverhältnisses vor Augen zu führen, und zwar mit Nachdruck.

Ich hatte einen Sinn für die Bedürfnisse *meiner* Pflanzen entwickelt, für das, was ihnen nottat, sie hatten im Gegenzug einen Sinn dafür ausgebildet, mich wissen zu lassen, was ihnen guttat. Und so scheute ich nicht davor zurück einzugreifen, wann immer ich glaubte, dass eine Art die andere zu verdrängen oder gar zu eliminieren drohte. Vor allem im Herbst, wenn die Beete übersichtlicher werden und meine Hände sich wie Mauswiesel auf die Suche nach den dicken Wurzelsträngen von Giersch, Schlangenknöterich, Gräsern und Minzen machen, die den Boden unterminieren. Um dann jederzeit und an jedem beliebigen Platz wieder an die Oberfläche zu stoßen und einen neuen Horst zu bilden, der anderen, meist weniger robusten Pflanzen Licht und Nahrung streitig macht.

Letztendlich ein vergebliches Unterfangen, ich weiß. Je mehr von diesen weißen bis gelblichen Verbindungsstücken ich kappe und aus dem Boden hole, desto hysterischer wird die betroffene Pflanze ihr Wurzelwachstum vorantreiben, um ihr mehrstöckiges Leitungssystem wieder instand zu setzen. Deswegen lege ich mich auch nur im Herbst mit diesen Rhizomisten an, hoffend, dass auch sie es leid sind, sich gegen Ende der Saison noch einmal ins Getümmel zu werfen. Dadurch gewinnen die im Herbst gepflanzten Neuen einen kleinen Vorsprung und wurzeln leichter an. *Meine* Pflanzen sollen alle ohne Ansehen der Blühfreudigkeit ihre Chance haben.

Nichts verlockt mehr zum Umgruppieren als ein milder, sonniger Herbst. Man hat noch im Kopf, welche Pflanze einem Herz und Sinne erwärmt hat und von welcher man im nächsten Jahr Wunder erwartet. Man hat Überschüssiges ausgegraben und ein wenig freien Raum geschaffen, um im Frühjahr mit Samen zu experimentieren oder im Herbst etwas zuzukaufen, dem man schon lange hinterher ist.

Ich hatte gedacht, du wolltest dieses Beet auflösen, sagt die Freundin, die sich ein paar von meinen wie Unkraut wachsenden Wolfsmilchen und Sumpfschwertlilien holen kommt.

Hab ich auch, antworte ich. So gut wie.

Und was ist das? Sie richtet den Zeigefinger auf ein paar frisch gesetzte Pfingstrosen (Päonien) neben und unterhalb der beiden Wilden vom Monte Baldo, die aus zwei extra für mich ausgerissenen, spärlich bewurzelten Seitentrieben innerhalb der letzten Jahre zu blühenden Horsten herangewachsen sind. Ungefüllt und in Heckenrosenrosa blühende Frühkommer mit dem frischen Parfum eines alpinen Frühlings.

Du siehst doch, dass alle Nicht-Pfingstrosen gerodet sind?!

Ich sehe nur, dass hier im nächsten Frühjahr mindestens neun Büsche blühen werden.

Wenn sie blühen. Pfingstrosen vertragen einen Ortswechsel nur schlecht. Sie sind über Jahre hin beleidigt. Wer weiß, ob ich so lange lebe. Und als sie mich zweifelnd anschaut, füge ich hinzu: Ich kann doch keine Pfingstrosen ausgraben. Das geht wirklich nicht.

Sie lacht und droht mit dem Finger, als habe sie mich bei einer Lüge ertappt. Hat sie auch. Denn erst neulich habe ich ihr erzählt, dass ich im Jahr zuvor eine *Paeonia tenuifolia* vor dem sie überwu-

chernden Frauenmantel gerettet und in die Nähe der Monte-Baldoianerinnen übersiedelt und dass sie schon in diesem Jahr wieder geblüht hatte.

Ich versuche ihr zu erklären, dass nicht alle Pfingstrosen sogleich beleidigt seien, wenn man sie verpflanzt, die meisten jedoch schon.

Ich hatte dieses südseitige Hangbeet ohne optische (ästhetische) Notwendigkeit vor Jahren um einen einsamen Rosenbusch (*Rosa damascena*) und einen gelben Ginster herum angelegt. Der Ginster war im darauffolgenden Winter von Hasen ganz und gar aufgefressen worden, was mich nicht weiter kränkte, weil er mir ohnehin zu staksig war. Von da an wollte ich das Beet als reines Experimentierfeld für fragwürdige Samenpäckchen (Blumenwiesen- und sonstige Mischungen) zur Verfügung haben.

Die meisten dieser schlampigen Experimente waren irgendwie fehlgeschlagen. (Schlampig bedeutet in diesem Zusammenhang, dass ich die Samen einfach ausstreute, darunter auch Samen, deren Pflanzen ich noch nie *in natura* gesehen hatte, nur um sie nicht wegwerfen zu müssen.) Entweder schauten sich die aufgegangenen Pflanzen nur einmal kurz um und beschlossen, dass es ihnen hier nicht gefiel. Oder es waren ohnehin Einjährige, die keine Lust zeigten, sich selbst auszusamen, was auf dasselbe hinauslief. Dennoch hatte so einiges auf diesem kleinen Hang seinen Platz gefunden, wenn auch ganz nach dem Kraut&Rüben-System.

Ein hübsches schwefel- bis dottergelbes Leimkraut hatte sich angesiedelt und war dann auch in anderen Beeten aufgetaucht. Die verschiedensten Wolfsmilcharten und Königskerzen, Borretsch, Erdbeeren und zwei übermächtige Schuppenköpfe, auf deren käsegelbe Skabiosenblüten die Bienen ganz versessen waren, hatten Fuß gefasst. In diesem Frühherbst war sogar ein einzelner, sehr filigraner scharlachroter Saatmohn (*Papaver dubium*) in unmittelbarer Nachbarschaft zur Damaszener-Rose aufgegangen, der mich zwang, entweder ihn anzuschauen und die Rose auszublenden oder umgekehrt, so schlecht passten die beiden farblich zueinander.

In Wahrheit war dieses Beet immer mühsam gewesen. Mehr Steine als Boden. Und was immer an Steinen ich herausholte, wuchs den Winter über nach. Der Kompost, den ich auftrug, rutschte während der neuerdings häufigeren Starkregen ab und erzeugte am Fuße des kleinen Hanges viel dichteren Bewuchs als im oberen Teil, was mich an die dichten Haarkränze unter beginnenden Glatzen erinnerte. Ich habe zwar aus den Versuchen gelernt, aber zur gärtnerischen Meisterleistung ist der Hang nie geworden. Und so stand er auf der Liste der aufzulösenden Beete ziemlich weit oben.

Bis ich die Idee mit dem kleinen Monte Baldo hatte.

Dass Pfingstrosen trotz all ihrer Attraktivität, was den Boden anlangt, nicht besonders anspruchsvoll sind, wusste ich schon. Auch sehen sie selbst dann noch gut aus, wenn sie verblüht sind. Ihre Blätter glänzen bis in den Herbst hinein, und manche von ihnen haben aparte Fruchtstände, deren hörnchenförmige Balgfrüchte irgendwann aufbrechen und kirschrote oder schwarz gefärbte Samen (manchmal beides zusammen) zur Schau stellen.

Auch hatte ich während der letzten Jahre bemerkt, dass Sämlinge von *Paeonia veitchii*, *P. mascula* und der sehr früh und ganz in Weiß blühenden *P. japonica* aufgegangen waren. Ich grub sie im Sommer aus, setzte sie in Töpfe, damit sie von anderen Pflanzen unbehelligt ihre Wurzeln stärken konnten, und pflanzte sie im September in den kleinen Hang. Dazu kaufte ich bei Kress in Orth im Innkreis noch drei weitere Halbwilde, nämlich *P. officinalis* ›Fritzi‹, *P. peregrina* und *P. x smouthii*. Und das alles im Hinblick darauf, dass der Hang sich in den nächsten Jahren zu eben jenem kleinen Monte Baldo entwickeln würde.

Und was zwischen den Pfingstrosen von selber wächst?

Schon gut, schon gut, sage ich. Ich gehe davon aus, dass die Pfingstrosen den kleinen Hang besetzen werden. Und überhaupt, am Monte Baldo gibt es auch keinen Gärtner, der jätet.

Wir werden sehen, sagt die Freundin.

Du wirst sehen, sage ich.

Jetzt, wo alle meine Päonien, die zwanzigjährigen genauso wie die in diesem Herbst verpflanzten Sämlinge, die Jährlinge und die Zweijährigen, unterm Schnee sind, träume ich von einer wundersamen Blattvermehrung und versuche mir auch die Blüten jener drei Kress'schen vorzustellen, die ich nur aus dem Katalog kenne und die mindestens zweijährig sein sollen, also blühfertig.

Bei den Sämlingen aus dem Garten wird es wohl ein paar Jahre dauern, bis sie ihren ersten, als solchen erkennbaren Auftritt haben.

Beinahe wäre ich versucht gewesen, ihnen mehr vom hauseigenen Kompost hinzustreuen, aber dann musste ich an all die überfütterten Hunde denken, die an ihren Leinen hängen, und ließ es. Dazu kam mir die Frau eines unserer ehemaligen Gärtner in den Sinn, die ich auch noch besuchte, als sie nicht mehr bei uns wohnte. »Ein Vielfraß wird nicht geboren«, sagte sie, »sondern erzogen.« Wenn ich noch ein Butterbrot wollte. Das war allerdings in den Kriegs- und ersten Nachkriegsjahren, als der Vielfraß ohnehin noch ins Reich der Fabel verbannt war.

Sich vorzustellen, wie etwas aufgeht, das man gesät hat und das dann allmählich die Größe erreicht, die man vor Augen hatte, noch bevor man gesät oder gepflanzt hat, gehört zu den *beglückendsten* Seiten des

Gartens. Natürlich erscheint das Bild, das man sich macht, immer in der perfekten Endgestalt, blattschön und farbensatt. Wohingegen man sich in der Realität schon freut, wenn das Pflänzchen, die Pflanze wenigstens die Absicht erkennen lässt, sich in ihren Bauplan zu fügen. Selbst wenn die Blätter Spuren von Insekten- und Schneckenverbiss aufweisen und Farbe und Anzahl der Blüten hinter dem Erwartbaren zurückbleiben.

Je radikaler die Veränderungen im Herbst, desto höher die Erwartungen im Frühjahr. Der steinerne Sitzplatz war mit ein paar Hauswurzen in den Fugen durch den Winter gekommen, und im April besorgte ich Polsterglockenblume und Polsterphlox, um zu sehen, ob er aus diesen Fugen genauso ordentlich und wie geleckt herauswachsen würde wie sonst überall.

Vor lauter Suchen nach dem Einmaligen, dem Besonderen vergingen Frühjahr und Sommer, ohne dass alle Lücken gefüllt waren.

Anderes hatte meine Aufmerksamkeit von den Steinfugen abgezogen. Farbe war genügend vorhanden. Ich hatte meine Pelargonien mit den weithin sichtbaren pinkfarbenen Blüten und dem bunten Laub auf die Abschlusssteine gestellt, zusammen mit den Päonien. Das genügte.

Erst im Jahr darauf stieß ich in einem Baumarkt auf Sämlinge einer namenlosen Nelke, die, wie von privater Hand gezogen, in einem unterteilten, länglichen Plastikbehälter (der wohl aus einer Kekspackung stammte) darauf wartete, ins Freie entlassen zu werden. Die kleinen Büschel aus silbergrünen Blattspießchen erbarmten mich, und so nahm ich sie mit. Ihre Wurzeln hatten gerade die richtige Größe für die Mauerfugen. Ich mischte Pflanzerde mit Wasser zu einem Brei und presste ihn zusammen mit den kleinen Wurzelballen zwischen die Steine.

Die Büschel wuchsen an und wuchsen weiter. Nach ein paar Wochen war klar, dass ich die Nelken, welche Sorte auch immer, in ihrer Wüchsigkeit unterschätzt hatte. Dennoch beobachtete ich das Treiben mit Begeisterung.

Im Juli kamen die ersten Blütenknospen zum Vorschein, und es wurde offenbar, was ich schon vermutet hatte, nämlich dass es sich um ganz gewöhnliche Gartennelken handelte, und zwar in verschiedenen Farben von Weiß über Rosa, Korallen- und Dunkelrot bis hin zu einem Orange, das farblich dermaßen aus dem Rahmen fiel, dass ich versucht war (und es später auch tat), Nelken dieser Farbe per Vase ins Haus zu verbannen.

Inzwischen hatte die Nelkengeschichte eine von der Schwerkraft verursachte aufregende Wende genommen. Die Nelken waren gut gediehen, ihre Blütenköpfe prall gefüllt, und da die Wurzeln waagrecht in den Fugen steckten, hatten bereits die Blätter, aber erst recht die Stängel eine große Anstrengung zu unternehmen, um sich artgemäß aufzurichten. Das taten sie auch, solange die Blüten noch Knospen waren. Aber selbst da war ihnen die Plackerei anzusehen, mit der sie die dicht gepackten Blütenknoten nach oben stemmten.

Die Knospen blieben, für mein Gefühl, auch unüblich lange geschlossen. Offensichtlich gönnten die Nelken sich nach jedem dieser Kraftakte ein Päuschen, bis sie damit nicht mehr durchkamen und die Knospen ihre Deckblätter sprengten.

Es geschah, was geschehen musste. Die Blüten quollen auf und senkten sich. Nicht auf einen Schlag, sondern wie in Zeitlupe. Die dicken Büschel der gebogenen Blattspieße verhinderten den Totalabsturz. Auch waren die Stängel ziemlich robust und knickten erst nach einem Wolkenbruch, der sie von oben erwischt hatte, völlig ein.

Beeindruckt von der Vitalität dieser Pflanzen, beschloss ich, sie zu erlösen. Ich schnitt die Blüten für den Esstisch, zerrte die Büschel samt Wurzeln aus den Fugen und pflanzte die eine Hälfte in eine tiefe große Tonschale (zusammen mit ein paar Kalksteinen) und die andere in ein schmales trockenes Beet entlang der Hausmauer, wo ich sie nach dem Winter wiederzufinden hoffte.

Dann begann ich die Fugen mit hauseigenen Sämlingen und Ablegern von Zwergirissen, Aurikeln, niedrigen Steinnelken, einem Porzellanblümchen und Mauerpfeffer zu füllen. Wieder ein Grund mehr, dem beschleunigten Vergehen der Zeit nicht nur Gedanken an die Grabesnähe abzugewinnen.

Gründerjahre

Dieser Garten ist vor mehr als 25 Jahren erstmals als die Möglichkeit eines Gartens in Erscheinung getreten. Nachdem das Haus fertiggestellt war und rundum ein paar hundert Quadratmeter Natur übrig blieben, witterte ich meine Chance. Nicht dass wir brandroden hätten müssen, um mit dem Spaten tätig zu werden. Der Wald begann erst 100 Meter oberhalb, womit ich sagen möchte, dass da nichts als Wiese war. Und, wie ich bald bemerken sollte, *landschaftsformender* Bauschutt. Den hatten die Bauarbeiter, kurz bevor sie das Feld räumten, mit etwas Erde bedeckt und darauf unspektakuläres Gras gesät, wohl hoffend, dass daraus Rasen würde.

Da wir während der Errichtung des Hauses nicht immer vor Ort sein konnten, fiel mir das mit dem Bauschutt erst nach und nach auf.

Wann immer ich ein Loch für eine Pflanze in Hausnähe grub, stieß ich auf Ziegeltrümmer, Fliesenscherben, Kunststoffplanen, alte Wasserleitungsrohre, zerbrochene Eternitschindeln, überschüssige Betonbrocken und was man eben so wegwirft, wenn es nicht mehr zu gebrauchen ist.

Und der Mutterboden?, fragte ich den Baumeister, den ich noch aus meiner Kindheit kannte.

Verkauft. Diese Unverfrorenheit war nur hinzunehmen, weil wir einmal in dieselbe Schule gegangen waren und ich gerade dabei war, mich in den Ort zu reintegrieren. Dennoch war ich fassungslos und musste an mich halten, um nicht all das zu sagen, was mir später leidtun würde.

Ich hab ja nicht wissen können, dass ausgerechnet du in der Erde herumwühlen würdest.

Wieso ausgerechnet ich nicht?

Na du mit deiner Schreiberei. Schau deine Hände an. Da werden keine Grabschaufeln mehr draus.

Wir einigten uns darauf, dass ich alles, was ich beim Eingraben von Pflanzen als nicht bodentauglich ausgraben würde, am Rande der Einfahrt zu einem Haufen türmen würde, den dann seine Arbeiter *kostenfrei*, wie er mit großer Geste hinzufügte (wieder unterdrückte ich das richtige Wort für die witzlose Anmutung), holen kämen.

Von da an setzte ich meinen Ehrgeiz darein, jedes mauer-, fliesen- und stahlharte Relikt der fragwürdigen Bauschuttbeseitigung (der Bauschutt stammte von einem umgebauten Lebensmittelgeschäft im Dorf unten) an den Rand der Straße zu bringen, um die zugrunde liegende Schandtat öffentlich sichtbar zu machen.

Da ich aber nicht von heute auf morgen die ganze Fläche rund um das Haus umgraben konnte, passiert es mir selbst heute noch, vordringlich auf dem zukünftigen Monte Baldo, dass mir die bizarrsten Trümmer entgegenkommen, einschließlich gar nicht so kleiner Holzbretter.

Dieser Miniaturhang besteht nämlich aus einer Aufschüttung quer zum natürlichen Gefälle des großen Hanges. Sie sollte ein Plateau für das Haus schaffen, etwas mehr ebene Fläche, als für die Terrasse unbedingt vonnöten war. Auf diesem etwas Mehr hatte ich dann mein erstes größeres Beet angelegt.

Es gab keinen Plan für den Garten. Nicht zu dieser Zeit. Das Haus hatte alle Ressourcen (die ökonomischen und die mentalen) verschlungen. Niemand außer mir dachte an einen Garten.

Ich ging es langsam an. Las, was an Gartenliteratur aufzutreiben war, und ging sozusagen der Nase nach.

Es hat ein paar Jahre gedauert, bis ich es wagte, das, was ums Haus herum wuchs oder kümmerte, einen Garten zu nennen.

Ich übte mich im Graben von Pflanzlöchern, aus denen ich nicht nur Bauschutt, sondern auch auf natürliche Weise entstandene Kleinfelsen hervorholte. Pflanzte ein, pflanzte um oder bestattete in den Kompostmieten hinterm Haus. Ging auf Nacktschneckenjagd, auf Käferpirsch und Lilienhähnchenfang, kämpfte mit tückischen Gartenschläuchen, ermittelte in Sachen verschwundene Gartenscheren und -schäufelchen. Ich versuchte Rehe mit petroleumgetränkten und auf einen Stab gezogenen Gartenhandschuhen mit gut sichtbarem *Stinkefinger* zu vertreiben oder ihnen zumindest den Geschmack an den Knospen meiner schönsten Rosen zu vergällen, die sie gerne an der gedeckten Tafel meines Gartens zum Dessert nahmen.

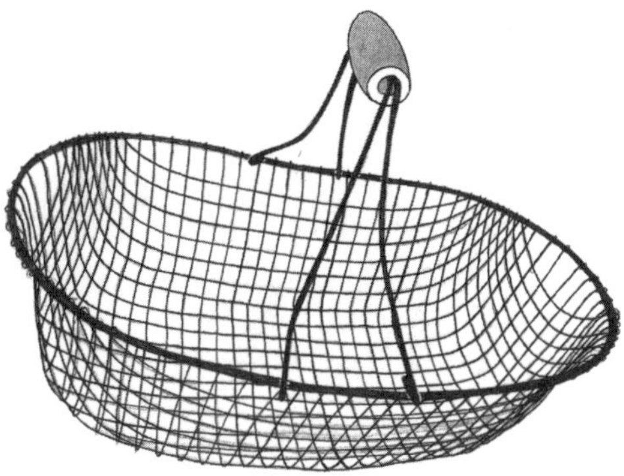

Korrekturen

Die Hochbeete, die ich in einem mit Lattenzaun umgebenen Bauerngärtchen (auf der einzigen von Natur aus beinah ebenen Fläche) nordseitig und neben der Einfahrt hatte errichten lassen, hielten nach zwölf Jahren dem Druck der Erde nicht mehr stand. Auch der Lattenzaun musste immer wieder ausgebessert werden. Somit stand eine größere Veränderung bevor. Das war anfangs der 2000er Jahre, als ich bereits hier meinen Hauptwohnsitz hatte und mich das ganze Jahr über um den Garten kümmern konnte.

Ich hatte längst eine Art Klostergärtchen nach den Maßen des *Goldenen Schnitts* (sechs mal neun Meter) im Sinn gehabt, musste aber warten, bis einer meiner Romane (von Arte und ORF) fürs Fernsehen verfilmt wurde und ich genügend Geld für die Stoffrechte bekam, um mir dieses Gärtchen zu leisten.

Als es dann so weit war, schritten der Landschaftsgärtner und ich, wie schon des Öfteren, mit Metermaß und Kreide die Dimensionen der drei Beete samt Laube im vierten Viertel ab und überlegten, wie wir es angehen sollten. Statt eines in diesem Klima zu rasch morschenden Lattenzauns wünschte ich mir eine Hainbuchenhecke.

Und das viele Laub?, fragte der Gärtner.

Ich hörte nicht hin, und wir gingen zur Laube über, die ich mir überdacht vorstellte, mit dem Hauch eines Hintergedankens. Nicht an ein Glashaus, höchstens als Unterkunft für Topfpflanzen, die nur angeblich winterhart oder nur winterhart in anderen Klimazonen waren.

Dann brauchst du eine Baugenehmigung.

Was für eine Baugenehmigung?

Alles, was ein Dach hat, braucht eine Baugenehmigung.

Ich überlegte einen Augenblick. Das Wort Genehmigung bedeutete so viel wie ausgeweitete Bürokratie.

Also gut. Dann eine offene Laube mit wildem Wein, der über die oberen Balken wächst.

Er nickte. Ich glaube, ich habe noch alte Steine für die Einfassung der drei Beete.

Und die kosten?

Auch nicht mehr als ein Dach dich gekostet hätte.

Und eine gusseiserne Amphore in der Mitte.

Er rechnete in Gedanken. Muss schauen, wo ich eine herkriege.

Wir waren uns einig und gaben uns die Hand.

Als ich irgendwann begann, an so etwas wie ein Gesamtkonzept der Reduktion zu denken, mussten als Erstes die beiden Bahnschwellenbeete unterhalb des formalen Gärtchens dran glauben.

Nicht nur mein Auge, auch mein Umweltbewusstsein hatte Bedenken angemeldet. Die Chemikalien, mit denen man die Vierkanthölzer zu ihren ÖBB-Zeiten imprägniert hatte, waren noch immer zu riechen. Daher hatte ich die Erdbeeren, die sich von selbst ansiedelten, schon aus Überzeugung den Schnecken überlassen. Obwohl ich damals noch gar nicht wusste, dass Schnecken und wilde Erdbeeren offenbar eine Art Symbiose pflegen. Die Schnecken fressen zusammen mit dem Fruchtfleisch die kleinen Körner an dessen roter Oberfläche (nämlich die Samen), und nachdem sie durch ihren Körper gegangen sind, scheiden sie sie andernorts wieder aus. Plötzlich war mir klar, warum an den Rändern meiner Geröllhalde und auch sonst überall in meinem Garten so viele wilde Erdbeeren wuchsen, hatten wir doch nie einen Mangel an Schnecken gehabt.

Da diese Bahnschwellenbeete für meine tägliche Routine außer Sichtweite waren, vergaß ich sie oft. Wenn ich sie dann im Spätherbst winterfertig machte, bemerkte ich ihre Art von Selbstverwaltung, die zwar nicht durchgehend funktionierte, aber dennoch besser, als ich je zu hoffen gewagt hätte.

Nach Entfernung der imprägnierten Hölzer wurde das Ganze planiert, und ich versenkte mehrere Dutzend Tulpen und andere Zwiebelpflanzen darin. Das bedeutete beinharte Schwerstarbeit. Die Gärtner hatten auch hier keine Zeit, sich mit so unprofessionellen Arbeiten wie dem Herauspulen von Steinen und Wurzelsträngen zu beschäftigen. Nur dass hier keine Steine verlegt werden sollten wie beim neuen Sitzplatz. Und dass sie ein paarmal mit dem Bagger drüberfuhren, hat nur den Boden verdichtet und das Pflanzen der Zwiebeln schwerer gemacht.

Damit wenigstens irgendetwas auf dieser *renaturierten* Fläche einen aufmerksamen Blick wert wäre, grub ich eigenhändig und in stundenlanger Fron zwei komfortable Löcher. Eines für eine gestreifte *no name*-Rose, der es am Fuß des Hangs und straßenseitig nicht sehr zu gefallen schien, das andere für einen Ableger des Perückenstrauchs.

Im Sommer darauf waren beide noch am Leben. Der Perückenstrauch mit Anzeichen normalen Wachstums, die Rose sogar mit ein paar Blüten. Und das, obwohl Rosen es hassen, versetzt zu werden. Aber wenn man es sich damit verbessern kann …

Die Tulpen machten nicht viel her. Die den festgestampften Boden bewältigt hatten, blühten zwar, aber da ich mir kein Farbschema ausgedacht hatte, sah das Ganze eher nach *mixed pickles* aus. Ein Frühjahr später waren nur noch hie und da welche zu sehen. Und mit der Zeit wird hoffentlich das Gras, das auch hier routinemäßig eingesät wurde, drüberwachsen. Dazu werden der Wind und die Vögel das ein oder andere Samenkorn fallen lassen, aus dem sich eine Blütenpflanze ans Licht kämpft. Und irgendwann wird der ebene Streifen zu Häupten des auf dieser Seite des Hauses mit Wildrosen und einem Fächerahorn bepflanzten Hangs hoffentlich zur Wiese geworden sein.

Bis vor gar nicht langer Zeit war es meist so, dass ich, wenn ich mit dem Ist-Zustand eines Beets, seiner Form und seiner Bepflanzung,

nicht zufrieden war, mir einzureden versuchte, dass das schon werden würde. Ich müsse dem Beet und den Pflanzen Zeit lassen, sich zu etablieren. Vieles würde sich noch auswachsen und sich dabei besser aufeinander abstimmen.

Vor allem Pflanzen, die ich nicht selbst gezogen, sondern irgendwo gekauft hatte, wo es wärmer war, oder die aus Treibhäusern stammten. Unser Klima ist nun einmal ein Reizklima. Das stimuliert zwar bei Menschen ein geschwächtes Herz, versetzt jedoch Pflanzen, die bekanntlich kein Herz haben, erst einmal in Schreckstarre. Bis sie sich langsam, manche sehr langsam in die regionalen Umstände fügen oder auch nicht. Dann ist jedenfalls immer noch Zeit für die Umgestaltung.

Dabei fiel mir ein Gärtner meiner Kindheit ein. Ein leicht gebeugter älterer Herr, der ziemlich schwerhörig, um nicht zu sagen, stocktaub war. Ein aus der Slowakei vertriebener Sudentendeutscher, ehemals Fabrikant von Gemüsekonserven, der sich um den Garten des kleinen Hotels kümmerte, das meine Mutter betrieb.

Es war kurz nach dem Krieg, und Nahrung war knapp. Er verstand es jedoch, allen Unberechenbarkeiten des alpinen Klimas zum Trotz, eine Reihe von Salaten und Gemüsen zu ziehen, die auch im Hotel Verwendung fanden.

Vielleicht bin ich deshalb kein so großer Paradeiser(Tomaten)-Fan geworden, weil ich mich immer noch an die seinen aus dem Jahr 1953 erinnere, von denen ich sogar welche ins Internat mitnahm und dort wie einen Augapfel hütete, bis ich sie auf einem Butterbrot zur Jause aß. Ich habe nie mehr welche gegessen, die mir so gut geschmeckt haben.

Als Volksschulkind hatte ich oft die Nähe dieses Gärtners gesucht. Er zeigte mir, wie man ein Beet anlegt, erklärte mir die Nützlichkeit von Erdkröten und Ringelnattern. Und hielt mich dazu an, immer ein Auge auf die Gladiolen zu haben, die Lieblingsblumen meiner Mutter. Damit sie an ihrem Geburtstag auch wirklich bereit für einen Strauß wären.

Wann immer ich die selbst gesäten Radieschen zu früh herauszog oder Ananaserdbeeren aß, die an den Rändern noch grün waren, meinte er begütigend: Kommt Zeit, kommt Regen! Man muss alles erwarten können.

Da er noch aus einer Epoche und einer Gesellschaft stammte, die auf gute Manieren achtete, betrat er, wenn er zu den Mahlzeiten kam, nie den Personalraum ohne ein: Wünsche wohl zu speisen!

Von meinem Naturell her reagiere ich eher wie die bekannte irische Gärtnerin Helen Dillon, die es locker zugab. O-Ton: »Wenn ich plötzlich die Idee habe, etwas umzupflanzen, kann ich nicht warten. Vor allem dann nicht, wenn etwas sich *zurückentwickelt* und nicht so gut aussieht wie im Jahr davor. Dann möchte ich es meist augenblicklich ausgraben und mich andernorts darum kümmern.«

Wenn das bei mir aus irgendeinem Grund nicht sofort geht (Graupelschauer, sengende Hitze mit Hageldrohung im Anschluss, ein fehlender Sack Erde, der erst herangeschafft werden muss), versuche ich Abstand von der Eile zu gewinnen und mir genauer zu überlegen, was denn dort hinsoll, wo ich etwas unbedingt weghaben möchte. Ob Bewährtes oder etwas noch nie Gehabtes.

Dann fröne ich der Ernüchterung und greife nach der großen Holzkassette, in der einmal zwei vornehme Rotweinflaschen samt Glas gereist sind und in der ich die Etiketten all jener Pflanzen aufbewahre, die ich irgendwann im Garten eingegraben habe. Je nachdem, welches Etikett ich gerade in der Hand halte, sehe ich den Inhalt der

Kassette eher als Dokumentation meiner gärtnerischen Fähigkeiten oder als Gruselkabinett für eine Schar von Verblichenen.

Was da schon alles geblüht hat. Ich atme tief ein. Und noch immer blüht. Wie die paar alten Rosen, die seit beinah einem Vierteljahrhundert allen Unbilden getrotzt haben. Von Hängeulme, Chinesischem Hartriegel, Akanthus, Diptam und Amberbaum gar nicht zu reden.

Dennoch überwiegt der andere Stoß von Etiketten. Natürlich waren viele davon Einjährige, für die ich mich interessiert hatte, und dann nicht mehr interessiert genug war, um Samen nachzukaufen. Oder die sich nicht sortenrein aussäten und sich schließlich mit einem verwaschenen einheitlichen Farbton begnügten wie manche Akeleien. Aber auch die Zwei- und Mehrjährigen haben ihre Zeit. Einige der im Blühzustand gekauften Pflanzen vertrugen das Aussetzen nicht so gut, andere wurden von Fressfeinden zum Verschwinden gebracht. Wieder andere fanden entweder Boden oder Klima nicht nach ihrem Geschmack. Oder ich ließ ihnen nicht die nötige Aufmerksamkeit angedeihen. Mit einem Wort, der Friedhof derer, von denen nur mehr die Etiketten zeugen, ist groß.

Meist wende ich mich dann rasch den Katalogen zu, um etwas auszuwählen, das ich noch nicht hatte und das alles Gehabte bei weitem übertreffen würde.

Iris Special I

Auch meine Göttin aller Pflanzen hat ein Ende gefunden, nachdem ihre aparten Blüten mich jahrelang regelrecht verzückt hatten. Die *in natura* gesellig auf Hochwiesen Lebende hat sich wohl hier unterm Dach zu einsam gefühlt, um für Nachwuchs zu sorgen, dachte ich, bis ich andere Gründe ausfindig machte.

An die sieben Jahre hat sie jedes Frühjahr geblüht. Zuerst mit einer, dann mit zwei, schließlich sogar mit drei pompösen, schokoladefarben gemusterten Blütenköpfen, die für den eher kurzen Stängel beinah zu schwer schienen. Dann war Schluss. Die letzten Jahre gab es nur noch ein paar sichelförmige Blätter. Meine Hoffnung, sie hätte nur eine Blühpause eingelegt, erfüllte sich nicht. Die *Erhabene Iris* hatte sich ein für alle Male verabschiedet.

Natürlich hätte ich mich bei Hoch in Berlin für ein weiteres Exemplar in die Bestellliste eintragen können. Aber ich scheute vor der Wiederholung des Wunders zurück.

Ich war *Iris elegantissima* zum ersten Mal in einem Kalthaus in Nymphenburg, dem Botanischen Garten von München, begegnet, und sie ging mir so lange nicht aus dem Kopf, bis ich über viele Umwege an ein Rhizom kam. Was ich damals beinahe für einen Gottesbeweis ansah.

Ich hatte sie in keinem meiner Kataloge gefunden und schrieb in einer Gartenkolumne über sie. Ich hoffte, jemand würde sich daraufhin melden und mir eine Knolle offerieren. Tatsächlich meldete sich jemand, der mir zumindest anbot, für mich eine mitzubestellen. Damals wusste ich noch nichts von Hoch in Berlin.

Ich getraute mich erst nach Monaten, sie ins Freie zu setzen, obwohl sie als winterhart galt. Wohlweislich in das schmale trockene Beet unterm Dach. So viel wusste ich schon von ihresgleichen, dass sie es im Sommer trocken und im Winter feucht haben möchte. Damit konnte ich dienen. Der Ostwind wirbelte ihr genügend Schnee ins Beet, und im Sommer schützte sie das Dach vor zu viel Regen.

Im Freien blühte sie auch zum ersten Mal, dann immer wieder und immer in den ersten Maitagen, etwa zwei Wochen lang. Den Sommer über zog sie langsam ein.

Inzwischen hatte ich mir *den* Köhlein besorgt, das heißt Fritz Köhleins Standardwerk über IRIS. Bald entdeckte ich einen Berührungspunkt. *Iris iberica* ssp. *elegantissima* (Synonym: *Iris elegantissima* ›Sosnowsky‹), steht da, »kann als südliche Varietät von *Iris iberica* bezeichnet werden. Sie kommt in der Region von Kars vor. Synge (wer auch immer das war) fand nördlich von *Erzurum* nicht nur Pflanzen mit rauchigem Grundton, wie oft in der Literatur beschrieben, sondern auch solche mit weißen Domblättern und andere mit starker Äderung.«

Der springende Punkt, ich nehme ihn für das Aufflackern meiner Erinnerung, bezieht sich auf den Namen *Erzurum*. Das ist jene ostanatolische Stadt, in der ich im Studienjahr 1960/61 Turkologie studiert hatte. Am Fuße des Palandöken, eines erloschenen Vulkans, auf einer Hochebene in 2000 Meter Seehöhe. Nicht allzu weit vom Berg Ararat entfernt, auf dem, der Legende zufolge, die *Arche Noah* gestrandet ist.

Ich hätte *Iris elegantissima* also schon damals begegnen können. Bin ich aber nicht. Wahrscheinlich weil ich noch gar nichts von ihrer Existenz wusste.

Iris elegantissima gehört zu den Oncocyclus-Irissen, die an den Nährstoffgehalt des Bodens keine zu großen Ansprüche stellen, jedoch eine gute Dränage brauchen. Sie gehören, wie auch Herr Köhlein zugibt, zu den schönsten Pflanzenarten, die sich jedoch, wie er hinzufügt, in unseren Breiten nur mit großem Aufwand kultivieren lassen.

Als ich alles über den Aufwand gelesen hatte, war ich überglücklich, meine *Iris elegantissima* schon mehrmals blühen gesehen zu haben, und das ohne den beschriebenen Aufwand. Offensichtlich fühlte sie sich auch in 800 Meter Seehöhe ziemlich wohl. Und das ohne kalten Kasten und vielschichtig angelegtes Hochbeet. Nur die ebenfalls angesprochene Düngung mit etwas Knochenmehl und ein paar Hornspänen ließ ich ihr zuweilen zukommen.

Als ich mir jetzt den Köhlein noch einmal vornahm, las ich (hatte ich das damals übersehen?), dass das Rhizom alle zwei bis drei Jahre aufgenommen und den Sommer über zur Teilung und Reifung einer Wärmebehandlung von permanenten 23° unterzogen werden sollte. Ich glaube nicht, dass ich diese Stelle damals überlesen habe. Es war wohl eher so, dass ich an ein Wunder glauben wollte, an mein spezielles *Iris elegantissima*-Wunder, das zumindest mehr als sieben Jahre lang gedauert hat. Da habe ich dann auf eine weitere Erprobung des Wunders verzichtet.

Eine Wiederholung wäre gewiss enttäuschend ausgefallen. Vor allem wenn ich mich auf den großen Aufwand eingelassen hätte, um dann festzustellen, dass er auch nicht mehr bewirkt hätte als die überaus prächtigen Blüten einer *Iris elegantissima*. Vielmehr ist anzunehmen, dass ich, hätte sich die Anzahl der Blüten nicht gesteigert, mich viel zu sehr damit beschäftigt hätte, herauszufinden, woran es lag. An der zu dünnen Schicht Farn oder Heidekraut in der Mitte des aus Ziegeln zu errichtenden Hochbeets, den zu großen Splittkörnern bei der Abdeckung oder dem zu scharfen Lehm, der vielleicht doch in einem anderen Verhältnis mit Sand gemischt gehört hätte. Oder ob es gar ein statistischer Faktor war, der Ausfälle als mit eingeplant ausweist, oder was weiß ich an was noch allem.

So nahm ich meine *Iris elegantissima* als Geschenk des Himmels und bin ihm heute noch dankbar dafür.

Kleine Unterbrechung

Ich habe im November 2013 begonnen, dieses Buch zu schreiben. Sowohl der Dezember als auch der Jänner waren (ein paar Tage sind vom Jänner noch übrig) die mildesten, an die ich mich erinnere. Schnee gab es im November. Hier blieb er bis weit in den Dezember hinein liegen, bis der Föhn ihm den Garaus machte. Mir kann es nur recht sein. Ohne Schnee geht es sich leichter. Und ich muss viel gehen, damit ich mich entsprechend konzentrieren kann.

Außer den Büchern, die ich für meine Recherchen brauche, lese ich nach Möglichkeit Sachen, die mich zum Lachen bringen. Gerade als ich noch beim Esstisch sitze und mir ein kurzes Kapitel aus Henry Glass' »Weltquell des gelebten Wahnsinns« gönne, bevor ich mich wieder ans Schreiben mache, kommt eine winzige Spinne über das beige-rostfarben karierte Leinentischtuch auf mich zu. Neugierig und, wie mir scheint, zielstrebig.

Ich war immer eine Spinnenängsterin. Früher, als es das formale Gärtchen noch nicht gab, habe ich die Spinnen aus dem Schlafzimmer per Besen und mitsamt dem Besen aus dem Fenster geworfen. Jetzt geht das wegen der besonderen Pflanzen im Gärtchen nicht mehr, und ich bin mit einer fetten schwarzen Spinne am Besen nicht so gut im Zielen.

Diese winzige Spinne aber erinnert mich an das Buch »Insektopädie« von Hugh Raffles, in dessen Vorwort die Rede von den kaum sichtbaren Millionen Tonnen von Insekten ist, die bis zur Stratosphäre hinauf den Luftraum bevölkern. Dabei war auch von winzigen, frisch geschlüpften Spinnen die Rede, mit noch winzigeren Schwebkissen unter ihren Beinchen, die die obersten Blätter von Pflanzen erklimmen, um sich dann auf *Zehenspitzen* dem Wind zu überantworten. Voller Abenteuerlust und Entdeckungsdrang. Dieses Bild lässt mich nicht mehr los. Gelegentlich gelingt es mir dadurch sogar, meine Spinnenphobie zu objektivieren.

Bei dieser kleinen Spinne, die so unbefangen und neugierig auf mich zukommt, tritt außerdem das von Konrad Lorenz so benannte *Kindchen-Schema* in Kraft, das mich ihr schwarz-weiß gestreiftes Exterieur geradezu entzückend finden lässt. Sie ist, scheints, nicht zu bremsen, und so blase ich sie in drei Etappen bis an den gegenüberliegenden Rand des Tisches. Kurzer Check der Umgebung, dann setzt sie sich wieder, und zwar blitzschnell, in Bewegung, geradewegs auf mich zu. Ich blase sie nochmals an den Rand des Tisches zurück. Gleich darauf kommt sie erneut auf mich zu, hält inne, und ich blase. Nach kurzem Flug kommt sie noch einmal, biegt dann aber zu dem hängenden Tischtuchzipfel ab.

Während ich sie verschwunden wähne und weiterlese, entdecke ich sie plötzlich unter meinem Buch. Sie hat bloß einen Umweg gemacht. Nachdem ich sie das vierte Mal fortgeblasen habe, bewegt sie sich von neuem auf mich zu. Ich hole die Lupe aus der Küche. Leider ist sie noch vom letzten Gebrauch ein wenig getrübt und außerdem nicht viel wert.

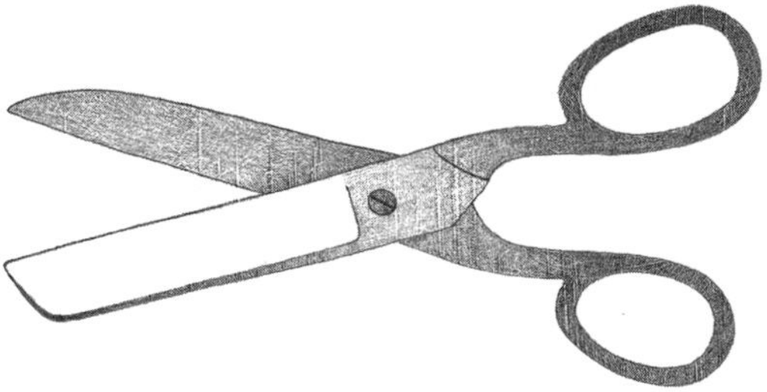

Die kleine Spinne scheint von der Lupe und meinem sich in ihr verzerrenden Blick ein wenig irritiert und biegt zu den zwei Stapeln von Gartennotizbüchern ab, in denen ich alle meine Irisse wiederzufinden hoffe (samt den Fotos, die ich damals noch von allen Pflanzen machte).

Dabei bewegt sie sich rasch, mit häufigen Hüpfschritten, auf die Schreibbücher zu und verschwindet im Stapel. Wo ich ihr wahrscheinlich demnächst und unverhofft wiederbegegnen werde. (Ob sie mich anfangs wohl als in Frage kommende Beute taxiert hat?)

Die Milde des Wetters treibt mich täglich für mindestens eine Stunde aus dem Haus. Es denkt sich besser beim Gehen. Ich gehe bergauf und bergab, bis ich leicht ins Schwitzen gerate.

Entlang des Augstbaches, am Fuße des Plattenkogels, in einer Schattenlage, fällt mir plötzlich ein windschiefer Holzschuppen auf, an dem ich, meist von der anderen Seite kommend, beinahe täglich vorübergehe. Er ist baulich noch intakt, nur leicht verzogen. Das leuchtende Grün auf seinem Dach hat meinen Blick auf sich gezogen. Es stammt von einer dicken Moosschicht, die vor Feuchtigkeit (es hat in der Nacht geregnet) glänzt und das gesamte Dach überzieht. Nur in der Mitte ist ein küchentopfgroßes Stück eingebrochen. Was den Anblick so bizarr macht, sind die sechs Fichtensämlinge, die schon vor längerer Zeit darauf gekeimt haben müssen, da sie mittlerweile zwischen 30 und 60 Zentimeter hoch sind.

Kerzengerade gewachsene kleine Bäume, die sich aus dem Dach holen, was das Dach zu bieten hat. Und so als würde der Überschuss abrinnen, haben sich an der Dachkante zierliche Eiszapfen gebildet, aus denen es jetzt, zu Mittag, leise tropft.

Als ich nach dem Abendessen wieder kurz nach dem *gelebten Wahnsinn* greife, taucht die kleine Spinne wieder auf. Wahrscheinlich ist sie aus einem der Schreibbücher gekrochen. Sie kommt, diesmal gemächlicher, auf mich zu, bleibt kurz stehen, überlegt und macht sich dann in Richtung Blumentopf davon. So als gäbe es für sie bei meinem Anblick nichts mehr zu entdecken.

Ich versuche mir vorzustellen, wie sie mich sieht. Der Zoologe Jakob von Uexküll hat bereits 1934 in seiner Festschrift für Otto Kestner mit dem Titel »Streifzüge durch die Umwelten von Tieren und Menschen (Ein Bilderbuch unsichtbarer Welten)« zwischen *Umgebung* und *Umwelt* unterschieden. Jedes Subjekt, meinte er, spinne seine Beziehungen wie die Fäden einer Spinne zu bestimmten Eigenschaften der Dinge und verwebe sie zu einem festen Netz, das sein Dasein trage. Nur allzu leicht würden wir uns in dem Wahn wiegen, dass die Beziehungen des fremden Subjekts zu seinen Umweltdingen sich im gleichen Raume und in der gleichen Zeit abspielen wie die Beziehungen, die uns mit den Dingen unserer Menschenwelt verknüpfen. Genährt werde dieser Wahn durch den Glauben an die Existenz einer einzigen Welt, in die alle Lebewesen eingeschachtelt seien. Daraus entspringe die allgemein gehegte Überzeugung, dass es nur einen Raum und eine Zeit für alle Lebewesen geben müsse.

Uexküll versucht nun anhand der physiologischen Gegebenheiten verschiedener Arten von Tieren deren Umwelt zu erstellen, das heißt zu erforschen, was in dieser Umwelt auf Grund der Beschaffenheit des jeweiligen Tierauges, des Beuteschemas, des (im Hinblick auf uns) beschleunigten oder verlangsamten Zeitablaufs überhaupt wahrgenommen werden kann und was für seine Lebensweise wichtig genug ist, um wahrgenommen zu werden.

Die Umweltkarten, die dabei zustande kommen, unterscheiden sich in vielem von den unseren. So zum Beispiel die von Zecken, Fliegen, Hühnern, Regenwürmern, die das, was wir für die Welt halten, ziemlich anders sehen.

Leider hat Uexküll keine Kartographie der Spinnenumwelt gezeichnet. So bin ich bei meinem Versuch, sie mir vorzustellen, ganz auf meine Phantasie angewiesen. Schon allein die vielen Augen, die mich anschauen … würden sie nicht so etwas wie ein Hologramm von mir erzeugen? Kann die Spinne mich überhaupt wahrnehmen, solange ich mich nicht bewege? In Uexkülls Schrift befindet sich auch die Zeichnung einer Dohle, die den reglosen Grashüpfer (der zu ihrer Nahrung gehört) gar nicht wahrnehmen kann. Hinzu kommt, dass ich um einiges größer bin als sie. Nimmt sie mich denn als Ganzes wahr? Ob sie wohl einen Gehörsinn hat? Und mich hört, wenn ich mit ihr rede? Ich meine nicht das Verstehen, sondern ob sie Geräusche wahrnehmen kann und sie mir zuordnet? Was man zurzeit sogar bei Pflanzen entdeckt zu haben glaubt.

Fragen über Fragen, deren Beantwortung auch unsere Umwelt verändern wird. So wie die Erkenntnis, dass Tiere sehr wohl Schmerz empfinden können.

Iris Special II

IRIS schreibe ich auf einen Spickzettel, den ich wie viele andere herumliegen habe, und dass sogar Jürgen Dahl, mein Lieblingsgartenschriftsteller deutscher Zunge (leider viel zu früh gestorben), nicht die Rose, sondern die Iris für die Königin der Blumen gehalten hat. Ein unerschöpfliches Thema. Ich erinnere mich noch daran, wo ich als Kind die erste Iris sah und mit welchem Staunen sie mich erfüllte.

Es war am gegenüberliegenden Ufer des Sees, an dem ich aufgewachsen bin. Richtung Seewiese, wo ein Horst der gelb blühenden Sumpfschwertlilie, *Iris pseudacorus*, in Ufernähe über dem Wasserspiegel thronte. Es war ein einzelner Horst, und gerade deshalb wirkte er auf mich als etwas so Besonderes.

Der Krieg war noch nicht lange vorbei, aber es gab schon wieder Sommergäste. Kinder gehörten damals an die frische Luft, sollten sich in ihr austoben und abends frühzeitig und ohne Gekreisch ins Bett fallen. Spazierengehen war ein Muss. Alles, was unter zehn und noch nicht tourenfähig war, wurde entweder um den See herum oder auf den Loser (markantester Berg und Wahrzeichen des Ortes) hinaufgetrieben. Und das selbstredend bei jedem Wetter.

Wie schon erwähnt, betrieb meine Mutter ein kleines Hotel, und nicht nur ich und später mein sechs Jahre jüngerer Bruder hatten uns im Freien gehend zu bewegen. Auch die Kinder der Sommergäste wurden bei unserer Kinderfrau abgegeben und teilten unser Los, während ihre Eltern Berg- und Klettertouren unternahmen.

Die Lust, unsere Gehwerkzeuge zu beanspruchen, hing von der jeweiligen Kinderfrau ab. (Diese wechselten in den vierziger Jahren beinah saisonmäßig. Menschen kamen und gingen. Die bevorzugte Route dabei war die von Ost nach West.)

Wenn die Kinderfrau Phantasie hatte, Geschichten erzählen und zwischen den Wurzeln hoher Fichten Rindenhäuschen für vazierende Zwerge samt Anhang zu bauen verstand, kam uns der Weg um den See (sechs Kilometer) nicht so lang vor.

Es half auch, wenn sie Pflanzen bestimmen und uns auf wildwachsende aufmerksam machen konnte. Wie zum Beispiel Akeleien, Türkenbundlilien, Waldvögelein, Almrausch, Enzian, Seidelbast, Laserkraut, Fingerhut, Waldrebe und was sonst noch in dem kalkhaltigen Boden wuchs, der stellenweise von saurem Waldboden durchsetzt war.

Und wenn es nur darum ging, uns zu erklären, wie einmalig diese Pflanzen waren und dass man sie nicht einfach pflücken dürfe, schon wegen des Naturschutzes. (Dieses Wort klang für mich immer irgendwie nach *Rübezahl*.)

Und weil viele Elfen nachts auf ihnen herumtanzten und es Zwerge gab, die sie beschützten.

Nur die riesigen Blätter der Pestwurz, die an den morastigen Stellen des Astersees wuchsen (einer Art Schmelzwasserreservoir und Appendix des größeren Sees), durften wir abreißen und als spitze Hüte mit Stiel tragen. Besonders wenn ein unverhoffter Regenschauer uns den Kopf zu waschen drohte.

Die Pflanzengeschichten bewährten sich auch bei französischen und englischen Kindern, deren Eltern ebenfalls bergsteigen gingen. Man konnte ihnen etwas unter die Nase halten, das sie noch nie gesehen hatten. Die meisten Kinderfrauen radebrechten ein wenig französisch. Zumindest wussten sie, was *ja* und *nein*, *brav* und *schlimm* hieß, und lobten die Kinder, indem sie immer *bon, bon* sagten. Was bei nicht französischen Kindern falsche Erwartungen weckte.

Da die Pflanzen nicht gepflückt werden durften, nahmen die Kinderfrauen die Köpfe der Kinder und schoben sie so auf die jeweilige Pflanze zu, dass die Kinder mit der Nase draufstießen und den Duft, so sie einen verströmte, einatmen mussten.

Wenn die französischen Kinder dann endlich erfasst hatten, was von ihnen erwartet wurde, und sie den Namen der Pflanze immer wieder gesagt bekamen, riefen sie mehrmals hintereinander *oui, oui*. Wobei wir uns vor Lachen kaum halten konnten. *Oui, oui* klang nämlich genauso wie unser *wi, wi*, wenn wir pinkeln mussten.

Es war wohl bei einem dieser Spaziergänge gewesen, dass mir plötzlich dieser Horst ins Auge stach. Zuerst dachte ich, dass da Zitronenfalter auf den Blättern säßen. Doch als ich näher hinging, spürte ich mehr, als ich es begriffen hätte, dass das Blüten waren.

Schwertlilien, sagte die Kinderfrau. Oder meine Tante, die ebenfalls oft mit uns, allerdings in familiärer Aufstellung mit Cousins und Cousinen, spazieren gegangen ist. Danach hat sie dann einige der Geschichten, die sie uns dabei erzählte, in Form von »Blumenmärchen« aufgeschrieben und veröffentlicht.

Schwertlilien, klang es lange in meinem Kopf nach. Das Wort Iris habe ich erst später kennengelernt. Ich trug schwer an diesem *Schwert*, traute mich anfangs auch gar nicht hin, geschweige denn hinzugreifen. Was ich sonst nur zu gerne tat, um zu spüren, wie Pflanzen sich anfühlten. Ich fürchtete, mich an den Schwertern zu schneiden, was mir ein halbes Menschenleben später auch gelegentlich passierte. Nämlich dass ich mir beim herbstlichen Zurückschneiden meiner Irispflanzen kleine Schnittwunden zufügte.

Erstaunlich selbst für mich war, dass in meinen ersten Visionen dessen, was ich langsam und mit einiger Mühe als Garten zu verwirklichen suchte, Iris, Akelei, Türkenbund und Fingerhut wieder eine große Rolle spielten.

Das mag einerseits daran liegen, dass ich an den Ort meiner Kindheit zurückgekehrt bin, aber auch an jenen magischen Augenblicken des ersten Erschauens, Mit-den-Augen-Verschlingens und des sich zumindest in Gedanken Einverleibens.

Lese oder höre ich heute das Wort Iris ohne weiteren Zusammenhang, sehe ich eine blaue Iris vor mir. Höre ich das Wort Schwertlilie, sehe ich jenen Horst aus meiner Kindheit über der

Wasserfläche thronen. Auch heute gibt es an dieser oder einer nahe gelegenen Stelle einen solchen Horst der gelb blühenden Art (*Iris pseudacorus*, einer Wildart der Gattung Iris, die auch Grundlage für Selektionen und Züchtungen war). Doch er wirkt so viel kleiner als der, den ich damals voller Scheu bewunderte.

Heute, da meine Iris-Leidenschaft aus pragmatischen Gründen nicht mehr ganz so ausgeprägt ist, stoße ich bei Durchsicht meiner Aufzeichnungen auch auf die Namen vieler Irisse, an deren äußeres Erscheinungsbild ich mich kaum mehr erinnern kann. Da gibt es sogar kleine Landkarten der Plätze, an die ich sie ursprünglich gepflanzt, und weiters von solchen, an die ich sie wegen mangelhaften Gedeihens versetzt hatte. Bei manchen hatte ich aber bald danach *verkommen* daruntergeschrieben.

Ich habe in meinem Leben in vielen Gärten Irispflanzen gesehen. Blaue Iris. Und so hatte sie sich auch in meinem Kopf festgesetzt. Als blaue Pflanze, deren Blütenfarbe von hellem Blau bis zu dunklem Violett reichte. Mit Dom- und Hängeblättern, dazwischen mit einem Bart, der auf mich wie eine herausgestreckte Zunge wirkte.

Hohe Bartiris eben, *Iris barbata elatior*, ein Hybrid aus dem Mittelmeergebiet, wie es heißt, der auch in vielen Gegenden *wild* und *verwildert* anzutreffen ist und früher *Iris germanica* genannt wurde. (Interessant zu wissen wäre, wann die *germanica*-Bezeichnung abgekommen ist. Als sich herausstellte, dass sie möglicherweise ein Bastard war?)

Der Garten als solcher war noch in den Kinder-, um nicht zu sagen, in den Säuglingsschuhen, als uns ein Freund aus der Gegend um Stuttgart aus seinem Garten zwei Eimer mit Irispflanzen mitbrachte, in einem die hellere, im anderen die dunklere Sorte.

Köhleins Bemerkung, die *Germanica* sei ausdauernd, widerstandsfähig und wüchsig, sozusagen nicht zum Umbringen, bewahrheitete sich auch in unserer Höhenlage. Ich setzte sie, so wie es sein soll, im August. Der Freund hatte ihre Blätter bis auf zehn Zentimeter zurückgestutzt, die Rhizome so geteilt und zusammengeschnitten, dass nichts von Insekten Benagtes, Fauliges oder Verschrumpeltes mehr dran war. Ja, er hatte sogar die Schnittflächen mit Holzasche desinfiziert. Und beim Auspflanzen hielt ich mich ebenfalls genau an die Anweisungen des Freundes, sie nicht zu tief und mit ausgebreiteten Wurzeln auf einen mit der Hand geformten Hügel zu setzen, damit das Regenwasser abrinnen konnte, und sie dann mit Erde zu bedecken.

Die Erwartungen waren groß und schwollen mit Blick auf das kommende Frühjahr leicht an. Doch es half nichts, die Lektion in Geduld musste abgesessen werden.

Zum Glück schaffte mir der Schnee die Iris-Rhizome für eine Weile aus dem Blickfeld. Und als ihre Zeit kam, blühten sie, wie es sich gehörte, ja sogar ein wenig über dem Standard, zumindest kam es mir so vor. Was dazu führte, dass eine Art Iris-Fieber in mir ausbrach. Der Erfolg des ersten Versuchs hatte mich größenwahnsinnig gemacht. Ich traute mir zu, mit Iris zurechtzukommen, ganz egal, was an lateinischer Spezifizierung nach dem Wort Iris kam.

Da ich in den Anfängen meiner Laufbahn als Gärtnerin, zumindest während der Schulzeiten meines Sohnes, noch in Wien lebte, verbrachte ich viel Zeit im Botanischen Garten der Universität Wien und im Alpengarten, beide neben dem Schloss Belvedere. Das hatte den Vorteil, dass ich jahreszeitlich einen Vorsprung von mindestens zwei bis drei Wochen hatte. Ich konnte mir also in diesen Gärten anschauen, wie in Blüte auszusehen hatte, was in meinem Garten noch unterm Schnee lag oder gerade erst ausgeapert war.

Ich erfuhr auch, dass man dort im zeitigen Frühjahr Überschusspflanzen abgab. Nämlich Sämlinge, die zusätzlich zu denen, die man für den Eigenbedarf brauchte, aufgegangen waren. Damals gab es nur hektografierte Listen dieser Überschusspflanzen. Ohne Foto, versteht sich.

Man konnte also nur nach dem Wohlklang des jeweiligen Namens gehen, wenn man die Pflanze nicht kannte. (Das Internet als Auskunftsbüro für alles und jegliches war noch nicht in allgemeinem Gebrauch.) Die meisten dieser Überschusspflanzen waren auch in den vielen Gartenbüchern, die ich bereits gesammelt hatte, nur als Zusatz mit unzureichender Beschreibung im Kontext der Art zu finden. Und das zweibändige Pflanzenlexikon der Royal Horticultural Society erschien erst 1996 auf Englisch und 1998 auf Deutsch.

Es war noch eine Zeit des Delegierens der Anschauung an ihre schriftliche Darstellung beziehungsweise an ihre fotomechanische Wiedergabe.

Bald entdeckte ich auch die Kataloge der professionellen Liebhabergärtnereien Kress und Feldweber in Orth im Innkreis, die ebenfalls mit Bildern sparten.

Heute wirbt Kress mit einem Blog im Internet. Zeigt die Bilder seines Bestands und seiner Neuheiten mit der Beschreibung ihrer Eigenschaften. Man weiß also, was man kauft.

Was als Vorliebe beginnt, kann sich, wenn diese einigermaßen gefüttert wird, rasch zur Besessenheit auswachsen. Ist das Begehren einmal geweckt, stellt es auch an seine Objekte von Mal zu Mal höhere Ansprüche. Die Verführung durch ausgefallene Namen (dafür war ich immer anfällig) wird durch die der immer prächtigeren Hochglanzbilder schnell getoppt.

Dagegen hilft nicht einmal die Anschauung. Hat sich ein bestimmtes Wunschbild einmal im Kopf festgesetzt, gibt es kein Entrinnen. Selbst wenn dann die Pflanze, ohne die der eigene Garten nicht mehr auszukommen scheint, nicht ganz so makellos im Verkaufstopf steht, wie man es gerne hätte, überwiegt die sich selbst überschätzende Hoffnung, man würde ihr mit individueller Pflege und besonderer Zuwendung schon noch eine Steigerung ablocken. (Man weiß doch, dass sowohl botanische Gärten als auch professionelle Gärtnereien an chronischem Personalmangel leiden.)

Heute verstehe ich, wie es jenseits aller finanziellen Spekulationen (die gewiss eine Rolle gespielt haben) zur Tulpenmanie im Holland des 17. Jahrhunderts hat kommen können. Da ist etwas in uns, das diese Fixierung auf Schönes ermöglicht. Nicht nur ermöglicht, sondern auch antreibt. Es genügt dann einfach nicht mehr, robuste, wüchsige Iris in mehreren Blautönen im Garten zu haben. Es muss sie in allen Farben, allen Größen und allen Erscheinungsformen geben. Ich glaube, man nennt das Sammelleidenschaft, besser gesagt, Sammelwut. Und die kann einen ziemlich in Atem halten, wenn es einem nicht gelingt, rechtzeitig auszusteigen.

Zwischenbetrachtung

Am Anfang war die Möglichkeit. Die Möglichkeit, zu sein und sich zu verändern.

Schon in den Genen eines Kraken ist angelegt, dass er, wenn dafür trainiert, einen Schraubverschluss öffnen kann. In den Genen eines Wolfs ist die Entwicklung des Hundes mit all seinen Rassen als Möglichkeit vorhanden. Sie muss nur durch Zähmung und Züchtung, durch Anpassung an veränderte Lebensumstände und Fokussierung auf bestimmte Merkmale realisiert werden.

Als der Mensch vom hauptsächlichen Fleischfresser zum hauptsächlichen Brotesser geworden war, hatte er mit einem Eingriff in die Entwicklung der Gräser (bewusst oder unbewusst) den Anstoß dafür gegeben. Man stelle sich vor, welches Licht in steinzeitlichen Köpfen aufgegangen sein muss, als sie herausfanden, dass man nur dann eine verlässliche und als Grundnahrung taugliche Sorte an der Hand hätte, wenn man unter jenen Gräsern, die das Mehl in ihren Körnern trugen, solche fand, deren Körner nach der Reifung nicht nach und nach einzeln zu Boden fielen, wie die meisten das taten. Warum auch nicht? Die kleineren Tiere, die sich davon ernährten, pickten diese Körner vom Boden auf. Und die größeren fraßen das Korn per Butz und Stingel, hatten sie doch mehrere Mägen, in denen sie die wiedergekäuten Spelzen (die die Körner umschließende Zellulose) verdauen konnten.

Der Mensch hingegen, einmagig, wie er ist, brauchte Ähren, die ihre Körner hielten, bis alle reif waren. Damit sich das Dreschen lohnte und genügend Körner zusammenkamen, um sie zu vermahlen.

In seinem Buch »Am Anfang war das Korn« erzählt Hansjörg Küster *eine andere Geschichte der Menschheit,* die zur steinzeitlichen Revolution, als die Jäger langsam zu Bauern wurden, ihren Anfang nahm. Eine Geschichte, deren Protagonisten vor allem die Gräser sind. Auch hiebei war, wie bei vielen anderen Arten, die Vielfalt von Haus aus gegeben. Und nur dieser anfänglichen Vielfalt wegen war es möglich, gleichzeitig und hintereinander die verschiedenen noch heute existierenden Getreidearten wie Weizen, Gerste, Roggen, Emmer, Einkorn, Dinkel und, nicht zu vergessen, Hafer und Hirse herauszufiltern.

Eine Vielfalt, die entsteht, weil es die in jeder Hinsicht perfekt angepasste Pflanze gar nicht gibt, dazu sind die Gegebenheiten zu unterschiedlich (Klima, Bodenbeschaffenheit, Höhenlage usw). Laut Küster arbeitet die Vielfalt immer mit einem Mehroderweniger.

Kaum gibt es genügend Gemeinsamkeiten, um eine Art als Art kenntlich zu machen, teilt sich die Art schon wieder in Unterarten und Varietäten. Eine zeitliche Abfolge ist meist schwer zu erstellen. Man nimmt an, dass es die Urart als solche womöglich gar nicht gibt. Es waren immer schon Ähnliche, die sich spezialisierten, jedoch in ihrem Inneren (ihren Genen) noch so viel Gemeinsames hatten, dass die Nomenklatur darauf aufbauen konnte. (Für den biologischen Artbegriff ist es wichtig, dass sich alle Individuen einer Art uneingeschränkt miteinander kreuzen und damit eine Fortpflanzungsgemeinschaft bilden können.) Wenn sie sich auch in ihrem Äußeren und in ihrem Habitus bereits unterschieden.

Nicht alle Möglichkeiten, die in Tier und Pflanze angelegt sind, sind von gleicher Lebenskraft und Robustheit. So ergeben sich bei unter-

schiedlichen Bedingungen unterschiedliche Möglichkeiten. Weder natürliche Mutation und deren Selektion noch Züchtung bringen immer gleichermaßen wüchsige, widerstandsfähige und (mit unseren Augen gesehen) schöne Ergebnisse.

Wobei das Schönheitsempfinden eine variable Größe ist. Wer bestimmt überhaupt, was schön ist? Die Insekten, die eine Pflanze bestäuben sollen? Für eine Pflanze hängt viel, um nicht zu sagen, alles davon ab, ob sie für ihre Bestäuber attraktiv genug ist. Doch fallen Schönheit und Attraktivität nicht immer in eins.

Manche Pflanzen markieren sogar durch hübsche Muster oder Farbsignale, die von Insekten wahrgenommen werden können, den Weg zu ihren Blütenständen beziehungsweise zu ihren Staubblättern und Stempeln. Und sie belohnen ihre Helfer mit Nektar oder nahrhaftem Pollen.

Andere tricksen auch, wie verschiedene Orchideenarten, die mit ihren Blütenformen Insektenweibchen imitieren und deren Duft den Pheromonen (Lockstoffen der Weibchen) der jeweiligen Insektenart gleicht. Sie bieten ihren Bestäubern das Versprechen von Sex anstatt Nahrung und lassen sie sich vergebens abstrampeln, während sie dabei Pollen *aufgedrückt* bekommen. (Ganze Pollenpakete werden ihnen mittels Klebscheibe angeheftet.)

Da aber diese Art von Sex nicht besonders befriedigend zu sein scheint, fallen sie gleich auf die nächste Orchidee herein. Der sie dann *kostenlos* den benötigten Pollen überbringen.

Insekten sehen Pflanzen anders als wir, schon ihrer Augen wegen. Manche haben viel mehr davon als wir. Aber etwas muss uns allen gemeinsam sein, denn auch wir finden die meisten Blüten attraktiv, empfinden sie als schön und lieben ihren Duft.

Selbst die züchterische Auslese geht bei Blütenpflanzen ganz in Richtung Schönheit und Duft sowie Widerstandsfähigkeit gegen

Umweltschäden und Schädlinge. Dabei wird das Auge zunehmend besser bedient als die Nase. Je ausgefallener (farblich wie formmäßig) und üppiger (Blüten), je ausdauernder (Blühzeit) und wüchsiger (Robustheit), desto duftloser. Zumindest ist das der Trend.

Dieses artenübergreifende Vermögen, etwas schön oder zumindest anziehend zu finden, ist ein deutlicher Hinweis darauf, dass wir eben doch, wie alle Formen des Lebens, aus demselben Stoff gemacht sind. Zu dessen Vielfalt wir gehören, ebenso wie die Pantoffeltierchen, die Viren, die Bakterien und die Mikroben.

Das Faszinierende dabei ist, dass diese Ästhetik einerseits bis in den Mikrokosmos hinein-, der unseren Blicken für gewöhnlich entzogen ist, und andererseits bis in den Makrokosmos, der für unser Auge besser erkennbar ist (Sternenhimmel), hinausreicht.

Sosehr ich es manchmal bedaure, dass wir in unserem Alltagsleben immer mehr Sinneswahrnehmungen an Apparate delegieren und selbst die, die unseren Sinnen durchaus noch zugänglich wären, uns durch Apparate übermitteln lassen, sosehr begeistern mich Geräte wie das Elektronenmikroskop, die uns Welten zeigen, die wir mit freiem Auge gar nicht erkennen können. Welten, die sich mit der Welt, in der wir leben (unserer *Umwelt*, wie Uexküll sagen würde), zwar ständig überschneiden und gegenseitig beeinflussen, die uns aber genauso fremd sind wie die unsere ihnen.

Seit ich das schon erwähnte Buch über die »Wunderwelt der Pollen« in der Hand hatte, ist mir klar, dass das, was die weiblichen Geschlechtszellen der Pflanzen dermaßen attraktiv finden, dass sie sich der Mühe unterziehen, den energiefordernden Nektar zu produzieren, auch mir gefallen kann.

Gewiss unterscheiden sich unsere Sehweisen in vielem von denen der Pflanzen, falls Pollen überhaupt von den weiblichen Geschlechtszellen der Pflanzen gesehen werden, doch den Formenkatalog, dessen sich die Pollen im Hinblick auf ihre Funktionalität bedienen, empfinde auch ich als stimulierend. Nicht im sexuellen Sinn, eher auf eine Weise, wie das Werke der bildenden Kunst tun. (Siehe Ernst Haeckels »Kunstformen der Natur«.)

Zu klären, ob und wie viele Rezeptoren die weiblichen Narben der Pflanzen für die speziellen optischen Reize der Pollen haben, ist Sache der Pflanzenphysiologie. Aber irgendeine Wahrnehmung müssen sie von den Pollen haben. Erlauben sie doch nur ganz bestimmten Pollenschläuchen, bis zu ihren Samenanlagen vorzudringen.

Dafür, dass Pflanzen *sehen*, hat der israelische Pflanzenbiologe Daniel Chamovitz in seinem Buch »Was Pflanzen wissen« einiges an Beweismaterial zusammengetragen. Demzufolge lässt sich sagen, dass Pflanzen zwar nicht in Bildern sehen wie wir, doch überwachen sie ständig ihre sichtbare Umgebung. Sie nehmen auf vielfältige Weise Licht wahr, auch solche Farben, die wir uns nicht einmal vorstellen können. Sie wissen, ob es wenig oder viel Licht gibt, ob es von links, von rechts oder von oben kommt und wie lange es geleuchtet hat.

So wie sie blaues Licht nützen können, um festzustellen, in welche Richtung sie sich neigen müssen, um so viel Licht wie möglich aufzunehmen.

Sie erkennen rotes Licht, um die Länge der Nacht zu registrieren, und können sichtbare (für uns unsichtbare) elektromagnetische Wellen erfassen. Doch obwohl sie ein viel breiteres Spektrum sehen als wir, haben sie laut Chamovitz kein Nervensystem, das Lichtreize in Bilder übersetzen könnte. Stattdessen verwandeln sie Lichtsignale in unterschiedliche Wachstumsreize. Die komplexen Signale, die von den vielfältigen Fotorezeptoren (allein bei der Ackerschmalwand elf) ausgehen, gestatten es der Pflanze, ihr Wachstum in einer veränderlichen Umgebung optimal zu steuern. Genau wie unsere vier Fotorezeptoren es unserem Gehirn ermöglichen, Bilder zu erzeugen, die uns befähigen, unsere wechselnde Umgebung zu deuten und auf sie zu reagieren.

Nicht dass das mein Verhältnis zu Pflanzen grundsätzlich ändern würde, aber es macht es um eine Spur persönlicher. Auch wenn ich wahrscheinlich nie genau wissen werde, wie eine Pflanze das, was sie sieht, sieht. Allein die Tatsache, dass sie, und zwar jedes einzelne Exemplar, auf optische Reize reagieren kann, bringt sie mir näher. Und hin und wieder versuche ich mir vorzustellen, wie denn Pflanzen ihre Uexküll'sche Umwelt erkennen und erleben, wenn sie dabei keine Bilder sehen. Während meine Phantasie damit beschäftigt ist, die Sehweise und die Erlebniswelt von Pflanzen, zumindest für mich, in Bilder zu übersetzen. In Bilder, die ich noch nie gesehen habe und die so neu sind wie mein Wissen darüber, dass Pflanzen *sehen*. Bis jetzt sind dabei nur abstrakte Bilder entstanden, ungefähr in der Art des späten Kandinsky. Aber wer sagt denn, dass Künstler andere Sehweisen nicht intuitiv erfassen könnten? So wie manche Schamanen im südamerikanischen Regenwald nach der Einnahme von Ayahuasca zu sehen glauben, was die Geister der Pflanzen sie anschauen oder über ihre Heilkräfte wissen lassen.

Iris Special III

Während der Lektüre zum Sehvermögen von Pflanzen stoße ich erneut auf Iris und erfahre dabei, dass sie zu den *Langtagspflanzen* gehört. Im Gegensatz zu Tabak und Chrysanthemen, die *Kurztagspflanzen* sind und deshalb erst im Herbst blühen, wenn die Tage kürzer werden. Genau diese Eigenschaft ist es, die Züchter sich zunutze machen. Sie bringen Irisse im Winter zum Blühen, indem sie sie mitten in der Nacht für wenige Augenblicke mit rotem Licht bestrahlen. Der Grund: Irisse orientieren sich nicht an der Länge des Tages, sondern an der Länge einer durchgängigen Periode von Dunkelheit. Wird diese durch Licht unterbrochen, ist das für die Iris das Signal, sich aufs Blühen vorzubereiten.

Ich persönlich würde Pflanzen auf diese Weise gar nicht manipulieren wollen. Abgesehen davon, dass ich Iris prinzipiell im Freien ziehe und gar keine Lust hätte, mitten in der Nacht aufzustehen, um sie durch eine kurze Bestrahlung mit rotem Licht in einer lichtarmen Jahreszeit zum Blühen zu bringen, sehe ich insgesamt keine Notwendigkeit, Irisse im Winter blühen zu sehen. Dennoch beeindruckt mich die Tatsache, dass so wichtige Dinge im Leben einer Pflanze wie ihre Blütezeit von Farbrezeptoren bestimmt werden. Denn Licht allein genügt nicht, es muss rotes Licht sein. Dunkelrotes Licht verbindet Iris nämlich mit dem Abend, wenn sie in Ruhestellung geht.

In den Anfängen meines Gartens war mein Interesse an Iris ein leicht nostalgisch eingefärbtes, erlebnisbetontes, das sich bald in eine Art ideelle Leidenschaft verwandelte. Je länger ich mich mit der Vielfalt ihrer Erscheinungsformen beschäftigte, desto größer wurde das ästhetische Vergnügen, ihre vielen Arten und Sorten miteinander zu vergleichen. Was meinen Blick für ihre Schönheit nur noch empfänglicher machte.

Das Wort Schönheit gehört lange schon zu den Wörtern, die ich nach Möglichkeit zu vermeiden suche. Ich empfinde es eher als emotionales Statement denn als verlässliche Bezeichnung einer Eigenschaft.

Was ist Schönheit überhaupt? Eine Frage, um die man nicht ganz herumkommt, wenn man die unterschiedliche Gestalt, in die Pflanzen sich durch natürliche Auslese oder Züchtung locken lassen, als schön, reizlos oder unscheinbar beschreibt.

Auch in der Kunst ist es nicht immer einfach, den Begriff Schönheit an entsprechenden Kriterien festzumachen, da Menschen individuell reagieren. Daher rührt wohl auch die These, sie entstehe erst im Auge des Betrachters.

Ich möchte jetzt aber nicht auf Ästhetik als geisteswissenschaftliche Disziplin eingehen, sondern eher einem Naturwissenschaftler bei seiner Annäherung an das Zustandekommen von Schönheit folgen.

In seinem Buch »Der Ursprung der Schönheit« geht der Münchner Biologe Josef Reichholf von Darwin aus, für den Schönheit in der Natur insofern ein Problem bedeutete, als sie nicht wirklich mit dem Begriff der Anpassung kompatibel war. Reichholf versucht nun, die Kunstformen der und in der Natur wie das Prachtgefieder von Pfau, Auerhahn, Erpel usw., die elaborierten Gesänge mancher Vögel oder die ausladenden Geweihe von Wildarten im Hinblick auf die Evolutionstheorie neu zu definieren. Dabei kommt er zu dem Schluss (der Hardcore-Evolutionisten möglicherweise irritiert), dass gerade die Prachtentfaltung, die sich männliche Tiere leisten, zeige, dass die Arten gar nicht so eng an ihre Umwelt angepasst sein müssten. Andernfalls hätten sie ja nicht so lange überlebt.

Im Gegenteil, die Evolution eröffne immer neue Freiheitsgrade, indem sie *nicht* zu immer stärkerer und besserer Anpassung fortschreite. Es sei eher so, dass die Organismen sich von den Zwängen einer absoluten Anpassung zu lösen versuchten, wo immer das möglich sei.

Unsere Augen würden, meint Reichholf im Zuge seiner Erklärungen zur Entstehung der Schönheit, Symmetrien und Proportionen erfassen, weil das den optischen Gesetzmäßigkeiten einerseits entspreche und andererseits für die bestmögliche Deutung der ins Gehirn gelieferten Bilder mit dem geringsten Aufwand verbunden wäre.

Die Schönheit der Farben leite sich von der präzisen Erfassung ihrer Wellenlänge ab. Proportionalitäten ergäben sich aus optimalen Funktionen. Dass sich vielen Proportionalitäten der Goldene Schnitt zugrunde legen lasse, bekräftige die sich darin äußernde Wirksamkeit auch außerhalb unserer spezifischen Menschenwelt.

Nicht das Äußere, sondern das Innere lege fest, wie groß die Variation, wie ausgeprägt die Individualität werden dürfe, ohne die Funktionsfähigkeit des Ganzen zu stören oder gar zu zerstören. Variation sei einerseits überlebensnotwendig, denn zu starke Vereinheitlichung in Richtung Mitte (des Schönheitsideals) wäre verheerend, weil das die genetische Vielfalt einschränken und die Wirksamkeit des Immunsystems entsprechend schmälern würde.

Zu große Abweichungen von der Mitte gerieten hingegen in Konflikt mit grundlegenden Proportionen und Funktionsabläufen im Körper. Das Ideal der Schönheit wirke so als Mittel zum Zweck, das zu weite Auseinanderdriften der Individuen zu verhindern.

Das Züchten *reiner Linien* zeige nach wenigen Generationen die Schwächen und die vielfältige genetische Belastung, die in jedem Individuum steckten.

Wir brauchten die Höhen und Tiefen, aus ihnen ergebe sich das Ästhetische im Sinne Reichholfs, das Ausgewogene. Insofern schränkten wir das Schöne und das Ästhetische zu sehr auf das Besondere ein, wo es doch auch ganz allgemein vorhanden sei und wirke.

Die Möglichkeit zur Lösung von den Zwängen einer zu engen Anpassung stecke in der inneren Organisation der Lebewesen. Die folge den Prinzipien von Symmetrie und geregelten Abläufen bei der Entwicklung.

Am Ende seines Buches kommt Reichholf noch einmal auf die eminent wichtige Rolle von Krankheitserregern und Parasiten zurück. Sie seien es, erklärt er, die Schönheit förderten. Die von ihnen ausgehende Form der natürlichen Selektion wäre Darwin noch weitgehend unbekannt gewesen. Inzwischen wüssten wir aber, dass Krankheiten und Parasiten gleichsam als bildnerische Hände am Kunstwerk eines lebendigen Organismus wirkten und dass sie zu den stärksten Triebkräften der Evolution gehörten. Deshalb bräuchten auch wir Menschen immer wieder die Abweichung vom Ideal, weil uns eine allzu starke Annäherung daran zu anfällig, zu wenig lebenstüchtig machen würde.

Und was bedeutet das alles für Iris, ihre Schönheit, die Züchtung ihrer vielen Sorten und deren Lebenstüchtigkeit?

Auch von ihr gibt es ein Idealbild, von dem der Begriff Iris ausgeht. Faktisch von einer in der Natur vorkommenden Pflanze, deren blaue Blüte aus Dom- und Hängeblättern besteht, die auf einem Stiel aufsitzen, der sich zwischen nilgrünen flachen und spitz auslaufenden Blättern hochschiebt, die wiederum aus einem Rhizom hervorwachsen.

Sehr weit kommt man allerdings mit dieser Beschreibung nicht. Das Idealbild ist wohl eher eine Art vermeintliches Urbild, während das sogenannte Idealbild sich je nach vorherrschender (ideeller, kommerzieller, modebedingter) Erwartung wandelt.

Schon in der Natur kommen Irisse vor, die aus einer Zwiebel wachsen. Auch dass Irispflanzen kalkhaltigen Boden bevorzugen, es im Winter kühl und trocken, im Frühjahr sowie im Herbst feucht und im Sommer heiß und trocken haben wollen, trifft zwar auf Bartiris, Juno-Iris und Oncocyclus-Iris usw. zu, jedoch andere wie *Iris pseudacorus* und *Iris laevigata* (um nur einige zu nennen) wollen im oder am Wasser stehen.

Was für die Iris insgesamt spricht, ist ihre aparte Erscheinung, ihr Duft, ihre straffe Haltung, das Farbenspiel innerhalb der Blüten und ihre, ich scheue mich beinah, es zu sagen, Geheimnishaftigkeit.

In Geschichte und Literatur schreibt man ihr einen Symbolcharakter in Bezug auf Sieg, Eroberung und Königtum zu. Sie dient als Wappenemblem Frankreichs (fälschlich als Lilie bezeichnet), steht für Heldentum, die Himmelskönigin, königliche Heilige, aber auch für die Fama.

Im alten Ägypten galt sie seit Thutmosis I. als Siegeszeichen, in Frankreich schmückt sie das Denkmal der Jeanne d'Arc.

Ihr Name ist der der Göttin des Regenbogens, der weiblichen Entsprechung von Hermes als Götterboten und Totenführer. In der Türkei erscheint sie als steinerner Stelenkopf an Frauengräbern, und eine schwarz blühende Irisart gilt als Nationalblume Jordaniens.

Apropos Gräber, in meinem Garten sind schon viele Irispflanzen begraben worden. Weil das Klima kein Mitleid mit ihnen hatte, weil sie mit dem Boden kein Auslangen fanden, weil Schnecken und andere Fressfeinde sich an ihnen gütlich taten. Und zwar über Gebühr. Oder weil sie meiner mangelnden Kenntnis zum Opfer fielen.

Auch bei Iris gilt, was Reichholf von Züchtungen sagt. Nämlich dass die abstammungsmäßig rein gehaltenen Linien, von denen die in der Natur vorkommenden Abweichungen nicht toleriert werden, die empfindlichsten sind.

Merkwürdigerweise bekommt man sie auch am schnellsten satt. Ich zumindest. Hatte ich mir zu Anfang noch Hohe Bartiris (*Iris barbata elatior*) in den ausgefallensten Farbvarianten und mit den größtmöglichen Blütenköpfen ausgesucht, bewirkte ein Besuch bei der Chelsea Flowershow im Jahre 2000 in London, dass ich die überhoch gewachsenen Stängel mit den perfekt in allen Farben prangenden, zum Teil an den Blütenblatträndern auch noch gerüschten Köpfen als Produkte einer Züchtungsindustrie zu begreifen begann und mich dabei fühlte, als hätte ich zu viel Schlagobers gegessen.

Mit einemmal war es mir nicht mehr wichtig, immer *more of the same*, nur in verschiedenen Farben und mit exzentrischeren Hüten, in meinen Garten zu holen. Also begann ich, mich eher auf die Zwerge und auf ältere Sorten mit zum Teil eigenständiger Entwicklung zu konzentrieren. Sozusagen auf weniger Spektakuläres.

Da es hierzulande gar nicht so viele *nurseries* (so nennen die Engländer und Amerikaner Gärtnereien, die nicht nur Pflanzen verkaufen, sondern sie auch selber ziehen) gibt, in denen man verschiedene (auch alte und ältere) Irissorten bekommt, neigt man zu Angstkäufen. Man nimmt, was man kriegen kann. Es könnte ja sein, dass beim nächsten Besuch nichts mehr übrig ist.

Wie ich aus dem Studium der Kataloge echter Raritätengärtnereien weiß, verschwinden manche Pflanzen (mangelnde Nachfrage, Unfälle bei der Aufzucht, Fehlinterpretation klimatischer Bedingungen) rasch wieder aus dem Angebot. Das wäre dann ein sträfliches Versäumnis.

Man kauft also und überlegt erst, nachdem man mit der Ausbeute wieder im eigenen Garten angekommen ist, wohin das alles soll. Auch sehen die Pflanzen in ihren Verkaufstöpfchen alle so aus, als wollten sie nur eines, so rasch wie möglich in die Erde.

Kaum hat man die Handtasche mit der Geldbörse im Haus verstaut und die Ausbeute notdürftig gewässert, meldet sich schon das schlechte Gewissen. Erst recht, wenn es auch noch zu wettern beginnt und man sich zur Eile getrieben fühlt. Dabei gilt es zuerst einmal nachzulesen, was im Köhlein steht, damit die Angelegenheit nicht von Anfang an falsch läuft. Fehlt gerade noch, dass einige der Etiketten beim Einpacken verlorengegangen sind, wo doch die Jung- und Jüngstpflanzen von Iris ohnehin nur schwer zu unterscheiden sind. Schon wird der Anfang vom Ende mit eingegraben.

Wollte ich nicht noch etwas Knochenmehl in den Boden einarbeiten, bevor ich das Rhizom auf den erforderlichen kleinen Mugel setze? Aber wer weiß, ob diese plötzlich namenlos gewordene Pflanze überhaupt Knochenmehl braucht? Vielleicht überfüttere ich sie und diene sie den Schnecken damit geradezu an?

Sand und Kies sind in jedem Fall gut. Was aber, wenn der Boden darunter zu karg ist und genau diese Iris es gerne satter und feuchter hätte? Ist es womöglich die Setosa, die sich auf sauren Boden kapriziert (als Ausnahme von der Regel)? Ich kann mich genau daran erinnern, dass auch eine Setosa dabei war. Also, wenn auf keinem der Etiketten Setosa steht, dann ist das wohl die Setosa. Und dann muss sie ins saure, das heißt ins Moorbeet. Der Regen rinnt mir den Rücken hinunter, und dann verklebt auch noch das Knochenmehl, gar nicht zu reden von der Erde in meinen Schuhen.

Die Setosa gehört zu den robusten Sorten. Sie hat überlebt. Ich habe sie seit Jahrzehnten. Ein Glücksfall. Ich mag die zähen Arten, die nicht zicken, wenn Unvorhergesehenes eintritt, und selbst mit weniger praller Sonne zurechtkommen. Aber lauter Setosas? Ein Albtraum. Der die Setosa-Liebhaber unter den Mollusken in Scharen (der Wirt macht die Gäste) anlocken würde.

Andersrum kann es genauso schiefgehen. Die bartlose *Iris orientalis gigantea* zum Beispiel. Ich weiß nicht mehr, was mich geritten hat, als ich 2003 gleich drei Stück davon bei Hoch in Berlin bestellte. Wohl irgendeine Phantasie in der Art von Iris-Hain entlang des künstlichen Bachlaufs. Eher ein Bächlein, ein mehrere Meter langer Zulauf zum ebenso kleinen Teich, dessen Wasser hochgepumpt wird, um dann, mit Sauerstoff angereichert, wieder in den Teich zurückzufließen.

Die Ufer bestehen aus Steinen und grobem Sand, aufgeschüttet zur Abdeckung der Folie, die links und rechts über die Uferkante hinausreicht. Auch sollte die Wiese ein wenig im Zaum gehalten werden.

Ich setzte damals die drei Giganteas in den Sand, mit ihrer Bescheidenheit rechnend. Dafür würden sie es auch nachts warm haben, wenn der grobe Sand sich tagsüber aufheizte und später die Wärme wieder abgab.

Und wartete auf Wunder weiß was.

Im ersten Jahr blühten zwei von den dreien, gelb und nicht gerade üppig. Sie blieben kleiner als gedacht, auch ihre Blüten schienen mir nicht groß genug für die verhältnismäßig langen Stängel.

In den Jahren darauf ergriff eine Vogelwicke (kein Mensch weiß, woher sie gekommen ist) Besitz von den Sandstreifen zu beiden Seiten des Bachlaufs und in der Folge auch vom Ufer des Teichs. Von da an gab es von Jahr zu Jahr mehr Vogelwicke mit fiedrigen Blättern und zierlichen, tänzelnden Schmetterlingsblütchen von Altrosa bis Hellviolett und immer weniger unscheinbar blühende *Iris orientalis*. Die mir dadurch auch aus dem Blick gerieten.

Bis mich vor drei Jahren angesichts des kümmerlichen Austriebs der Giganteas, die ihrem Namen so wenig Ehre machten, das schlechte Gewissen überfiel. Ich übersiedelte sie in das kleine runde Beet von ›Mary Rose‹, einer der robusteren Austin-Rosen, nachdem ich zuvor noch ein paar Storchschnäbel, vazierende Erdbeeren und übergriffige Frauenmäntel entfernt hatte.

Den Giganteas schien es an ihrem neuen Platz zu gefallen. Sie schossen in die ihnen zugeschriebene Höhe, und im Jahr darauf blühten sie in einem kräftigen Gelb mit zarten braunen Musterstreifen, Markierung der Landebahn für Insekten Richtung Schlund, das heißt empfängnisfähigem Narbenfleck. Leider hielten die Blüten nicht lange und klebten nach dem ersten Regen wie ausgelaufene Spiegeleier an ihren Stängeln.

Letzten Sommer war dann klar zu erkennen, dass sie sich an den Düngergaben für die Rose mästeten und ihre Rhizome immer weiter in den Busch hineintrieben, während die Reste ihrer vom Regen zermantschten Blüten, diesmal von den Dornen der Rose aufgespießt, zu dunkelbraunen Röllchen verdorrten.

Ich konnte es kaum mit ansehen, wie ›Mary Rose‹, empört über die Zudringlichkeit der ausgreifenden Iris, beinah hörbar um Hilfe rief.

Wäre ›Mary Rose‹ eine Wildrose irgendwo in der Landschaft gewesen und die Giganteas verwilderte *Orientalis* (*spuriae*), hätte die Rose keine Extradüngung bekommen und die Gigantea wäre mit vielen ihresgleichen auf einer steinigen, mageren Wiese gewachsen, die beiden wären einander kaum ins Gehege gekommen. Und wenn doch, hätte die Rose sich zu helfen gewusst und die *Iris orientalis gigantea* auf ihren Platz außerhalb des eigenen Wurzelbereichs verwiesen. Sei es durch die Ausscheidung bestimmter Chemikalien oder Gase, mit deren Hilfe sie der Iris ihre unterirdischen Grenzen gesetzt hätte, sei es mit den eigenen kräftigen Wurzeln.

So aber waren die beiden wie Tiere im Zoo einander unter falschen Bedingungen ausgeliefert. Und es sah ganz so aus, als würde die Iris, durch ihr früheres Darben gestählt und im ungewohnten Schlaraffenland zu ungewohnten Kräften gekommen, einen unerwarteten Sieg davontragen.

Nun war es an mir, die ich das Schlamassel angerichtet hatte, einzugreifen. Zum ersten Mal in meinem Leben gegen eine Iris. Zumindest sah es so aus.

Doch hatte ein Hotel in der Nachbarschaft bereits Interesse an den Pflanzen gezeigt, die nun meiner Verkleinerungstaktik zum Opfer fallen würden. Gut akklimatisierte und ausgewachsene Pflanzen, die auch den Transport überleben würden. Also begann ich die Iris auszugraben, bevor die Rose, die ich behalten wollte, ernsthaft Schaden nahm.

Bewehrt mit Spaten und Grabschaufel, schließlich auch noch mit einer Spitzhacke, versuchte ich, die Rhizome zwischen den Wurzeln des Rosenbuschs herauszuholen. Bald floss Blut, nämlich meines, trotz der für Fälle wie diesen hergestellten Rosen-Handschuhe. Die Giganteas hatten sich mit ihrer neuen Stärke derart im Boden verkrallt, dass ich es nur mit größter Anstrengung schaffte, sie per Hebelwirkung herauszustemmen, wobei ich mir drei Rippen prellte. Schon wollte ich sagen, eine für jede, doch hatten die Irisse sich inzwischen kräftig vermehrt.

Noch bevor ich mich humpelnd, lamentierend und mit voller Scheibtruhe den Hang zum Schuppen hochquälte, vermeinte ich ›Mary Rose‹ erleichtert aufseufzen zu hören. Wenigstens waren meine schmerzenden Rippen für etwas gut.

Die abgeschnittenen Blätter der Giganteas ergaben mehrere Eimer Biomasse. Daneben wirkten die zur Wiedereinpflanzung am neuen Standort in handsame Stücke geschnittenen und desinfizierten Rhizome geradezu leichtgewichtig.

Ich hoffe, die Giganteas haben inzwischen den richtigen Platz gefunden, ohne Rosendünger oder zu viel groben Sand, und bilden fortan ungestört Horste, deren von Dornen unbehelligte Blüten nicht nur Insekten, sondern auch die Blicke einiger Sommergäste auf sich ziehen.

Als der Herbst kam, wurden die Begrenzungssteine des runden Beetes entfernt und anstelle der Giganteas wurde rund um die Rose Schotter aufgeschüttet.

Wieder ein Beet weniger, sagte die Freundin. Nur merkt man es kaum.

An den Kampf mit den Giganteas erinnere ich mich, als hätte ich meine Kräfte mit denen eines Engels gemessen. Und meine schmerzenden Rippen ließen mich noch lange jede Nacht daran denken. Die Hartnäckigkeit, mit der sich die Wurzelstränge der Rhizome im Boden festzukrallen schienen, zeugte davon, dass sie bleiben wollten. Jetzt, wo sie endlich im Wohlstand, um nicht zu sagen, im Überfluss angekommen waren.

Obwohl ich es nicht bereue, die Giganteas entfernt zu haben (›Mary Rose‹ spielt dabei natürlich eine Rolle), ging mir die Sache doch ein wenig zu Herzen. Ich versuchte, mich damit zu trösten, dass Pflanzen die einzigen Lebewesen sind, denen man bis zu 90 Prozent ihres Austriebs wegschneiden kann, ohne ihr Überleben zu gefährden. (Zumindest bei den meisten funktioniert das.)

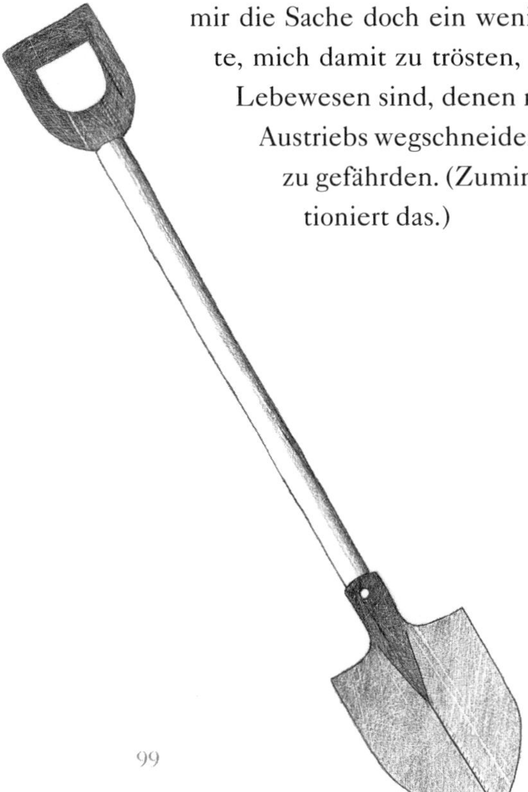

Die Macht der Pflanzen

Geboren, um gefressen zu werden (angeblich ihre evolutionäre Strategie), haben diese *kopfstehenden Tiere*, wie Darwin sie nannte (die Geschlechtsteile an der Sonne und das Hirn im Boden), es fertiggebracht, die Erde mit ihrer Masse zu dominieren. Ohne sie wären wir und die Tiere, das letzte Zehntel, sozusagen der kümmerliche atmende Rest, gar nicht lebensfähig. Wohingegen sie uns, gäbe es uns nicht mehr, wahrscheinlich nicht einmal vermissen würden. Außer denjenigen, die in Gärten und Treibhäusern nicht mehr für sich selbst sorgen können, aber schon ihre Nachfahren würden sich (in Evolutionszeit gerechnet) innerhalb von Sekunden renaturieren, ihre Netzwerke anwerfen und ihre Probleme mit Licht, Wasser und Bodenbeschaffenheit selbst in die Hand nehmen.

Unsere enorme Abhängigkeit von Pflanzen (Sauerstoff, Nahrung, Klimaregulierung) ist weder für die Philosophie noch für die Kunst (eher noch für die alten Religionen) je ein vordringliches Thema gewesen. Solange Obst und Gemüse in ausreichender Menge vorhanden sind, geht es höchstens um deren Zubereitung, kaum aber um ihre Bedeutung. Was nicht a priori essbar, als Arzneipflanze, Fasern für Kleidung usw. nicht verwertbar ist, hat unser Auge und vielleicht noch unsere Nase zu erfreuen. Alles andere verliert sich aus dem Fokus unserer Aufmerksamkeit.

Pflanzen sind auf ihre Weise sehr kommunikativ. Dass sie es zulassen, von uns weitergezüchtet zu werden, ist möglicherweise ein Angebot, sich mit ihnen näher zu beschäftigen, als bloß Körner zu Mehl zu vermahlen oder uns Blüten ins Knopfloch zu stecken. Dabei vergessen wir meist, dass auch aus ihnen nur rauszuholen ist, was als Möglichkeit drinsteckt. Und so leben wir mit den Pflanzen, indem wir sie essen und wieder aussäen, und neben ihnen her, indem wir sie als Dekoration verstehen, auf derselben Erde, aber nicht in derselben Welt.

Wer oder was sind Pflanzen überhaupt? Das, was wir sehen, riechen, ertasten und schmecken? Oder sind sie noch etwas ganz anderes, viel Komplexeres, als wir es je mit unseren Sinnen erfassen können? Etwas, was sich nur durch Experimente, Berechnungen, elektronische Geräte und Vernetzungen halbwegs kenntlich machen ließe? Haben wir je einen Gedanken darauf verschwendet (Botaniker, Zoologen, Biologen ausgenommen), ob und dass auch sie uns wahrnehmen? Und wenn ja, wie sie uns wahrnehmen, wenn sie offensichtlich keine Augen, Nasen, Hände oder Zungen haben?

Bereits Charles Darwin hat via Experiment festgestellt, dass Pflanzen in den Spitzen ihrer Triebe gleichsam *Augen* haben, die Licht *sehen* können. Wie man heute weiß, sind sie auch imstande, Farben zu erkennen, zu riechen und zu schmecken. Selbst Schallwellen scheinen sie wahrnehmen und in gewisser Weise interpretieren zu können. Sie sollen sogar mehr als fünfzehn Sinnesorgane zur Verfügung haben (also um zehn mehr als wir), mit denen sie Dinge bemerken, die wir nur mit Hilfe von elektronischen Apparaten feststellen können. Wenn einen das nicht neugierig macht …

So stellt sich natürlich die Frage, wie sie sich miteinander verständigen (das »dass« steht bereits außer Frage). Denn auch das gehört zu den Errungenschaften des Lebens, Kontakt aufzunehmen, Informationen auszutauschen und sich auf unterschiedliche Weise zu vernetzen.

Wenn ich es recht verstanden habe, heißt die Sprache, in der sich Pflanzen miteinander unterhalten, *Chemisch*. Wahrscheinlich muss man sich das unter anderem so vorstellen, dass das, was wir an Pflanzen lieben, ihre Düfte (Parfums), aber auch ihre Substanzen (Gifte, Heilstoffe) und Aromen (Kulinarik, Therapie), in ihrer Welt (der Uexküll'schen Umwelt) Botschaften sind, die erst nach und nach durch die Wissenschaft in unsere Welt vordringen.

Stefano Mancuso zum Beispiel versucht in seinem »Internationalen Laboratorium für die Neurobiologie der Pflanzen« in Florenz quasi ein Lexikon des chemischen Vokabulars aller Pflanzenarten zu erstellen. Er schätzt, dass eine Pflanze etwa 3000 Chemikalien in ihrem Diktionär hat, während ein durchschnittlicher Student über *gefühlte* 700 Wörter verfügt.

Dass Pflanzen sich untereinander über ihre Wurzelsysteme verständigen, zum Teil mit Hilfe von Mykorrhiza-Pilzen, wurde durch verschiedene Experimente nachgewiesen. Wobei Pflanzen derselben Art sogar zu gegenseitiger Hilfestellung imstande und bereit sein sollen.

Meiner Meinung nach haben auch die Giganteas zu einer Strategie von *Einigkeit macht stark* gegriffen, als sie sich zu so großen und tiefwurzelnden Rhizomen zusammenschlossen, dass ich ihnen bei der Delogierung mit der Spitzhacke zu Leibe rücken musste. Wohingegen ich bei ihrem ersten Umzug mit einem Gartenschäufelchen das Auslangen fand.

Iris Special IV

Aber zurück zu Iris und ihren Zwergen, die mich wesentlich länger beschäftigt haben als die Riesen. Übrigens nicht nur bei den Irissen. Schon als Kind wäre ich bereit gewesen, Jahre meines Lebens dafür zu geben (in diesem Alter fällt es einem entschieden leichter, über die eigene Lebenszeit zu verfügen), um herauszufinden, wie es im Kopf eines echten Zwerges (maximal 30 Zentimeter hoch) aussieht und vor allem wie er mich sieht. Natürlich konnte ich es nie erfahren, und ich fürchte, dass ich auch bei den Iriszwergen in vieler Hinsicht auf Vermutungen angewiesen bleibe.

Iris barbata nana, die kleine Bärtige, deren Proportionen mir so viel besser einleuchten als die der Hochgewachsenen mit ihren langen Stängeln (manche Sorten müssen sogar gestützt werden, damit sie auf ihren *high heels* nicht knicken, wenn der Wind einmal in Rage kommt).

Schon ihre Namen scheinen mir vielsagender und origineller als die der großen Schwestern (›Omas Sommerkleid‹ klingt allerdings auch nicht schlecht).

Ein paar Beispiele gefällig? ›Gingerbread Man‹, ein kupferfarbener Gnom mit blauem Bart, etwa 30 Zentimeter hoch, war zu einer Reihe von Auftritten im alljährlichen alpinen Sommertheater zu bewegen. Ebenso ›Candy Apple‹, die Weinrote, gleichfalls mit blauem Bart, ›Green Spot‹, weiß und cremefarben mit grünlichen Flecken, ›Laced Lemonade‹, zitronengelb mit gewellten Blütenrändern. (Bei Zwergen mag ich das. Da sehen die Rüschen aus wie spontane Kreationen. Als wäre das Stecktüchlein, einem momentanen Einfall gehorchend, mit Hohlsaumstickerei versehen worden. Während sie bei den *Elatiors* einfach manieriert wirken.) Und wie sie sonst noch alle hießen, deren Etiketten ich noch immer aufbewahre: ›St. Pauli‹, ›Oliver‹, ›Zipper‹, ›Demon‹, ›Regards‹, ›Blue Beret‹, ›Cherry Gardens‹, ›Gizmo‹ und ›Nanny‹.

Ob wohl im nächsten Frühsommer noch die eine oder andere blühen wird? Oder sind die Schnecken aus der Hangwiese wieder einmal schneller als ich? Und die Gewissensbisse beim Streuen von Schneckenkorn stärker als meine hoffnungslose Liebe zu den Kleinen?

Ja, ich weiß, die meisten der Genannten sind Züchtungen aus den letzten 120 Jahren (und dadurch anfälliger oder zumindest anspruchsvoller als diejenigen, deren Lebenswille seit Jahrtausenden trainiert wurde). Ende des 19. Jahrhunderts hatte man in Deutschland damit begonnen, *Iris chameiris* mit *Iris pumila* (vermutlich) zu kreuzen. Was dabei herauskam, war *Iris* ›Cyanea‹, der älteste dieser *Miniature Dwarfs*, die nicht höher als 20 Zentimeter werden. Violettblau und duftend, stand sie ein paar Jahre hindurch am Rande eines Beets, aus dem ich sie herausholen musste, als die anderen Bewohner (keine Zwerge) sie zu verschatten drohten.

Die Übersiedlung tat ihr nicht gut. Fressfeinde und ein zum Auswringen nasser Frühsommer haben sie zum Aufgeben gebracht. So ging es einigen der kleinen Turbanträger: von anderen verdrängt, von mir gerettet, von Schnecken zerfressen und dann auch noch vollkommen weichgespült.

Wie sich herausstellte, war der beste Platz für die Zwerge in den Fugen der Terrasse. Südseitig gelegen, von erwärmten Steinen umgeben, mit kühlem Fuß unter den Steinen. Eine eigene Art oder eine Naturhybride namens *Iris mellita* hat dort am längsten ausgehalten. Rauchig schwefelgelb mit bräunlich blauem Bart, nicht höher als zehn Zentimeter, mit meistens zwei Blüten an einem Stängel, schien sie zu den Unverwüstlichen zu gehören. Obwohl ihr Köhlein in regenreichen Gebieten (hier ist ein regenreiches Gebiet) einen Hang zur Wurzelfäule nachsagt.

So angenehm die Fugen für die Iris auch waren, es handelte sich dabei um gefährliches Terrain. Nicht nur wegen der Konkurrenz in den noch vom Baumeister persönlich mit Sportrasengras eingesäten Fugen (ich glaube, ich habe innerhalb von mehr als 20 Jahren Milliarden von Grashalmen sowie alles andere, was wüchsig und von guter Kondition war, eigenhändig aus den Fugen gezupft), sondern wegen der Tritte unserer Besucher. Meist war das Malheur schon geschehen, wenn ich einen Warnschrei ausstieß.

Die zwergige *Mellita* jedoch hatte immer getan, was Pflanzen eben tun, wenn ihnen etwas von ihrer überirdischen Biomasse abhandenkommt, nämlich neu austreiben und ihre krummsäbelartig gebogenen, grün behauchten Blätter wieder in Stellung bringen.

Vor zweieinhalb Jahren ließ ich dann die Terrassensteine mit Mörtel verfugen. Nicht nur damit die Terrasse wieder begehbar wurde (da sich auch größere Pflanzen in den Fugen wohl fühlten, ähnelte sie manchmal einem Beet mit Trittsteinen), sondern auch als Punkt drei meines Kräftesparprogramms.

Zuvor hatte ich die kleine Iris *aufgenommen* (Gärtnerjargon für ausgraben) und, wie man das ohnehin alle drei bis fünf Jahre machen soll, geteilt. Das wäre zwar nicht notwendig gewesen, da das Rhizom sich in all den Fugenjahren kaum vergrößert hatte. Anschließend setzte ich sie an einen, wie ich dachte, geschützten Platz am Rande des großen Beets. Wo sie dann erst recht von einem Gartenhelfer mit schweren Stiefeln ins Jenseits befördert wurde, vom Verpflanzen geschwächt, wie sie zu dieser Zeit noch war.

Eigentlich wäre ich ihr einen Grabstein oder zumindest eine Gedenktafel in Form eines Marterls schuldig gewesen, mit einem großen Stiefel im Bild, der sich auf sie herabsenkt.

Ich will nun nicht alle Irisarten und -sorten aufzählen, die ich in den letzten 25 Jahren in meinen Garten geholt habe. Auch wenn ihre Namen noch so inspirierend klingen, wie der von *Iris graminea*, die nach Pflaumen duftet, oder *Iris fulvala*, einer rotviolett blühenden bartlosen Lousiana-Iris, vor der sich die Schnecken geradezu anstellen, lösen sie die in sie gesetzten Erwartungen nicht immer ein.

Jahrelang war die verlässlich blühende, nur im weiteren Sinn zu den Irissen gehörende Geweihiris *Juno bucharica* (ein Zwiebelgewächs mit dicken fleischigen Wurzeln, das aus Zentralasien stammt) der Lichtblick meiner Iris- mehr Versammlung als -Sammlung.

Schon ihr saftiges, grün glänzendes Laub, das Blatt über Blatt wächst, während die wohlriechenden Blüten aus den Blattachseln sprießen, war ein erfrischender Anblick. Ihre Domblätter sind weiß und stehen waagrecht zur Seite, die Hängeblätter präsentieren sich in einem heiteren Gelb, besser gesagt, in Cremeweiß bis Dottergelb, mit einem Stich ins Ockerfarbene, dieses leicht hingestrichelt.

Die Empfehlung aller Pflanzenverkäufer zu *Juno bucharica* lautet, sie der Farben wegen zusammen mit blauen Traubenhyazinthen zu setzen. Ich aber finde die Geweihiris am schönsten im frischen Schnee. Dem sie auch, so es sich nicht um einen Blizzard handelt, sondern um einen späten April-, Anfang-Mai-Schnee, mit heiterer Gelassenheit begegnet. Sie weiß, dass es sie und ihre Blüten in diesem Frühling länger geben wird als den hilflosen Versuch eines Winters, sich noch einmal aufzuspielen, obwohl es ihn laut Kalender gar nicht mehr gibt.

Zu Dank verpflichtet bin ich auch all den sich an die Erwartungen haltenden Sibiricas von ›Dreaming Spire‹ bis ›Butter and Sugar‹. Selbst jenen, die ich mir als *Iris persica*, *iberica* oder *korolkowii* in Form von Überschusspflanzen aus dem Alpengarten des Belvedere geholt hatte und die sich dann ebenfalls als schlichte Sibiricas entpuppten. Wahrscheinlich hat ein Gärtnerlehrling in der Eile die falschen Etiketten erwischt.

Natürlich muss ich auch ein Wort zu den als Erste blühenden kleinen Zwiebelirissen wie *Iris danfordia* (gelbschwarz und grünlich gesprenkelt), *Iris reticulata* (veilchenfarben und nach Veilchen duftend) sowie der zartblau-gelblichen ›Katherine Hodgkin‹ sagen, die mit ihren Streifen und Punkten wie ein zitternder *Pierrot lunaire* in der Frühjahrskälte dasteht und mit ihrem Erscheinen über Nacht die wintermüde Stimmung aufhellt. Nach all dem Schnee sehnt man sich geradezu nach ihnen.

Auch die paar Setosas, die im Moorbeet brav vor sich hin horsten und hübsche blaue und blauweiße Blüten machen, werden einmal zu den angenehmen Erinnerungen gehören. Genau wie die paar Holland-Hybriden mit ihren kräftigen Farben, deren Zwiebeln ich zwischen andere Pflanzen setze, um die da und dort sich einstellende, zu sehr ins Magenta gehende Allgemeinfarbe aufzumischen.

Meine Beziehungsgeschichte zu Iris, mit all ihren verschiedenen Gattungen, Arten, Sektionen, Serien, Varietäten, Formen und Hybriden, ist lang, hat jedoch ihren Höhepunkt überschritten. Auch wenn sie gelegentlich wieder aufflackert. Ich habe vieles ausprobiert, wurde aber immer wieder mit der Tatsache konfrontiert, dass die Gegend nur für einige Arten und auch dann nur für bestimmte Sorten zuträglich ist.

Es regnet einfach zu viel. Was die Schnecken schätzen, die aber auch Irisse schätzen. Vor allem ihren Austrieb, zartes Gewebe eben. Das alles in Rechnung stellend, ist die Zeit ihrer Blüte zu kurz und zu unzuverlässig, um mein ganzes Herz an ihr Gedeihen zu hängen.

Ich kaufe also nicht mehr nach. Was überlebt, dem ist meine Sympathie sicher. Was sich verabschiedet, lasse ich gehen.

Ich habe mir mit Absicht nie ein Glashaus angeschafft. Ich will keine lebenslangen Sanatorien für Klimageschädigte. Oder wenn, dann nur zwischenzeitlich und in Notfällen. Dafür reicht die obere Veranda, die unbeheizt ist. Bei Kälteeinbrüchen lasse ich die Tür des Arbeitszimmers über Nacht einen Spaltbreit offen.

Habe ich gesagt, dass ich keine Iris mehr kaufe? Bei Durchsicht meiner Herbstlisten fällt mir eine Notiz über 25 kleine Zwiebeln von *Iris* ›Bronze Beauty‹, einer Hollandiris, in die Hände. Die ich ja wohl auch gesetzt haben muss. Es kommt noch dicker. Im neuesten Katalog von Hoch in Berlin habe ich *Iris* ›Gracchus‹, eine Züchtung aus dem Jahr 1884 (also muss sie sich bewährt haben), und zwei Zwerge ›Cat's Eye‹ und ›Firestorm‹ angekreuzt, die ich diesmal wohl eher in den mobilen Tonschalen (Flucht vor Regen und Schnecken) sehe als im Steingarten. Noch habe ich die Bestellung nicht abgeschickt. Aber wer weiß schon so genau, was er anderntags tut?

Und da ich, während ich schreibe, unter dem Schreibheft auch den Köhlein auf dem Schoß liegen habe, bin ich überzeugt, dass ich diesmal die Topfgeschichte besser lösen werde als vor Jahren. Man darf die Töpfe eben nicht in Reichweite von Schnecken aufstellen. Und Schnecken reichen beinahe überall hin. Ich habe schon welche auf dem Balkongeländer und in den Blumenkästen vor den Fenstern gefunden.

Das mit den neuen Irissen samt Zwergen betrachte ich als Ausrutscher. Alte Liebe … schließlich will ich ja auch die Schalen, Töpfe und Kübel reduzieren. Mein Rücken wird es mir lohnen.

Also, im Großen und Ganzen keine Schwertlilien mehr außer den Beständen. Dann schon lieber Lilien. Die habe ich, wie ich den Aufzeichnungen ebenfalls entnehme, auch noch im Herbst gesetzt. Sozusagen hinter meinem Rücken. Gleich 15 Stück. Fünf ›Stargazer‹, fünf ›Black Eye‹ und fünf ›Cappuccino‹. Und sofort vergessen (Alterserscheinung?). Obwohl ich mir sicher bin, dass ich die Pflanzenetiketten in den Boden gesteckt habe. Mittlerweile waren sie drei Wochen unterm Schnee, bis es in der dritten Dezemberwoche wieder zu tauen begann, und das bei Föhntemperaturen. Der Jänner ähnelt einem Märztag mit Wellen auf dem See, der in diesem Jahr noch kein Eis gebildet hat. Selbst auf den Bergen gibt es nur mäßig Schnee, bloß eine Art *icing*, wie man in England zum Zuckerguss sagt.

Traumatisierte Bäume

Auf den südseitigen Hängen blühen bereits die Schneerosen, unter den Apfelbäumen wachsen Schlüsselblumen, und die Weiden sind voller Kätzchen.

Morgens im Radio, um fünf vor neun, läuft seit Jahren die Miniserie »Vom Leben der Natur«. Diese Woche spricht eine Botanikerin über die Notwendigkeit der Winterruhe bei Bäumen und darüber, wie sie die Kältetage zählen, die sie zur Ruhe brauchen. Sind es zu wenige gewesen, verzögern sie ihren Austrieb, auch wenn es frühlingshaft warm wird. So viel Zeit muss sein für den vorgeschriebenen Winterschlaf.

Suzanne Simard, eine Wald-Ökologin an der Universität von Britisch-Kolumbien, und ihre Kollegen forschen sozusagen im *wood wide web*, indem sie beobachten, wie Bäume in einem Wald sich selbst organisieren. Dabei nutzen sie ein unterirdisches Netz von Mykorrhiza-Pilzen, das ihre Wurzeln verbindet, um Informationen (Warnung vor angriffigen Insekten), aber auch *Waren* (Kohlen- und Stickstoff sowie, wenn nötig, Wasser) auszutauschen.

Wobei die ältesten Bäume, wie Simard Michael Pollan erklärte, als Drehscheibe fungierten, manche mit nicht weniger als 47 Verbindungen. Das Diagramm des Wald-Netzwerkes soll dem eines Flugroutenplaners ähneln. Es ließe sich daran ablesen, wie diese »Mutter«-Bäume das Netzwerk benutzen, um verschattete Sämlinge (sie sollen ihre eigenen sogar erkennen können) mit Nährstoffen zu versorgen, bis sie selbst das Licht erreichen.

Simard will auch herausgefunden haben, dass Fichten das Pilznetz über die Jahreszeiten hinweg als *Handelsweg* gebrauchen, indem die immergrüne einer laubabwerfenden Art mit Zucker aushilft, wenn sie welchen übrig hat, um die Schuld später im Jahr wieder einzutreiben. Dass diese kooperative Untergrund-Ökonomie (Schleichhandel) für die Waldgemeinschaft stabilere Gesundheit, mehr Fotosynthese und größere Widerstandskraft mit sich bringt, verwundert dabei kaum noch. Genauso wenig wie das Statement des bereits erwähnten Stefano Mancuso, dass Pflanzen imstande seien, skalierbare Netzwerke selbsterhaltender und -reparierender Einheiten zu schaffen.

Während ich das alles lese, muss ich ständig an die Hängeulme in der Einfahrt denken, die wir 1989 als ersten Baum pflanzten. Ob ihr auch jemand unterirdisch zu Hilfe gekommen ist, als sie im ersten Winter von einem Rehbock dermaßen *geschält* (Jargon der Forstleute) wurde, dass es aussah, als habe man ihr bei lebendigem Leib die Haut abgezogen?

Wer aber sollte ihr zu Hilfe geeilt sein? Etwa die Felsenbirne, die selbst noch ein junger Busch war und bei anhaltendem Regen beinah im sich stauenden Hangwasser ertrank? Sie, die Wasserscheue, konnte mit dem vielen Nass einfach nichts anfangen. Oder die kurz davor gepflanzte kleine Weide, die zwar mit Vergnügen das Hangwasser schlürfte, jedoch selbst einer Rehattacke zum Opfer gefallen war? Ja von diesen sogar verschleppt und dann mitten am oberen Hang liegengelassen wurde. Die Töchter der Nachbarin fanden sie schließlich. Als wir sie wieder einpflanzten, beschwerten wir das lockere Erdreich um sie herum mit größeren Steinen. Unvorstellbar, dass sie der damals ebenfalls noch kleinen Ulme hätte beistehen können.

Es muss also ihre Fähigkeit zur Selbstreparatur gewesen sein, die die Ulme überleben ließ. Denn der Wald, dem neuerdings all diese sozialen Errungenschaften zugeschrieben werden, fängt erst weiter oben an.

Jedenfalls hat die Ulme bis heute überlebt. Ihr Schirm wird von Jahr zu Jahr ein wenig breiter und ihr Stamm etwas dicker. Ich nehme an, sie lässt sich alle Zeit der Welt mit der Höhe und investiert lieber in eine kompaktere, abwehrbereite Rinde. Übrigens hat kein Reh mehr versucht, ihr was abzuschaben. Wahrscheinlich hat sie dafür gesorgt (natürlich auf Chemisch), dass ihre Rinde von keiner Rehzunge mehr als appetitanregend empfunden wird.

Umso mehr fühlen sich Menschen von der Ulme angezogen. Jeder, der mit dem Auto kommt, parkt genau an der Stelle, wo der Schirm der Ulme bis in die Einfahrt hineinreicht. Und zwar auf der rechten Seite des Fahrers. Wäre sie auf der linken Seite, würde Fahrer oder Fahrerin es beim Aussteigen mit ihren auslaufenden Ästen und Ästchen zu tun bekommen.

So betrifft es bloß die jeweiligen Beifahrer. Meist mich, wenn ich heimgebracht werde und mir die Ulme beim Aussteigen kräftig durchs Haar fährt.

Nur die Taxifahrer (ich fahre selbst nicht Auto), die mit dem Heck voran (*arschlings*, wie der hiesige Dialekt das nennt) hereinfahren, bleiben nicht unter der Ulme stehen. Profis eben. Dennoch staune ich jedes Mal über die Sogwirkung der Ulme. So als würden die Menschen unbewusst Zuflucht unter ihr suchen.

Im Sommer steht hier eine Bank. Gäbe es, von ihr aus gesehen, noch den Blick auf den See, den nun die Hainbuchenhecke des formalen Gärtchens verstellt, würden wohl auch Fremde, die vorbeispazieren, die Bank für eine Pause nutzen. Manche tun es auch so, ohne Blick auf den See.

Aber auch die Weide ist traumatisiert. Nicht nur von ihrem Kidnapping durch die Rehe, sondern mehr noch durch ihre Extraktion als Erwachsene. Als vor drei Jahren die Wasserzuleitungen der gesamten Nachbarschaft erneuert wurden, musste zwei Meter tief gegraben werden, und zwar so nahe an der Weide, dass sie im Weg stand. Also musste sie ebenfalls ausgegraben werden.

Als ich vom Einkaufen zurückkam, sah ich sie auf die gegenüberliegende Wiese hingebreitet, die Wurzeln gen Himmel gereckt. Ein verstörender Anblick. Noch dazu schien die Sonne, es war August.

Die Arbeiter versuchten mich zu beruhigen und schworen, die Weide in Kürze wieder einzugraben und zu wässern. Was sie auch taten. Dennoch warf sie alle Blätter ab. Und wann immer ich vorüberging, konnte ich spüren, wie sie ums Überleben kämpfte.

Ich versprühte täglich eine Menge Schlauchwasser, ließ die nackten Äste zurückschneiden, damit sie sich aufs *Wesentliche* konzentrieren konnte, und tröstete mich mit dem Kommentar des befreundeten Försters, dass man mit Weiden so ziemlich alles machen könne, solange sie genügend Wasser bekämen.

Es dauerte zwei Jahre, bis feststand, dass er recht hatte. Einige Kätzchen im letzten Frühjahr – wesentlich mehr in diesem. Dabei haben wir erst Jänner, doch die Kätzchenknospen sind schon alle da.

Bäume werden mit den Jahren immer individueller. Vor allem die großen alten. Die Bäume meiner Kindheit, an die ich mich wie an Personen erinnere, gab es bis vor kurzem noch. Eine riesige Blutbuche, eine Trauerweide (unter der ich mit den anderen Kindern spielte), mehrere Tannen, ein Ahorn und eine Linde, um nur die wichtigsten von denen zu nennen, die mich durch Kindheit und frühe Jugend begleitet haben. Seit ich wieder im selben Ort wohne, bin ich oft am See entlang- und an ihnen vorübergegangen. Dabei hatte ich immer das Gefühl, dass sie sich an mich erinnerten, so wie ich mich an sie erinnerte. Diese Sentimentalität gestattete ich mir – *for auld lang syne.*

Im Dezember vor zwei Jahren wurden sie dann alle über Nacht gefällt. Bis auf die Linde, von der wenigstens ein Drittel übrigblieb, das letzten Sommer zumindest an zwei Stellen wieder ausgetrieben hat. Als es das Hotel noch gab, das bereits Ende der fünfziger Jahre von den neuen Besitzern abgerissen wurde (nur das Privathaus steht noch immer), hingen bunte Glühbirnen in ihren Ästen. Abends spielte ein Kriegsinvalide auf der Ziehharmonika, zu dessen Musik sich die Gäste auf einem ochsenblutfarben gestrichenen Tanzboden, Wange an Wange und so langsam wie möglich, im Kreis drehten.

Der Immobilienmakler, in dessen Besitz sich das Grundstück inzwischen befand, hatte das Massaker veranstaltet. Angeblich wollte er es dem potenziellen Käufer *baumrein* übergeben.

Ja, ich dachte, es sei Sentimentalität (und glaube es auch noch jetzt), dieses Gefühl des gegenseitigen Wiedererkennens. Allerdings mit einer leichten Irritation, seit ich bei dem bereits erwähnten Daniel Chamovitz gelesen habe, dass Pflanzen uns nicht nur *sehen* können. Sie merken es auch, wenn wir in ihre Nähe kommen oder uns über sie beugen. Sie erkennen sogar, ob wir etwas Blaues oder etwas Rotes anhaben. Und dazu sollen sie sich an vieles erinnern können, wenn auch nicht an Persönliches. Immerhin.

Genau wie der Winterweizen, der sich an die letzte Kälteperiode *erinnert*, die er braucht, um im Frühling seine während des Winters ruhenden Sämlinge zu neuerlichem Austreiben zu bewegen. Man hatte daher in den zwanziger Jahren, als milde Winter in der Sowjetunion zu Hungersnöten führten, die Samen, bevor man sie ausbrachte, einer Kältebehandlung unterzogen, um die nötige Kälteperiode im Gedächtnis des Winterweizens festzuschreiben.

Ménage-à-trois

Wie Pflanzen sehen, was sie sehen, wenn sie etwas sehen, uns zum Beispiel, werden wir wahrscheinlich nie erfassen können. Bis jetzt wissen wir im wissenschaftlichen Sinne nur, dass sie auf optische Reize reagieren. Das bedeutet, dass es dafür Rezeptoren gibt. Wie schon erwähnt, hat man mittlerweile an die fünfzehn solcher Rezeptoren für Sinneswahrnehmungen ausgemacht. Ob sie auch alle aktiv sind oder nur als Möglichkeit von Sinneswahrnehmungen existieren, die erst bei einer weiteren Stufe der Anpassung an eine sich verändernde Umwelt in Aktion treten könnten, ist noch nicht hinreichend erforscht. Aber: wer suchet, der findet.

Im Allgemeinen gelten Pflanzen als taub. Zumindest unter Wissenschaftlern. Obwohl einige der Gene, die beim Menschen Taubheit verursachen, wenn es bei ihnen zu Mutationen kommt, auch in Pflanzen vorkommen. Daher vertritt Lilach Hadany, Dozentin für theoretische Biologie an der Universität von Tel Aviv, die These, dass Pflanzen sehr wohl auf Töne reagieren. Man hätte nur noch nicht die richtigen Experimente gefunden, um das nachzuweisen. Sie schlägt vor, ein Geräusch aus der natürlichen Umgebung der Pflanzen einzusetzen, von dem man weiß, dass damit ein spezifischer Prozess in ihnen verbunden ist.

Genau das tut Heidi Appel an der Universität von Missouri, eine Chemische Ökologin. Sie hat festgestellt, dass, wenn sie die Tonaufnahme einer schmatzenden Raupe, die an einem Blatt schabt, einer nicht angegriffenen Pflanze vorspielte, dieser Ton ihre genetische Maschinerie dazu brachte, Chemikalien zur Verteidigung zu produzieren.

Ein anderes Experiment, in Mancusos Laboratorium durchgeführt, ergab, dass die Wurzeln einer Pflanze eine unterirdische Leitung entdeckten, durch die Wasser floss, obwohl die Außenseite trocken war. Was den Eindruck erweckte, Pflanzen würden auf irgendeine Weise das Geräusch von Wasser *hören* können.

Was sich jedoch bisher noch durch kein wissenschaftliches Experiment hat nachweisen lassen, auch wenn die Vorstellung davon sich speziell bei Pflanzenliebhabern großer Beliebtheit erfreut, ist die Vorliebe von Pflanzen für klassische Musik. Oder überhaupt für Musik. Warum auch? Der Brudersphären Wettgesang gehört offensichtlich nicht zur Umwelt von Pflanzen. Vielleicht wäre das anders, wären sie einer Musik ausgesetzt, die sich eines besonderen Geräuschmaterials bediente (wie etwa die Kompositionen von Mauricio Kagel oder Helmut Lachenmann). Zum Beispiel des Tropfens eines Wasserhahns, des hektischen Summens von Bienen, des Rupfgeräuschs von Kühen oder des bedrohlichen Brummens dicker Hummeln, die sich den Nektar langröhriger Blüten holen, indem sie einfach ein Loch hineinbeißen.

Da viele Menschen mit ihren Pflanzen sprechen, ist das natürlich auch ein Thema, nämlich ob Pflanzen menschliche Stimmen hören können. Und wenn ja, ob sie ihnen irgendeine Bedeutung beimessen. Ich persönlich halte das eher für unwahrscheinlich. Aber vielleicht nehmen sie irgendwelche von unserer Stimme erzeugte Vibrationen wahr, die sie kitzeln oder sonst eine Berührungsempfindung auslösen. Je sanfter wir auf sie einreden, desto angenehmer (womöglich). Aber solange sie auf keine unserer stimmlichen Annäherungsversuche reagieren, bleibt das natürlich Spekulation.

Apropos Berührung. In Japan, wo der Umgang mit Zierpflanzen von strenger Künstlichkeit gekennzeichnet ist, werden Sämlinge vom zartesten Alter an zur Robustheit erzogen, indem man ihnen in gewissen Abständen sozusagen mit der Hand über den Kopf streicht, eine Geste, von der man annimmt, dass sie Pflanzen stresst (auch Kinder reagieren oft mit Abwehr darauf).

Auch die Kunst des Bonsai-Schnitts imponiert mir zwar als wohldurchdachte ästhetische Anordnung von Formen, aber Pflanze würde ich dabei keine sein wollen.

Wissenschaftlich gesehen, existiert keine *persönliche* Beziehung zwischen Mensch und Pflanze oder wenn, dann höchstens eine vom Menschen als solche empfundene. Mitglieder von Gärtnerdynastien sehen das natürlich anders. So hatte schon die Großmutter der 2006 verstorbenen bedeutenden Fotografin und zum englischen Gartenadel gehörenden Valerie Finnis der damals Fünfjährigen eingeschärft, Pflanzen mit Ehrfurcht zu behandeln, sie hätten nämlich Persönlichkeit. Meines Wissens gibt es auch keine wissenschaftlich ernstzunehmenden Versuche, eine persönliche vice versa Beziehung zwischen Mensch und Pflanze experimentell auszutesten.

Als Hobbygärtnerin und mit Pflanzen lebende Beobachterin werte ich dennoch vieles als Reaktion auf meine Zuneigung und Fürsorge. Anziehung und Abstoßung gehören zu den ältesten Bewegungsformen des Universums, die sich auf vielfältige Weise bis in unser Menschsein fortsetzen. Ich halte es für durchaus möglich, dass Sympathie sich auch zwischenartlich überträgt. Man denke an die ungewöhnlichen Freundschaftsbeziehungen zwischen Tieren, die in freier Wildbahn Feinde wären. An Gärtner, die ein echtes Liebesverhältnis zu ihren Pflanzen unterhalten. An Kinder, die mit ihren *pets* im selben Bett schlafen wollen, und so weiter.

Ich war übrigens so ein Kind, das sein Bett mit Hund und Katze teilte, während der Sittich auf dem schmiedeeisernen Lampenträger über dem Bett schlief. Das war allerdings zu einer Zeit, als die wechselnden Kinderfrauen es aufgegeben hatten, sich um mich zu kümmern. Auch meine Mutter fand, dass ich schon ziemlich selbständig sei. Also begnügten sich die Kinderfrauen mit der Obhut meines um sechs Jahre jüngeren Bruders.

Der *Burgfriede*, wie Konrad Lorenz zivile Beziehungen dieser Art nannte, funktionierte im Großen und Ganzen. Was nicht heißt, dass die Harmonie immer dominierte.

Wenn die Schäferhündin sich links zwischen mir und der Wand so schmal wie möglich machte, bis ich schlief, und sich dann zu strecken begann, irritierte das die Katze rechts von mir, so dass sie ihre Krallen ausfuhr. Was wiederum den Sittich erschreckte, der zu zetern begann. Worauf ich erwachte und ihnen damit drohte, sie alle rauszuwerfen.

Es fand einfach statt, was in Familien üblich ist. Reibereien, Streit, lautstarke Widerreden und anschließende Befriedung.

Wenn ich mit blutigen Knien nach Hause kam, wurde ich vom Hund oder von der Katze behandelt, die das taten, was sie auch mit sich selbst tun, wenn sie sich verletzt haben, nämlich die Wunde sauber lecken. Wohingegen ich den Kopf der Hündin halten musste, wenn der Tierarzt kam, um ihre chronische Ohrenentzündung, die angeblich vom vielen Schwimmen im kalten See kam, zu behandeln. Und wenn die Katze mir den Kopf hinhielt, damit ich die Zecke, die sich darin festgebissen hatte, entfernte (damals wusste man weder etwas von der Sommermeningitis noch von Borreliose), drehte ich das Insekt so lange, bis es von selber losließ. Das erforderte einen sanften Griff und eine Menge Geduld. Damals hatte ich ziemliche Übung darin.

Übrigens behauptet Helen Dillon in ihrem »Garden Book«, dass das auch bei Löwenzahnwurzeln funktioniere, nämlich so lange geduldig daran zu drehen und leicht zu rütteln, bis die Wurzel sich herausziehen lässt. Was ich bestätigen kann, selbst wenn ich nicht immer die Geduld dazu aufbringe.

Dass das *persönliche* Verhältnis zu Pflanzen naturgemäß ein anderes ist als zu Tieren, vor allem zu Säugern, lässt sich nicht leugnen. Aber was die Entfernung von blutsaugenden Insekten angeht, besteht der Unterschied höchstens darin, dass es einfacher ist, ein paar Blattläuse an einem Rosenzweig zu zerquetschen, als eine Zecke aus dem Fell von Hund oder Katze zu drehen.

Bei Schnecken wird der *Dienst am Freund, der Freundin* schon fragwürdiger, und das liegt nicht nur daran, dass Schnecken größer sind. Je mehr ich von ihnen weiß, desto schwerer fällt es mir, sie umzubringen. Aber wenn es darum geht, sie oder meine Silberdisteln am Leben zu erhalten, ist die Entscheidung rasch gefällt. Im wahrsten Sinn des Wortes. Wenn ein Baum gefällt wird, heißt das, man schneidet ihn um. Ähnliches geschieht mit den Schnecken, sie werden durchgeschnitten. Das geht wenigstens schnell und ist humaner (auch da verrät die Sprache uns: die aus Erwägung tötende Spezies), als sie mit Salz zu bestreuen, um sie auszutrocknen, oder sie mit den handelsüblichen Körnern zu vergiften.

Die Sache dadurch zu neutralisieren, dass man sagt, die Schnecken seien Kannibalen und würden ihre toten Artgenossen fressen, gilt nicht. Sie lassen nur nichts verkommen. Schnecken sind, wie die Natur, keine Verschwender, obwohl auch sie gelegentlich eine angebissene Pflanze einfach liegenlassen. (Weil sie es noch geschafft hat, sich an ihrem Vernichter auf chemische Weise zu rächen oder ihm zumindest den Appetit zu verderben? Wer weiß.) Jedenfalls ist das mit ein Grund, warum mich Schnecken ärgerlich machen. Sie fressen nämlich nicht nur vergammeltes Grünzeug, wie Schneckenfreunde behaupten, sondern am liebsten zartes, frisch geschlüpftes Blattwerk, vor allem aber auch prächtiges. Schon befinde ich mich mitten im tierisch-pflanzlichen Schlachtengetümmel.

Wenn der Garten eines nicht ist, dann eine Idylle. Auch wenn man es ihm nicht gleich ansieht. Der Kampf um Ressourcen wird unentwegt ausgetragen. Alle wollen satt werden und sich vermehren. Die Natur tritt dabei als Spielerin, manchmal auch als Hasardeurin auf, die die Steine ihres Baukastens wiederholt auseinandernimmt, um sie neu zusammenzusetzen. Moleküle, die älter sind als unser Planet (angeblich bestehen wir alle aus Sternenstaub), spielen weiter mit, in wechselnden Aggregatzuständen und in immer neuen Formen des Zusammenschlusses oder des Entweichens. In Wirklichkeit geht gar nichts verloren, nur die Erscheinungsformen wechseln.

Auf dieser Grundannahme beruht auch jede Form von Mystik. Wir bestehen alle aus denselben Stoffen, die immer neue Verbindungen eingehen, neue Einheiten bilden, die jedoch – salopp formuliert – alle aus derselben Küche stammen. Einer Millionen-Hauben-Küche, deren Süppchen immer auf der Basis von Wasser zubereitet werden. Überwältigend.

Auch wenn wir uns manchmal darüber aufregen, dass der oder die auch nur mit Wasser kocht. Allerweil. Was würden wir denn tun ohne Wasser? Gar nichts, vermutlich, weil es uns ohne Wasser gar nicht gäbe, genauso wenig wie ohne Sauerstoff.

Nicht von ungefähr bezieht sich gerade die Mystik oft auf den Urozean, *das Meer der Seele*, in das die einzelne Seele, was immer man darunter verstehen möchte (materiell gesehen wahrscheinlich das, was sich von uns verflüssigt), zurückkehrt und – je nachdem um welche Richtung in der Mystik es sich handelt – von dort in neuer Form aufbricht in die Welt des Lebendigen.

Was der Garten für uns tut, ist, uns das Werden und Vergehen, somit den ganzen Zyklus des Lebendigen zu veranschaulichen. Von der Anzucht aus Samen (so man nicht bloß Kaufware hüten will) bis zum Komposthaufen, wo das meiste schließlich landet, wird uns der Kreislauf und dessen Unentrinnbarkeit immer wieder unerbittlich vor Augen geführt.

Die meisten Gartenpflanzen, bis auf Rosen und Bäume, haben eine wesentlich kürzere Lebenserwartung als ihre Gärtner, die daher die Zeit schneller wahrnehmen, während sie sich für Pflanzen und insbesondere Schnecken in ihrer von uns empfundenen Kürze gewaltig dehnt. Was man erst dann bemerkt, wenn man die Schlingbewegungen von Pflanzen oder das Liebesspiel von Schnecken im Zeitraffer sieht.

Apropos Schnecken. Soweit mir bekannt, sind sie die zärtlichsten und ausdauerndsten Liebhaber unter den Lebewesen. Ihre Zwitternatur ermöglicht ihnen die zweifache Lust, die der weiblichen und die des männlichen Beteiligten. Sozusagen in einem Gesamtpaket, ein wenig Sadomaso inklusive, durchbohren sie einander doch während des Liebesspiels mit kleinen Kalkspießen. Da lohnt es sich schon, die Langsamkeit nicht nur zu entdecken, sondern auch zu üben.

Insgesamt haben die Pflanzen eine noch ausgeklügeltere Luststrategie, nämlich die des institutionalisierten *Dritten*. Sollte es auch bei ihnen die Lust des Berührtwerdens und des Mitschwingens wie beim Sexualverhalten der Tiere (uns eingeschlossen) geben, dann ist beim Akt der Bestäubung von Blütenpflanzen ein Dritter beteiligt, nämlich ein Insekt, ein Vogel, eine Fledermaus oder wer immer sich diesen Liebesdienst durch nahrhafte Leckerbissen wie Nektar oder überschüssigen Pollen vergelten lässt. Er hat sozusagen die Beweglichkeit im Liebesakt übernommen, das Vorspiel, wenn man so will, das vonnöten ist, damit die Pflanze auch bereit ist, den Pollen aufzunehmen.

Der Aufwand, den die Pflanzen treiben, um in den Genuss ihres Vorspiels zu kommen, die Lockmittel, die sie sich eine Menge Energie kosten lassen, verführen zu der Annahme, dass sie wohl ihren Spaß daran haben.

Dass es auch anders geht, zeigen die Nacktsamer, die sich nur vom Wind ein wenig streicheln lassen, was er ohnehin tut, wann immer er weht. Aber auch bei bedecktsamigen Blütenpflanzen spielt der Wind des Öfteren eine Rolle als Bestäuber (die betreffenden Pflanzen produzieren dann massenhaft Pollen, der wiederum Auslöser von Pollenallergien ist). Oder die Sporenpflanzen, die ein noch archaischeres Ritual entwickelt haben. Die machen es sozusagen auf zweimal, das nennt man dann *Generationswechsel.* Farne zum Beispiel bilden auf der Unterseite ihrer Blätter Sporen. Die werden vom Wind verstreut, und wenn sie in einem geeigneten Gebiet landen, keimen sie aus, um Gametophyten zu produzieren. Die Gametophyten sind kurzlebige fragile Strukturen aus grünem Gewebe, genannt Prothallien. Ihr einziger Zweck ist es, die männlichen Organe (Antheridien) und die weiblichen (Archegonien) zu bilden und zu tragen. Bewegliche männliche Spermien, die in den Antheridien produziert werden, wandern in einem Wasserfilm (was sagt uns das?) zu den Archegonien, wo sie die einzelnen Eizellen befruchten (dass alles Leben aus dem Wasser kommt?). Diese befruchtete Eizelle entwickelt sich dann zu einem neuen Sporophyten. Während der Sporophyt wächst, verkümmert das Prothallium (Gametophyt) und stirbt ab, und alles kann von neuem beginnen.

Wer wie ich die ganze Bestäubungsperiode hindurch die Bienen, Hummeln, Käfer usw. am Werk sieht, muss einfach den Eindruck gewinnen, dass auch die Bestäuber an der Lust beteiligt sind. Was, wenn man es genau betrachtet, bei den Orchideen am deutlichsten wird. Ich kann eigentlich nicht glauben, dass sich Fliegen von der Fliegen-, Bienen von der Bienen- und Hummeln von der Hummelragwurz seit Jahrmillionen zur Gratisarbeit einteilen lassen, ohne das Geringste davon zu haben. Dazu ist die Natur viel zu ökonomisch.

Im Gegenteil. An den Orchideen muss schon etwas Besonderes sein (Sex de luxe?). Man könnte es auch als Sex pur, das heißt ohne Verpflichtung zu eigener Nachkommenschaft sehen, wie es auch bei anderen Insekten üblich ist. Möglicherweise etwas Verruchtes, weil Ungewöhnliches, etwas, was sie ohne Nahrungsbelohnung im Dienste der Orchideen verharren lässt. Eine Art Sex mit einer Domina? Etwas, wofür man zu bezahlen bereit ist, anstatt eine materielle Belohnung einzufordern.

Sagen Sie jetzt bitte nicht, ich würde menschliche Gelüste auf unschuldige Tiere und Pflanzen übertragen und mich wieder einmal eines Anthropomorphismus schuldig machen. Haben Sie sich je mit dem Sexualgebaren einer Gottesanbeterin oder der meisten Spinnen beschäftigt? (Alles Liebesstrategien, die lange vor der Menschwerdung in Gebrauch standen.) Dagegen sind die Orchideen sublime Gestalterinnen einer Ménage-à-trois, von der man einiges an diffiziler Lustaufteilung lernen könnte. Schließlich handelt es sich dabei um eine Dreiecksbeziehung, von der dem Augenschein nach alle etwas haben.

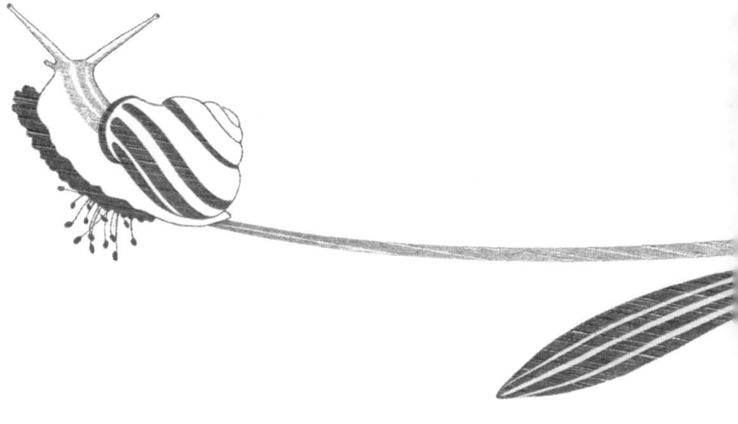

Dass die nicht gerade diskreten Verlockungsstrategien von Blütenpflanzen nicht jedermanns Sache sind, bekräftigt der Neurologe und Autor in viele Sprachen übersetzter Sachbücher, Oliver Sacks, in seinem 2004 auf Deutsch erschienenen Reisetagebuch »Die feine New Yorker Farngesellschaft. Ein Ausflug nach Mexiko«. Er fühle sich, meint Sacks, eher zu Kryptogamen (Sporenpflanzen) hingezogen. Blumen mit ihrer Unverhülltheit, ihrer Unverblümtheit, finde er ein wenig aufdringlich. Und obwohl er die Schönheit von Blüten durchaus zu schätzen wisse, bevorzuge er die grüne geruchlose Welt der Farne, eine Welt von sympathischer Zurückhaltung, als die Fortpflanzungsorgane – Staubgefäße und Stempel – noch nicht jedem auffällig entgegengereckt, sondern mit einem gewissen Feingefühl an der Unterseite der Farnwedel verborgen wurden.

Die Ambivalenz der Gefühle

Dies ist der mildeste Winter, den ich je in dieser Gegend erlebt habe. Schon der Dezember geizte mit Schnee, ebenso der Jänner. Erst recht der Februar, und selbst jetzt, Mitte März, scheint beinah täglich die Sonne. Vergangenes Wochenende regnete es zum Glück einmal zwei Tage. (Ich hätte nie gedacht, dass ich zum Regen jemals Glück sagen würde.) Der Garten hatte die Nässe auch nötig, um nicht schon zu dieser Jahreszeit vom Schlauch abhängig zu sein.

Beinah wäre mein Jahreskonzept (das theoretische) ins Wanken geraten, zu dem es gehört, im Februar, spätestens im März vor dem für gewöhnlich noch liegenden und mit Nachschub kaum sparenden Schnee zu flüchten. Meist in die Türkei oder nach Ägypten, seit letztem Jahr nun für vier bis fünf Wochen nach Wien, wo ich beinahe die Hälfte meines Lebens den Hauptwohnsitz hatte. Musik hören, Bilder anschauen, Freunde besuchen, recherchieren, was auch immer, bloß nicht im Schnee herumstapfen und Eiszapfen von den Dachrinnen schlagen.

Im letzten Jahr sind mir Schnee und Kälte nach Wien gefolgt, in diesem musste ich mir anhören, dass es zu Hause in den Bergen wärmer sei als in der Stadt und es dort auch nicht den vielen Wind gibt, wie er für Wien typisch ist.

Wer lange in Wien gelebt hat, weiß, dass es nicht alles sein kann, sein Hirn mit Landschaft und kleinen Erlebnissen in der großen Natur zu füttern, wie sehr einem zeitweise auch danach zumute ist. Es gibt auch noch anderes, von dem man gleich nach dem ersten Besuch in der Albertina, im Unteren Belvedere oder im Theater an der Wien spürt, wie sehr man es vermisst hat.

Nachts, wenn man einmal nicht schlafen kann, wird das Dilemma noch größer. Alles könnte so viel einfacher sein. Ja, ich getraue mich, es auszusprechen: ohne diesen Garten, der jetzt auch noch verkleinert werden soll. Ohne die Umsicht für ein ganzes, wenn auch kleines Haus, das noch dazu ohne unmittelbare *Verkehrsanbindung* ist. Ich glaube, so nennt man das, wenn die Autobushaltestelle unten im Dorf ist. Ich sage bewusst *unten*, da der Aufstieg zu uns herauf einigermaßen steil ist und ich nie den Führerschein gemacht habe.

Zurzeit geht das alles noch spielend (als hätte ich je beim Bergaufgehen gespielt). Schon als Kind hatte ich Beklemmungen, wenn es steil hinaufging. Was aber ist mit den späteren Jahren? Nicht einmal ein Taxi gibt es im Ort, man muss es aus der nächsten kleinen Stadt kommen lassen.

Hingegen funktionieren die öffentlichen Verkehrsmittel in Wien besser denn je. Und da der Winter auch in Wien der mildeste aller Zeiten ist, gehe ich beinahe immer zu Fuß. Ohne Beklemmungen, weil ohne erkennbare Steigungen. Wie bequem das Leben doch sein kann.

Natürlich habe ich mir die vielen Termine alle selbst gemacht. An die drei pro Tag. Mittags ein Treffen im Café, nachmittags ein Besuch im Naturhistorischen Museum, wo ich mir die Versteinerungen von urtümlichen Pflanzen und Tieren genauer anschaue. Oder in einem der Kunstmuseen. Danach ins Kino, in die Oper, zum Essen mit Freunden, die Zeit in Wien will genutzt sein.

Nur nicht an den Garten denken, der diesmal nicht unterm Schnee verborgen liegt, wie sonst um diese Zeit, sondern tagtäglich der Sonne, den ungewöhnlichsten Temperaturen ausgesetzt ist.

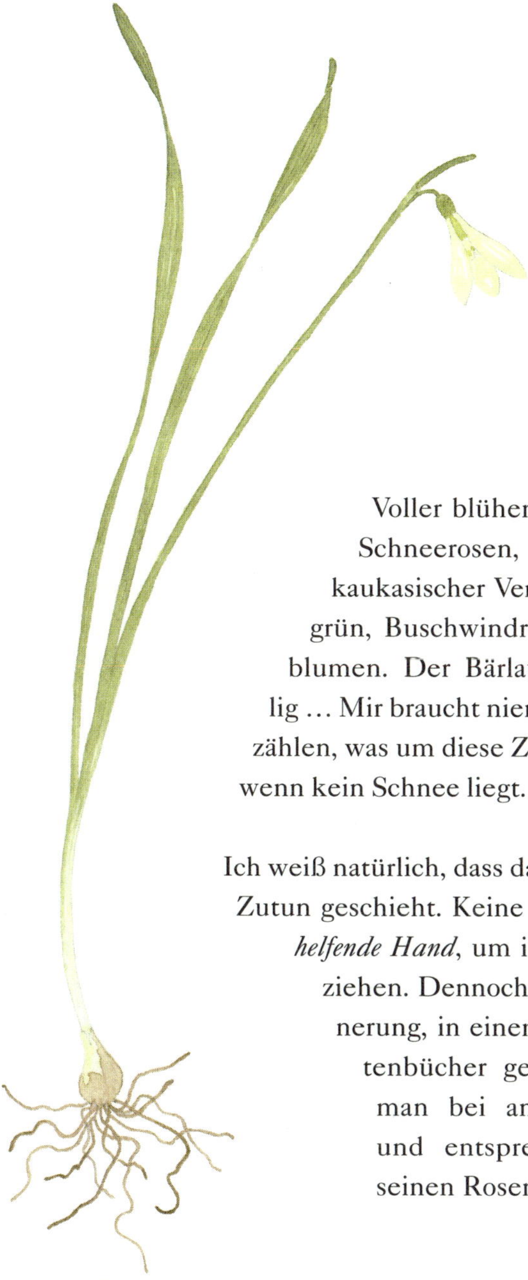

Voller blühender Schneeglöckchen, Schneerosen, kleiner *Iris reticulatas*, kaukasischer Vergissmeinnicht, Immergrün, Buschwindröschen und Schlüsselblumen. Der Bärlauch wird langsam fällig … Mir braucht niemand am Telefon zu erzählen, was um diese Zeit blüht, blühen muss, wenn kein Schnee liegt.

Ich weiß natürlich, dass das alles auch ohne mein Zutun geschieht. Keine Lenzrose braucht eine *helfende Hand*, um ihr Programm durchzuziehen. Dennoch peinigt mich die Erinnerung, in einem der wichtigeren Gartenbücher gelesen zu haben, dass man bei anhaltender Märzsonne und entsprechender Trockenheit seinen Rosen zumindest einmal die

Woche mit einem Eimer Wasser über die Runden helfen sollte. Es ist März. Noch bin ich nicht wirklich beunruhigt, aber ich denke daran, während es mir im Februar ganz gut gelungen ist, den Garten auszublenden. Schließlich gibt es noch so viel anderes, was mich interessiert.

Da es im inneren Wien nicht einmal mehr eine Samenhandlung gibt (wann immer ich den Bärendurchgang benutze oder über den Petersplatz gehe und dabei an den ehemaligen Geschäften dieser Zunft vorüberkomme, muss ich daran denken, was ich da alles gekauft habe), bin ich auch gegen Exzesse in puncto Ersatzhandlungen gefeit. Wo kein Angebot, da keine Nachfrage, sage ich mir beruhigt. Wo keine Versuchung, da auch kein Sündenfall.

Ich komme tatsächlich ohne Samentütchen von Wien weg, nicht jedoch von der Fahrt zurück. Unterwegs hält die Freundin, die mich mit Sack und Pack abgeholt hat, bei *Bella Flora* in Liezen, weil sie Orchideendünger braucht. Ich bescheide mich mit Koriander-, Dill-, Kresse- und Estragonsamen, den Notwendigkeiten der Küche für die Töpfe auf der Terrasse. Das zählt so gut wie nicht.

Der Himmel wolkenlos, die Temperaturen an der 20°-Grenze, manchmal auch darüber. Es soll noch eine Weile so bleiben.

Die Weide am Beginn der Einfahrt (die einst entführte) leuchtet mir goldgelb entgegen. Der Pollen an den Kätzchen ist reif zum Transport. Ich höre das Summen der Wildbienen (das heißt, ich glaube zu erkennen, dass es wilde sind), meterweit. Den Verandablumen geht es gut, die Nachbarin hat sie bestens versorgt. Der Rosmarin ist abgeblüht, die rosa Zyklame mit den viel zu vielen Blüten lässt die äußeren hängen. Wahrscheinlich ist ihnen zu warm in all dem direkten Licht.

Der Garten gibt sich reserviert mit seinen noch vielen nackten Flächen. Zu viel Erdbraun mindert die Wirkung der wein- und violettroten Lenzrosenblüten. Ich hatte mehr Blühen erwartet. Die Erde ist nicht nur nackt an manchen, sondern trocken an allen Stellen. Fremdle ich oder der Garten? Anderntags hole ich den Schlauch aus dem Schuppen. Sollen die Nachbarn nur den Kopf schütteln, ich wässere.

Am Morgen darauf haben nicht nur die Krokusse, die Kaukasusvergissmeinnicht und die Schneeglöckchen zugelegt, auch die Buschwindröschen und Schlüsselblumen haben die Nässe aufgesogen und sich ausgebreitet. Und nachdem der freundliche Gartenhelfer den Hang auch noch gerecht hat, entsteht eine perfekt gewebte Decke aus Weiß und Gelb auf zartgrünem Grund, schöner als jedes der Beete auf öffentlichen Plätzen.

In den Fugen der kleinen Steinmauer hat so gut wie alles überlebt, doch sind die winzigen Aurikel- und Zwergirisableger winzig geblieben, nur die Hauswurzen scheinen täglich fetter zu werden. In der vollen Sonne, versteht sich. Die Miniphloxe und -steinnelken wirken noch strohig. Ich schaue auf den Kalender, es ist der 14. März. Was will ich denn bloß, lauter Frühgeburten?

Der kleine Amselhahn hat ebenfalls überlebt. Er kommt auf mich zugelaufen, als wolle er mich begrüßen. Erst einen halben Meter vor mir bremst er sich ein und hüpft in das Beet, wo er reflexartig in der Erde herumhackt, ohne dass ich ein Insekt oder einen Wurm zu sehen kriege. Ich rede mit ihm. Er hebt den Kopf und hört aufmerksam zu. Aus Höflichkeit? Oder weil ich ihm ansehe, wie einsam er ist? Er, der den Winter hier verbracht hat. Wahrscheinlich nicht in weiser Voraussicht, sondern weil das Klima einfach milder geworden ist. Insgesamt. Und er sich dann schon ein Revier gesichert haben wird, wenn die Weibchen aus dem Süden zurückkommen.

Ich vermisse die Premierenkinos und den Sizilianer am Beginn der Margaretenstraße, in dessen Auslage sich die Orangen türmen. Und was für Orangen. Ihr Duft überwältigt einen, sobald man den Laden betritt. Und erst seine Marmeladen und die Pistazienpaste! Aber auch den Naschmarkt mit seinen Gewürzen, den Gemüsen und Früchten und den Waldviertler Mohnzelten.

Dennoch möchte ich zurzeit nirgendwo anders sein als hier. *Back to work*, drinnen und draußen. Selbstredend tun mir Rücken und Knie weh, nachdem ich den ganzen Wasserzulauf des Teichs von Laub freigeklaubt habe.

Sobald die beiden bereits angereisten Kröten meinen Schatten sehen, tauchen sie in all den Algenschlick ab, der sich durch die permanente Sonnenbestrahlung und den niedrigen Wasserstand gebildet hat. Eigentlich sollten sie noch gar nicht hier sein. Für gewöhnlich geht der Teich erst Ende April auf. Er liegt am Fuße des Hangs, aller Schnee schiebt sich auf ihn zu. Zum Teil im Schatten, ist er die letzte Zuflucht von Eis und Schnee, bevor ihnen der Frühling den Garaus macht. Was ist los mit diesem Jahr? Es ist der 18. März, mehr als einen Monat vor der üblichen Laichzeit.

Nachdem ich eimerweise Laub entsorgt habe, schalte ich die Pumpe ein. Das Wasser schießt geradezu hangabwärts in den Teich. Es geht vor allem um die Sauerstoffzufuhr.

Ich schüttle meine Arme und Beine aus, die sich nach der vielen Bück- und Knierei ziemlich steif anfühlen, ernte den ersten Bärlauch fürs Mittagessen, die ersten Löwenzahnblätter für den Salat, auch der Schnittlauch (wilder, von der Alm hierher verpflanzt) ist schon gebrauchsfertig, und mache mich ans Kochen, mit der Zufriedenheit eines Landmanns, der seine Arbeit getan und sich sein Essen verdient hat.

Als ich nach einer kleinen Siesta mit der Kaffeetasse in der Hand auf die Terrasse gehe, sehe ich, wie der Teich Wellen schlägt. Nicht die gewöhnlichen kleinen, wenn die Amseln, Meisen oder Rotkehlchen ihr Bad nehmen, sondern richtige mächtige Liebeswellen.

Der Teich hat sich mit Erdkröten gefüllt. An die zehn Brutpaare, wie jedes Jahr. Die ersten Laichpolster schwimmen bereits in Ufernähe. Als hätten die Hochzeiter nur darauf gewartet, dass die Pumpe den Schlammtümpel wieder bewohnbar macht.

Für einen Augenblick fühle ich mich wie der gute Geist der Krötenschaft und gleichzeitig so, als wäre ich belohnt worden für all die gelenkschädigende Klauberei.

Warum ein schmerzender Rücken manchmal glücklicher macht als die Idee, es sich im Alter immer bequemer machen zu müssen

Der März ist bereits in den Zwanzigern, und die Sonne scheint noch immer von einem blankgefegten Himmel. Auch die Wildtiere sind dieses Jahr früher dran. Während ich mich im Schattenbeet (nordseitig) hinhocke, um die alten Lenzrosenblätter abzuschneiden, spüre ich eine flaumige Berührung an meinem linken Knöchel.

Wir erschrecken beide ein wenig, der kleine Feldhase und ich. Seine Mutter hat ihn wohl im Laub der Kletterhortensie versteckt, während sie selbst erstes Wiesengrün fressen ging, damit die Milch nicht nur nach altem Heu schmeckt.

Ich widerstehe der Versuchung, den Kleinen aufzunehmen (Hasenmütter mögen das nicht so gerne). Das Junge hoppelt (gar nicht in Panik) eher umständlich die kleine Böschung hoch und verschwindet unter der Hainbuchenhecke.

Trotz der wolkenlosen Bläue, die den See mit seinen Föhnwellchen stahlblau macht, mehren sich nicht nur im Teich die Unkenrufe, sondern auch in den Medien, dass es spätestens mit dem 23. März, zwei Tage nach dem astronomischen Frühlingsbeginn, mit dem Wunderwetter vorbei sein wird. Was weiter nicht verwunderlich wäre. Uns ist allen klar, dass der Winter oben auf den Bergen nur darauf lauert, die ungeahnten Schneemassen, die er noch im Sack hat, wirkungsvoll ins Tal stäuben zu lassen. Womöglich in Form von Lawinen, die der späte Schnee gerne auslöst.

Es sind noch ein paar Tage hin, was geht sich da noch aus? Wider besseres Wissen ein paar Rosen zu schneiden? Was soll schon sein, wenn es noch einmal ordentlich friert, wird man nachschneiden müssen. Und der schwere nasse Schnee, der in Aussicht steht? Also lasse ich die größeren Sträucher noch zusammengebunden.

Ein bisschen herumzupfen und beobachten. Der zukünftige Monte Baldo scheint in Erscheinung treten zu wollen. Nur eine der zwölf Pfingstrosen, Sämlinge und letzten Herbst zugekaufte inbegriffen, hat noch nicht ausgetrieben. Ich getraue mich nicht, mit den Fingern nach ihr zu bohren. Womöglich verletze ich beim Stochern einen noch sehr empfindlichen Austrieb. Wenn sie kommen will, kommt sie (gelegentlich bin ich praktizierende Fatalistin). Wenn nicht, muss ich nach Orth im Innkreis, um mir eine robustere zu besorgen. Schicken geht dann nicht mehr bei diesen Frühblühern.

Also topfe ich alles um, was auf der Veranda oben überwintert hat. Dazu all die Tonschalen mit den verschiedenen Hauswurzsorten, die sich um ausgesuchte Kiesel drapieren und so gut wie jedes Wetter aushalten. Nur dass sie struppig werden, mit dichten Krägen abgestorbenen Laubs um ihre Rosetten.

Die alte Topferde geht wieder in die Kompostbehälter hinterm Haus, die ohnehin schon randvoll sind. Aber es ist noch zu früh, den Behälter mit den älteren Pflanzenresten, die schon großteils zu Erde geworden sind, durch ein Sieb in den dritten Behälter zu werfen, der den bereits fertigen Kompost hüten soll.

Da ich im Garten nach Möglichkeit immer die Augen offen halte, entgeht mir natürlich nicht, dass ich mich wieder einmal zu schnell (Geduld ist nur in Maßen erlernbar) von Pflanzen getrennt habe, an-

statt ihnen eine zweite Chance zu geben, wie sie mir nun mit aller Deutlichkeit vor Augen führen.

Zwei Chrysanthemenstöcke (an deren Farbe ich mich nicht einmal mehr erinnere), die so aussahen, als hätte ihnen der erste Frost jede Lebensgrundlage entzogen, landeten (ohne Topf) im Kompost und haben dort, wohl von den Verbrennungsvorgängen im Inneren des Haufens gewärmt und vom Hausdach im Rücken geschützt, wieder freudig ausgetrieben.

Ich nehme sie und die Weinraute, die ich genauso achtlos behandelt und ebenfalls topflos ausgesetzt hatte, schneide sie bis auf die Austriebe zurück, verpasse ihnen schlichte klassische Tontöpfe und setze sie wieder in den Kompost, im Hinblick auf einen noch immer möglichen verspäteten Wintereinbruch.

Dabei stolpere ich über mehrere Töpfe mit letztjährigen Tulpen, die ich wieder in die Erde zu setzen vergessen habe. Wohl ein wenig mit Absicht, da sie bereits einmal unter der Erde waren (samt Topf, um die abgeblühten Tulpen leichter entfernen zu können) und ich nach einschlägigen Erfahrungen nicht so recht an ihre weitere Blühfähigkeit glauben wollte.

Nun stehen sie derart frisch im Laub, dass ich auch sie in größere Töpfe setze und mich nicht genug darüber wundern kann, wie sie in ihren relativ kleinen Plastikgeschirren ohne jeden Schutz über den Winter gekommen sind (vor allem über die Fröste Anfang Dezember). Jetzt haben sie den besten Platz auf der Terrasse, und die neue Erde hat sie, scheints, richtig in Stimmung gebracht. Wie sich später herausstellt, war die Auferstehung nur den Blättern gegönnt, die Blüten waren, wenn überhaupt welche kamen, kaum der Rede wert.

Nicht dass das Topfen eine aufregende Tätigkeit wäre. Ich finde weder Schneckeneier noch fressgieriges Kleinzeug. Manche der Pflanzen haben eine ganze Schicht von hauchdünnen Wurzelfäden um sich herum gebildet, die wie gewalkter Stoff wirken. Wahrscheinlich haben sie den Winter über zu wenig Wasser bekommen und versuchen das wenige für noch schlechtere Zeiten zu speichern. Ich schneide den ganzen Filz ab und entferne die ausgelaugte Erde, setze sie in frische, leicht gedüngte, gieße sie ausführlich und lege die nackte neue Erde mit Kieselsteinen aus, damit die Feuchtigkeit nicht zu schnell verdunstet in meinem kaltheißen Verandaklima, wo sie noch bis ins letzte Drittel Mai (nach den Eisheiligen) stationiert sind.

Wie schon angedeutet, ist das Umtopfen keine besondere Herausforderung, es muss nur gemacht werden. Und zu sehen, wie die alten Pflanzen (mehrjährige) nach ihrem unter- und oberirdischen Haarschnitt (natürlich wird auch oben alles weggeschnitten, was nicht taufrisch ist) mit einem Mal so adrett dastehen, kann ich mich des Eindrucks nicht erwehren, dass sie es mögen, manikürt, enthaart und in frische Betten gesteckt zu werden. Hoffentlich zeigen sie sich dafür auch erkenntlich.

Dass ich all diese Töpfe zuvor vom ersten Stock herunter zum Terrassentisch getragen, die Säcke mit Erde im Schleifverfahren zu ebenjenem Tisch gezerrt, die neue Erde eimerweise zu ihm hochgehoben und dazu die frisch geschrubbten Töpfe (bei manchen musste ich mir erst einen breiten Gurt umlegen, um sie heben zu können) wieder zur Veranda hinaufgetragen habe, gehört zur schweißtreibenden Fleißseite des zu erwartenden Preises.

Wobei dieser Preis zwei Aspekte hat, einen unmittelbaren und einen zukünftigen, mittelbaren.

Der unmittelbare besteht im abendlichen Wohlgefühl, alles getan zu haben, um meinen Pflanzen den bestmöglichen Start in die neue Saison zu sichern, auch wenn mein Rücken das anders sieht. Der längerfristige hingegen in der berechtigten Hoffnung, mit ihrem

Blühen und Gedeihen (wenn möglich ein wenig über dem Standard) rechnen zu dürfen.

Beide Aspekte erzeugen gute Laune und eine Art körperliches Glücksgefühl, das auch während der Schreibarbeit vorhält, die mir beim Topfen bereits durch den Kopf gegangen ist. Auch wenn ich bei der Gartenarbeit bewusst meist an gar nichts denke. Das Gehirn braucht seine Ruhepausen, botanisch gesprochen, Kompost für neue Gedanken.

Dass die ganze Gartlerei auch etwas mit Ordnung zu tun hat, mit einer bestimmten Art des Aufräumens, die dem Wildwuchs entgegensteht, kann ich nicht leugnen. Aber ein Garten hat es an sich, in eine bestimmte Ordnung gebracht zu werden. Nur dass die Grenze zwischen Ordnung und Wildwuchs eine mäandernde ist. Zumindest in meinem Garten.

Manchmal frage ich mich natürlich, warum ich all die damit verbundene Arbeit so willig auf mich nehme. Von einem rationalen Standpunkt aus steht der Aufwand an Energie und Körperkraft nicht unbedingt in einem gewinnbringenden Verhältnis zum Resultat. Noch dazu, wenn man, wie ich, aus verschiedenen Gründen mit dem Gemüseanbau so gut wie aufgehört hat. Wenn es nur um die Schönheit von Blüten ginge, könnte ich mir die auch in einem botanischen Garten oder während einer Reise zu den *schönsten Gärten Großbritanniens* anschauen. So wie man all die Tiere, deren Haltung zu aufwendig oder Privatpersonen überhaupt verboten ist, im Tiergarten in Augenschein nehmen kann. Es muss noch etwas anderes dahinterstecken. Eine Bereitschaft, die ebenfalls älter ist als der Mensch. Es liegt also nahe, bei Tieren nachzufragen, die sehr viel mit uns gemeinsam haben, nämlich den Ratten, die ebenfalls opportunistisch (manche Rattenlaborbetreiber sagen *flexibel* dazu) und Allesfresser sind.

Kelly G. Lambert, Universitätsprofessorin für Psychologie in Ashland, Virginia, und Leiterin eines biopsychologischen Labors, in dem sie an Ratten die Plastizität des Säugetiergehirns erforscht, hat in ihrem Buch »The Lab Rat Chronicles« (auf Deutsch unter dem belehrend biederen Titel »Lehrmeister Ratte. Was wir von den erfolgreichsten Säugetieren der Welt lernen können« erschienen) dieses Thema der Arbeit ebenfalls behandelt und kommt dabei zu Ergebnissen, von denen man das Gefühl hat, sie ohnehin schon immer geahnt zu haben. Auch wenn sie einem noch nie so anschaulich und in Form von Experimenten vorgeführt wurden.

Was mir am Ansatz von Lambert Lust machte, mir das Buch genauer anzuschauen, war, dass sie mit dem altbekannten Vorsichts- und Entschuldigungsgeschwafel in der Art von *ich möchte ja nicht vermenschlichen* oder *ich möchte Anthropomorphismen vermeiden* Schluss gemacht hat, indem sie feststellt, dass die von ihr untersuchten Ratten unter bestimmten Umständen Emotionen, Motivationen oder Leiden ausgesetzt sind, die denen von Menschen ähneln. Dabei beruft sie sich auf Elliott Sober, einen führenden Philosophen der Biologie (an der Universität von Wisconsin in Madison), der es für einen ebenso großen Fehler hält, solche Gemeinsamkeiten in den kognitiven Fähigkeiten zwischen Tier und Mensch abzustreiten. Der Begriff, den er dafür verwendet, lautet *Anthropodenial*, auf Deutsch in etwa das *Absprechen menschlicher Eigenschaften*. Trotz aller Ähnlichkeiten wird ohnehin niemand auf die Idee kommen, Ratten für die besseren Menschen zu halten.

Lambert ist, wie schon erwähnt, vor allem mit der Erforschung der Plastizität, das bedeutet wohl der Veränderungsfähigkeit des Säugetiergehirns, beschäftigt. Wie so oft hatte bereits Darwin vermutet, in welche Richtung die diesbezügliche Forschung gehen würde (nämlich weg von der Vorstellung, dass das Gehirn unbeweglich und größtenteils von Genen gesteuert sei). Er war der Meinung, eine komplexe Umgebung sei der Hirnentwicklung förderlich, habe doch ein Hauskaninchen ein kleineres Gehirn als ein Wildkaninchen.

Auch eine der bekanntesten englischen Kinderbuchautorinnen, nämlich Beatrix Potter (ich habe vor vielen Jahren einmal ein Hörspiel mit dem Titel »Miss Potter hat es sich anders überlegt« geschrieben), meinte, sie habe in ihrer Jugend viele Mäusefreunde gehabt. Sie fing immer wieder Mäuse ein und zähmte sie, aber die gewöhnlichen Wildmäuse seien viel intelligenter und unterhaltsamer als die domestizierten.

Dennoch waren es Laborratten, an denen man nachweisen konnte, was in den vielen Enriched-Environment-Studien zu lesen steht. Nämlich wie sehr sich das Gehirn, die geistigen Fähigkeiten und das Verhalten junger Ratten veränderten, wenn man sie 30 Tage lang in einen Käfig mit anregendem Spielzeug setzte – man erzielt damit Gehirne mit zahlreicheren Verknüpfungen und verbesserter Lernfähigkeit.

Die gute Nachricht (zumindest für unsereinen) ist darüber hinaus die Beobachtung, dass es offenbar keinerlei zeitliche Einschränkung für diese Modifikationen gibt (nämlich dass sich unser Gehirn tatsächlich verändert und die Umgebung, in die wir unser Gehirn bringen, dabei eine wichtige Rolle spielt), zumindest sei keine Altersgrenze erkennbar.

Wenn die *bereicherte Umgebung* Spielzeug enthält, das Bewegung verschafft, ist zudem eine größere Anzahl von Blutgefäßen im Gehirn zu beobachten. Eine Kombination aus Abwechslung, fordernden Aufgaben und Bewegung ist also offenbar ideal für die untersuchten Rattengehirne. Sie sorgt für komplexere Neuronen und eine verbesserte Blutversorgung – unerlässlich für ein gesundes Gehirn –, egal ob bei Ratte oder Mensch.

Darüber hinaus entdeckte man, dass *bereicherte Umgebungen* die Bildung neuer Neuronen beschleunigen. Bestimmte Therapien, die die Symptome von Depressionen mildern, wie Antidepressiva und Elektrokrampftherapie, regen ebenfalls die Neurogenese an.

Lambert, die bei ihren Forschungen besonders an der Entstehung von Depressionen und depressivem Verhalten interessiert ist, fragt sich in diesem Zusammenhang, ob eine *bereicherte Umgebung* vor Depressionen schützen oder dazu beitragen könnte, deren Symptome zu lindern.

Angeblich konnten indische Neurowissenschaftler nachweisen, dass eine *bereicherte Umgebung* Ratten vor den schädlichen Auswirkungen von Stress schützte. Für Lambert würde das darauf hinweisen, dass solche Umgebungen in ihrer Fähigkeit, das Gehirn gesund zu erhalten, mit Medikamenten gleichziehen oder diese sogar hinter sich lassen könnten. Wenn es denn so einfach wäre.

Das liest sich alles ziemlich optimistisch, nur was mir dabei nicht klar ist: Wie sieht es bei Ratten aus, die nicht im Labor leben? Von denen man annehmen kann, dass sie in einer zwar nicht immer ansprechenden, aber im Vergleich zu Laborratten von Haus aus *bereicherten Umgebung* mit abwechselnden Aufgaben und Bewegung leben?

Vielleicht sollte man sich die Gehirne wild lebender Ratten von Zeit zu Zeit daraufhin anschauen. Ich weiß zwar auch nicht, wie das gehen soll, doch wäre es interessant, festzustellen, ob frei lebende Ratten unter ihren gewöhnlichen Lebensbedingungen je depressives Verhalten an den Tag legen oder ob sie, im Gegensatz zu Laborratten, dagegen gefeit sind.

Was aber den Menschen betrifft, wäre auch noch zu klären, was für ihn eine *bereicherte Umgebung* sein soll. Nämlich in einer Welt, die so voller Abwechslung und fordernder Aufgaben ist, dass kaum Zeit für Bewegung bleibt oder zum Spielen mit all dem von unserer Zivilisation bereitgestellten Spielzeug, das, anders als im Labor, auch permanent gewartet werden muss, um weiter als Spielzeug dienen zu können.

Lambert macht auf jeden Fall weiter mit der Erforschung möglicher Gründe für Depressionen, zumal ihr Bruder (selbst Arzt), wie sie berichtet, an solchen litt und sich in einer psychiatrischen Klinik behandeln ließ. Ziemlich erfolglos, wie sich bald herausstellte. Darauf hatte sie, ohne viel darüber nachzudenken, zu ihrem Bruder gesagt, er hätte wohl besser zwei Wochen lang Kartoffeln ausgegraben. Quasi als Entschuldigung versucht sie seither tatsächlich mit ihren Experimenten herauszufinden, inwieweit Arbeit, vor allem körperliche Arbeit, gut für das Gehirn wäre.

Sie startete mehrere Versuchsreihen mit ihren Ratten. Wobei sie die Tiere darauf trainierte, für ihre Belohnung (Froot Loops) zu arbeiten, das heißt, sie in einem Einstreuhaufen zu suchen. Was sie schnell lernten und sehr gerne taten. Die Kontrollgruppe bekam die gleiche Anzahl an Froot Loops sozusagen als Geschenk des Himmels. Im nächsten Gang wurden die Froot Loops in ein Spielzeug eingeschlossen (sinnigerweise eine Qietschpuppe in Katzengestalt, die eigentlich als Spielzeug für Hunde gedacht war), aus dem die Ratten sie nicht herausholen konnten. Die Gruppe der *Arbeiter*, die an die *aufwandbedingte Belohnung* gewöhnt waren, verwendete 60 Prozent mehr Zeit dafür, das Spielzeug zu knacken, als ihre Kontrollgruppe, die *Aktionäre*, wie sie im Labor genannt wurden. Der Test wurde mehrmals wiederholt, mit immer demselben Ergebnis.

Lambert schloss daraus, dass sich die *Arbeiter* mit ihren eindeutigeren Assoziationen zwischen Bemühung und Belohnung als besser befähigt empfanden, die Aufgabe erfolgreich zu lösen.

Eine Reihe weiterer Versuche, bei denen man auch den Neuropeptid-Y-Plasmaspiegel und das Vorkommen des Resilienzhormons DHEA maß, die ich jetzt nicht alle auflisten möchte, brachten in etwa folgende Ergebnisse, nämlich dass sich die Belege für den Wert *aufwandbedingter Belohnungen* häuften. In noch komplexeren Studien kam sogar die Vermutung auf, das Belohnungssystem des Gehirns habe eher etwas mit der Erwartung zu tun, da es die größte Aktivität zeige, wenn sich die Ratte (wir etwa auch?) für eine Aufgabe bereitmache oder diese gerade erfülle, und nicht wenn sie die Belohnung erhalte. Jedenfalls würden die Studien an Nagern darauf hindeuten, dass ein gut erkennbarer Zusammenhang zwischen Aufwand und anschließender Belohnung für die meisten adaptierten Verhaltensweisen notwendig sei.

Jetzt sind wir genau da, wo ich mit meiner Frage, warum ich mir den Garten mit der dazugehörigen Arbeit immer noch antue, hinwollte. Nämlich weil da der Zusammenhang zwischen Aufwand und Belohnung deutlich sichtbar ist. Der Aufwand, der es mir wert ist angesichts dessen, was mir als Belohnung winkt. Wobei wohl auch mein Gehirn am aktivsten ist, solange ich die wahrscheinliche, wenn auch nicht garantierte Belohnung erwarte, mir vorstelle, wie sie aussehen könnte und wie sie mich staunen machen würde.

Lambert kommt zu dem Schluss, dass sich das Belohnungszentrum des Gehirns weniger auf Grund von Aktienportfolios und Nettowerten aktiviert, als wenn wir uns den einfacheren Freuden im Leben zuwenden, nämlich Essen, Sex, sozialem Rückhalt und guter altmodischer Arbeit. Für mich gehört die Arbeit im Garten unbedingt dazu.

Allerdings, und damit stimmt sie in die Kritik an den vorherrschenden gesellschaftlichen Gepflogenheiten mit ein, würden diese Zusammenhänge zurzeit immer abstrakter und die Belohnungen immer weniger greifbar, was die Integrität der neuronalen Netzwerke, die unser Verhalten steuern, beeinträchtige. (Bei der Gartenarbeit herrschen zum Glück noch konkretere Zusammenhänge vor.)

Was Lamberts Bruder anbelangt, versuchte er öfter und ausführlicher für seine Freunde zu kochen, was angeblich seinen Leidensdruck spürbarer minderte als die zweiwöchige Behandlung in der hochgepriesenen und hochpreisigen psychiatrischen Klinik. Den Versuch war es jedenfalls wert.

Zu denken gab mir auch ein Zitat aus »Psychologie des Wohlstands« von Tibor Scitovsky aus den siebziger Jahren, das Lambert in ihre Argumentation einbezieht:

»Wir haben gesehen, dass das Behagen von einem Erregungspegel abhängt, der im oder nahe beim Optimum liegt, und dass demgegenüber die Lust mit Veränderungen des Erregungsniveaus in Richtung auf das Optimum verbunden ist. Deswegen bringt die Befriedigung eines Bedürfnisses sowohl Lust als auch Behagen mit sich. Andererseits wird aber ein ununterbrochenes Gefühl des Behagens das Aufkommen von Lustgefühlen verhindern, da es im Falle eines stabilen optimalen Erregungsniveaus ja keine Bewegung mehr zum Optimum geben kann.«

Was bedeutet, dass wir entscheiden müssen, ob wir uns mehr plagen wollen, um dann lustvoll zu genießen, oder ob wir die Bequemlichkeit vorziehen.

Im Garten müssen Entscheidungen dieser Art täglich getroffen werden, vor allem im Hinblick auf die längere Sicht. Ihn zu verkleinern – recht und schön, wenn es schon sein muss. Aber ohne den Lustgewinn durch eine selbst gezogene Pflanze, die auch noch gesund, wüchsig und blühwillig ist, kann ich das Gärtnern gleich ad acta legen.

Um der Erkenntnis Nachdruck zu verleihen, habe ich sogleich (26.3.14) bei kaltem Wind und sonnigem Wetter eines der Miniaturtreibhäuser aus metallgerahmtem Glas aus dem Schuppen geholt, es sorgfältig von den letztjährigen Spinnweben befreit, es sogar gewaschen und die kleine Filzmatte ausgeschüttelt, auf der die Anzuchttöpfchen stehen sollen. Dazu habe ich den Sack mit Anzuchterde in die Sonne gestellt, das Samenpäckchen sowie das Abdeckgranulat vorbereitet und sogar den Wassersprüher auf Zimmertemperatur vorgewärmt, damit die Samen keinen Schock erleiden.

Laut Mondkalender ist die beste Zeit, um Samen auszubringen, heute Nachmittag zwischen 14 und 17 Uhr. Also geh ich nach der Siesta ans Werk, lasse die Samen auf die gefüllten Töpfchen rieseln, besprühe sie, fülle mit Granulat auf, drücke an, sprühe noch einmal und stelle das kleine Glashaus auf ein ostseitiges Fensterbrett, das sich schon immer bei der Samenanzucht bewährt hat. Übrigens habe ich *Malva sylvestris* ausgesät, eine gestreifte Malve (purpurfarben auf zartrosa Grund), die in jede größere Lücke passt und lange blüht.

Wenn die ersten beiden Keimblätter robust genug sind, werden die Sämlinge in Töpfe von acht bis zwölf Zentimeter Durchmesser gepflanzt und, wenn sie so aussehen, als würden sie es von nun an im Garten auch alleine schaffen, ausgesetzt.

Für die meisten Menschen sieht Lust wahrscheinlich anders aus, aber man muss sie dort abholen, wo sie auf einen wartet. Wie die Ratten bin auch ich am empfänglichsten für Lustgefühle, wenn ich mich auf ihre Erfüllung freuen kann, auch wenn die *aufwandbedingte Belohnung* nicht einklagbar ist.

Von Mäusen, Lenzrosen und Win-win-Situationen

Es heißt von den Ratten, dass sie Komplexität als Überlebensstrategie gewählt hätten, die Mäuse hingegen die Einfachheit. Folglich entwickelten sich die Ratten mit der Zeit zu geschickten, sozialen, intelligenten und komplexen Tieren. Und die Mäuse? Haben in ihrer Einfachheit zwischen Verschleiß und Überproduktion ebenfalls überlebt. Allein sich vorzustellen, wie vielen Tieren sie als Hauptnahrungsmittel dienen: Eulenvögeln, Bussarden, Füchsen, Luchsen, Mardern, Schlangen, Wildkatzen … Hauskatzen fallen kaum mehr ins Gewicht, da sie lieber Whiskas kaufen.

Stimmt, die Ratten würden das nicht mit sich machen lassen. Offensichtlich haben die Mäuse auf beschleunigte Reproduktion gesetzt. Überall auf der Welt gibt es Mäuse, nichts kann sie aufhalten. Ihr possierliches Aussehen …

Ich stehe im Keller und weiß nicht mehr, warum ich heruntergekommen bin. Ich mache einen Schritt und dann noch einen. Vielleicht wissen meine Beine besser, was ich holen wollte. Oder meine Hände, die den Griff des Tiefkühlschranks öffnen. Stimmt, den Fisch fürs Mittagessen. Vielleicht sollte ich gleich auch die Kartoffeln mitnehmen, bevor ich wieder vergesse.

Neulich fiel mir das Wort Supernova nicht ein. Es war schon dunkel, und ich schaute lange zum Himmel (sternklar) hinauf. Wenn das so weitergeht … Seit ich »Das Konnektom« von Sebastian Seung, einem Neurowissenschaftler und Physiker, gelesen habe, gehen mir sogar Sätze von den Lippen wie der, dass, wenn ich vergebens nach einem Wort suche, meine Neuronen einfach nicht feuern würden.

Oben in der Küche muss ich plötzlich an die Maus denken, die letzten Herbst in dem schmalen Beet, das unmittelbar an den überdachten Teil der Terrasse anschließt, versucht hat, an die Körner einer Mähnengerste, *Hordeum jubatum*, zu kommen.

Eine Gärtnerin aus Nordrhein-Westfalen hatte mir den Samen geschickt und gemeint, dieses Süßgras würde gut in meinen Garten passen. Die Samen gingen auf, und ich hatte einen Sommer lang das Vergnügen, diese geisterhaft zarten Erscheinungen morgens im Tau in den Regenbogenfarben schillern und sich wiegen zu sehen, inmitten von ordinärem, blauviolett blühendem Borretsch, Königskerzen, Wolfsmilchgewächsen und Leinkraut (alles Selbstaussäer).

In den nächsten Jahren tauchte die Mähnengerste da und dort wieder auf, aber immer nur als Solitär, wo ich mir ein ganzes Bukett gewünscht hätte. Das erwähnte Exemplar ganz in Hausnähe schien schon überreif, mit weißlich strohigem Stängel und Ähren voller Körner, die aber noch nicht platzen wollten. Offensichtlich hatten sie im Lauf der Evolution gelernt, ihre Früchte erst fallen zu lassen, wenn alle Körner reif sind. (Die Voraussetzung dafür, dass der Mensch sie als Nahrungsmittel nutzen konnte, ohne jedes Korn einzeln vom Boden aufpicken zu müssen.)

Ich saß beim Terrassentisch und bemerkte die kleine Feldmaus erst, als ich mit dem Essen fertig war. Ohne auf mich zu achten, versuchte sie den Stängel bis zur Ähre hochzuklettern, aber dafür war sie zu schwer, und der Stängel neigte sich. Sosehr sich die Maus auch bemühte, den Stängel, der sich mit ihr zu Boden geneigt hatte, am Boden festzuhalten, es wollte ihr nicht gelingen. Sie streckte sich, stellte sich sogar auf die Hinterpfoten, um die Körner zu erwischen, doch es klappte nicht.

So wohlgenährt, wie sie aussah (vielleicht kam sie auch gerade vom Essen), ähnelten ihre Versuche, sich die Gerstenkörner zu schnappen, eher einem Spiel, das sie mit Eifer betrieb, als der verzweifelten Futtersuche eines Wildtiers. Und obwohl die Bemühungen der Maus allesamt nichts fruchteten und die Ähren der Mähnengerste immer wieder in elegantem Schwung zurückschnellten, waren ihre Bewegungen von solcher Anmut, dass ich alles andere vergaß und ihr beim Spielen zuschaute, bis sie eingesehen hatte, dass sie gegen die elastische Mähnengerste nicht gewinnen konnte. Und im Schuppen verschwand.

Ich folgte ihr, um sicherzugehen, dass der Eimer unter dem Wasserhahn leer war. Letzten Sommer waren drei Mäuse darin ertrunken. Sie waren offenbar an den Holzstreben der Wände hochgeturnt, hatten sich aber, einmal im Wasser, nicht mehr retten können. Auch das wäre Ratten nicht passiert. Die erste hätte die anderen sofort gewarnt. (Und wenn die Mäuse der ersten zu Hilfe gekommen und dabei allesamt ertrunken sind?)

Während Ratten in eigenen Laboren auf die Art ihres Lustgewinns hin getestet werden und als Tiermodelle für die Entstehung psychischer Erkrankungen wie Depression und depressiven Verhaltens herangezogen werden (ihrer Menschenähnlichkeit wegen?), was auf Grund ihres komplexen Wesens und ihrer sozialen Kompetenz samt Einfallsreichtum plausibel erscheint, müssen Mäuse für ganze andere Dinge herhalten. So werden gentechnisch veränderte Mäuselinien gezüchtet, bei denen man fehlerhafte Gene, die beim Menschen mit Autismus oder Schizophrenie einhergehen, in ihr Genom einschleust, in der Hoffnung, bei ihnen die entsprechenden Störungen auszulösen, um dann möglicherweise herauszufinden, wie und warum sie entstehen und was im Gehirn passiert, wenn sie entstehen. Ebenso bei Alzheimer. Normale Mäuse entwickeln diese Krankheit nicht. Wenn man sie jedoch gentechnisch verändert, leiden einige von ihnen unter ihr, und es bilden sich die dafür typischen Ablagerungen in ihren Gehirnen.

Auch ihre *Einfachheit* schützt die Mäuse nicht davor, als Tiermodelle ihren Kopf für den unseren hinhalten zu müssen. Ich hoffe, dass sie dabei wenigstens immer wieder belohnt werden, auch wenn sie nicht, wie die Ratten, Aufgaben zu lösen haben, die sich anregend auf ihren Gemütszustand auswirken, sondern ihnen nur Krankheiten angezüchtet werden, für die sie nichts können und gegen die sie sich auch nicht durch *aufwandbedingte Belohnung* feien können.

Natürlich habe ich nicht vor, eines der verbliebenen Beete wieder zu vergrößern. Lächerlich, auch nur daran zu denken. Aber was dieses Frühjahr von allen anderen, die ich hier erlebt habe, unterscheidet, ist die ungewohnte Schneelosigkeit. Am letzten Wochenende hat es zwar kurz bis ins Tal geschneit, aber der Schnee blieb gerade einmal über Nacht. Dann leckte ihn die Sonne auf, wie eine Katze verschüttete Milch.

Nicht dass ich mir noch Schnee wünschen würde, jetzt schon gar nicht mehr, aber die Beete sehen so nackt aus, trotz all der Buschwindröschen, Schlüsselblumen, Veilchen und so weiter, Kleinzeug eben, wenn auch herzerfrischend. Es gibt (auch von der anhaltenden Trockenheit verursacht) viel Braun und Schwarz zwischen ihnen. Das bedeutet unter anderem, dass man vieles genauer sieht. Auch das Mangelhafte. Wie zum Beispiel die verrutschten Steine der Beetbegrenzungen. Auch der Hang schiebt, nicht nur der Schnee, kein Wunder, dass nicht alles bleibt, wo man es hingesetzt hat. In manchen Jahren wartet der Schnee bis Ende April, um sich endlich davonzumachen. Und dann geht alles so schnell, dass die Steine kaum mehr zu sehen sind.

Jetzt sieht man sie. Und ich will sie so nicht mehr sehen. Kniend grabe ich die größeren und kleineren Begrenzungssteine aus, hole den nachrieselnden Kies darunter hervor und versuche die Steine neu zu justieren. Da Schnee und Hang nicht überall gleich heftig geschoben haben, gibt es eine innere und eine äußere Linie, nach denen ich mich richten kann.

Nachdem ich mich für die äußere Linie entschieden habe (sie macht den runderen Bogen), stelle ich mit Befriedigung fest, dass das Beet etwas an Fläche gewonnen hat. Nicht der Rede wert, sage ich mir und gehe gleichzeitig all die übriggebliebenen Wünsche durch, wie zum Beispiel *Nigella damascena*, die ich Anfang Mai gleich hinter die neuplatzierten Steine säen könnte. Den Samen hatte ich bereits im letzten Jahr gekauft, aber jetzt mit dem gewonnenen Streifen Beet kann ich sie auch tatsächlich ausbringen, diese gefüllten weißen Sterne mit dem violetten Punkt in der Mitte und dem bezaubernden fiedrigen Laub.

Der Unterschied zwischen Nord- und Südseite ist nie so eklatant wie im Frühjahr. Solange der Schatten des Hauses noch ins Gärtchen fällt, kümmere ich mich kaum um dieses. Dort liegt für gewöhnlich der Schnee am längsten. Aber was es nicht gibt, kann auch nicht am längsten liegenbleiben.

Im Schattenbeet zwischen Haus und Gärtchen hat der Bärlauch übernommen, die Farne schieben ihre neuen Bischofsstäbe langsam aus den Horsten, die Bergenien haben in diesem Jahr kaum geblüht (was habe ich falsch gemacht?), die Schneeglöckchen, die ich immer wieder setze, damit die dunklen Rottöne der Lenzrosen vor dem Weiß besser zur Geltung kommen, halten zwar den Bestand, vermehren sich aber nicht, wie man erwarten würde. Wieder einmal grabe ich ein paar südseitig verblühte aus und grabe sie in der Nähe der Lenzrosen wieder ein. Bei einer der englischen Gärtnerinnen habe ich gelesen, dass man sie nur gleich nach der Blüte versetzen kann. Soll sein. Ich habe keine Zeit zu verlieren, wenn ich für nächstes Jahr mehr Weiß haben will.

Und dann bequeme ich mich doch ins Gärtchen, inspektionsweise, um über den Daumen zu peilen, wie viel an Arbeit demnächst anfallen wird.

Beinahe hätte ich sie übersehen, die vor zwei Jahren ins Beet mit der Moorerde gepflanzten *neuen* Lenzrosen in den helleren Farben. Dabei stehen sie dermaßen forsch im seit Tagen auffrischenden Ostwind (wie es in den Nachrichten heißt), dass man geradezu an Aufbruch denken muss. Die Blüten in Alt- bis Kirschrosa, dazwischen eine grünlich-weiße mit dunklen Punkten an der taubengrauen Innenseite, und das mit drei Blüten pro Stängel. Da braucht es wahrlich keine Schneeglöckchen zur Aufhellung. Diese Farben heben

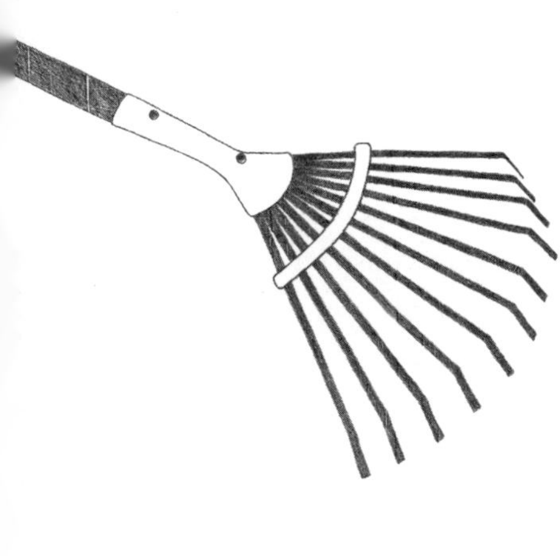

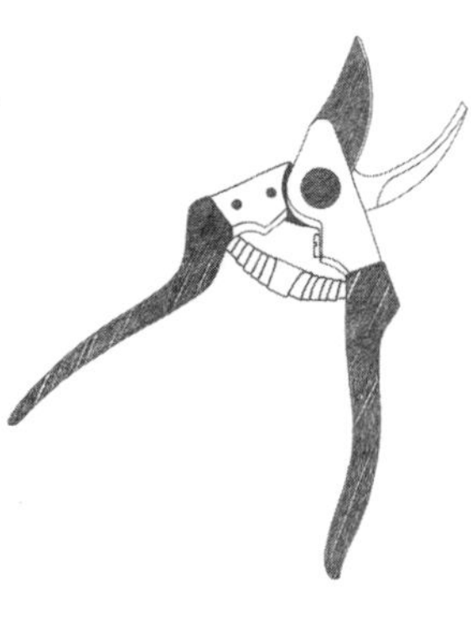

sich ab, von allem und jedem, und das am Schattenrand. Freude pur.

Der Rest des Beetes sieht so richtig schmuddelig aus. Eingerollte Hainbuchenblätter auf Moos, das das ganze Beet zu überziehen scheint. Strohige Halme. Frische Grasbüschel, die eine Invasion planen. Eigentlich wollte ich hier erst in der nächsten Woche mit dem Frühjahrsputz beginnen, aber bei solch königlichen Blüten am Beetrand schlägt sich ein wintermüdes Umfeld wie dieses aufs Gemüt.

Außer den Lenzrosen und dem Zwergseidelbast, der schon kleine silbrige Knöpfe ansetzt, ist noch nichts wirklich präsent. Es geht also noch auf die brutale Art. Rechen her und das ganze Moos, Laub, Steinchengemenge in kräftigen Zügen auf einen Haufen geschichtet. Der Eimer füllt sich mit Grusch, und ein samtiger schwarzer Boden kommt zum Vorschein.

Es ist schon gegen Abend, morgen wird ein ganzer Sack mit Moorbeeterde drübergekippt und gerecht verteilt. Soll wachsen, was da mag. Die großglockige gelbe Fritillaria zeigt noch nicht einmal einen Trieb, obwohl sie ein Frühblüher ist. Ist ihre Zeit vielleicht um? Ich überlege, mindestens zehn Jahre ist es her, dass ich ihre Zwiebeln in den Boden gesteckt habe. Sie ist eine der wenigen Fritillarien, die verlässlich wiederkommt. Oder gekommen ist? Ich möchte nichts verschreien und gebe ihr noch zwei Wochen. Wenn sie sich bis dahin nicht zeigt, werde ich überlegen müssen, was an ihre Stelle kommen soll. Schon ergehe ich mich (vorzeitig) in der Qual der Wahl. Eine sogenannte Win-win-Situation. Kommt sie, werde ich mich wie jedes Jahr über ihr Erscheinen freuen. Kommt sie nicht, habe ich einen Wunsch frei, ähnlich wie bei dem gewonnenen Beetstreifen auf der Südseite.

Eine Krötenlilienart, die ich noch nicht habe, blau-weißer Eisenhut, von dem ich zu wenig habe, vielleicht ein Farn, der nicht wandert. Die Welt der Pflanzen ist voller Möglichkeiten. Nur selten ist eine so schön wie die hellfarbigen Lenzrosen. Schuldbewusst hebe ich ein paar sich bereits zersetzende Blätter auf. Noch ist nicht ausgemacht, dass *Fritillaria pallidiflora* das Zeitliche gesegnet hat.

Das menschliche Maß als Vorschlag zur Güte

Ein Samstag Ende März mit spätfrühlingshaften Temperaturen (erst ab 25° darf man sommerlich sagen). Wer sich gerne wundert, der wandert. Zum Schwimmen ist es jedenfalls noch zu früh, erst recht im Hallstättersee, der einer der kältesten Seen des Salzkammerguts ist. Die Sonne lässt das Städtchen Hallstatt im Winter mehr als zwei Monate im Schatten stehen und überlässt die Hallstätter ihrem Wintertrübsinn.

Dennoch gibt es eine Reihe vielsagender Fundstücke, die bezeugen, dass hier schon vor siebentausend Jahren Menschen gelebt haben. Man nimmt an, dass sie (damals noch Jäger und Sammler) dem Wild gefolgt sind, das wiederum vom Salz, das hier in großer Menge vorkommt, angezogen wurde und daher leicht gejagt werden konnte.

Historisch wird die Hallstätter Gegend mit der sogenannten *Hallstattzeit* (circa 800 bis 450 vor unserer Zeitrechnung), in der Kelten (?), Illyrer (?) und sonstige mobile Völkerschaften hier zu Wohlstand kamen, trotz dürftiger Landwirtschaft (dem Klima geschuldet), jedoch geübt in geschickter handwerklicher Tätigkeit und aktenkundigen Handelsbeziehungen vom Mittelmeerraum bis hin zu den Steppenzonen (thrako-kimmerischer Horizont).

In der Latènezeit soll es sogar Schlachtanstalten (für Almvieh?) in der Gegend gegeben haben, in denen das Fleisch durch Pökeln (Salz dafür gab es ja genug) haltbar und dadurch transportabel gemacht wurde.

Im jetzigen Jahrhundert ist Hallstatt auch noch aus einem anderen Grund zur Touristenattraktion vor allem für Asiaten geworden. Man hat nämlich den inneren Kern des Städtchens in China nachgebaut. Wann immer ich den Regionalzug benütze (und das muss ich jedes Mal, wenn ich zu einer der Hauptstrecken kommen möchte, auf denen man nach Wien oder München gelangt), sind eine Reihe von Chinesen, Japanern, Koreanern im Zug, unterwegs nach Hallstatt, um das Original zu besichtigen.

Hallstatt gehört obendrein zum UNESCO-Weltkulturerbe und macht in jedem Fall schon wegen seiner urtümlichen Herkunft etwas her, trotz all seiner Düsterkeit am westlichen Ufer jenes eiskalten Sees.

Wesentlich weniger düster, ja zu gewissen Zeiten im Jahr sogar ausgesprochen sonnig ist der sogenannte *Ostuferwanderweg*, der ganz nahe am Ufer des sich kilometerweit hinziehenden Sees entlangführt und nicht nur bei Touristen, sondern auch bei den Bewohnern der umliegenden Landstriche sehr beliebt ist. Obwohl immer in Ufernähe, führt er zeitweise durch lichten Mischwald, so dass man nicht auf der ganzen Strecke der prallen Sonne ausgesetzt ist.

Um von Aussee aus zum Hallstättersee zu gelangen, fährt man über den Koppen-Pass, der winters gesperrt ist (der Lawinenabgänge wegen), und befindet sich sogleich in niedrigerer Seehöhe, was bedeutet, dass die Gärten jenseits des Koppens oder Pötschens (des anderen Passes, über den der Hauptverkehr fließt), was die Vegetation angeht, immer um ein bis zwei Wochen voraus sind, auch wenn die Seen auf unserer Seite sich schneller erwärmen.

Wir sind zu dritt, besser gesagt, zu fünft, drei Frauen und zwei Hunde. Von außen gesehen, drei alte Frauen von Anfang sechzig bis Anfang siebzig, während die Hunde sieben und elf Jahre alt sind, auf Hündisch gerechnet, auch nicht mehr die Jüngsten, aber gut bei

Fuß, wie wir alle noch (ich übertreibe nicht). Sie gehören der jüngsten von uns. (Mit siebzig nimmt man sich keinen Hund mehr. Er könnte einen überleben und was dann?)

Hallstatt ist ein Ort, an dem der Raum und die Zeit sich merkbarer dehnen und zusammenziehen als anderswo. Das beste Beispiel dafür ist der *Mann im Salz*, der angeblich 400 Jahre vor unserer Zeitrechnung im Stollen ums Leben kam und, indem er geradezu in den Felsen eingewachsen war, samt Kleidung vollkommen erhalten blieb. Zusammen mit einer Reihe von Bronzepickeln, mit denen man dazumal das Salz aus der Wand hackte. Wohingegen in den Träumen der Hallstätter (und wo würde man intensiver träumen als zu lichtarmen Zeiten in einer von Geschichte verschatteten Gegend) emotionsgeladene, erlebnisreiche Abenteuer innerhalb von Sekunden stattfinden.

Andererseits ist auch die Magie des Augenblicks in dieser Gegend nie weit. Im funkelnden, leicht gerippten See wippt auf unerklärliche Weise ein Baumstamm, als würde ein unsichtbarer Biber versuchen, ihn, der irgendwo eingeklemmt zu sein scheint, zu seinem Bau zu schleppen, oder ein urzeitlicher Riesenfisch ihn auf den Grund hinabziehen wollen. Weder Biber noch urzeitliche Fische bewohnen zurzeit den Hallstättersee.

Seltsam, sagt G., der die beiden Hunde gehören. Merkwürdigerweise geben wir uns alle zufrieden damit. Keine von uns steigt zum Ufer hinunter, um den banalen Grund (hier und heute kann der Grund nur ein banaler sein) zu erkunden.

Wunderland in der Mittagssonne. Das *weiße Kaninchen* ist in unserem Fall ein beinah weißer, etwas molliger Jack Russell Terrier, der blind ist. Eine Immunschwäche auf Grund manifester Degeneration (Überzüchtung wie bei vielen in Mode gekommenen Hunderassen) hat ihn, der auch noch Jack heißt, vor einigen Jahren das rechte Auge gekostet (es ist nun zur Gänze zart hellblau), und als auch das zweite Auge zu erblinden drohte, versuchte man, es operativ zu retten, was jedoch nicht gelang.

Hätte ich die Geschichte nicht schon längst erzählt bekommen und nun auch das milchige Auge (das zweite scheint zwar noch seine ursprüngliche Farbe zu haben, schaut aber nicht mehr) gesehen, wäre ich nie auf die Idee gekommen, dass der Hund nichts sieht.

Das Erste, was er macht, nachdem er aus dem Auto gesprungen ist, er holt sich einen Stock, mit dem er ständig nach vor und wieder zurück läuft, wobei er mit dessen langen Enden unsere Waden traktiert. G. sucht einen kürzeren und nimmt ihm den langen weg. Er legt ihn ihr (nachdem er den langen erst nicht hergeben wollte, dann aber doch den kürzeren akzeptiert) immer wieder vor die Füße und möchte, dass sie ihm den Stock wirft. Ich beobachte, wie er die Ohren spitzt, um den Stock richtig zu orten, was fast immer klappt. Wenn nicht auf Anhieb, dann durch vermehrtes Schnüffeln.

Was mich sehr für Jack einnimmt, ist sein spitzbübischer Gesichtsausdruck, der, wenn er sich vor einen hinstellt, die Vorderbeine am Boden durchgedrückt, das Hinterteil in der Höhe (wie ein Läufer, der aus der Hocke lossprintet), leicht makaber wirkt. So als sei sein hellblaues Auge eine komische Übertreibung, die einen zum Lachen bringen soll.

Wie ich im Laufe des Spaziergangs erfahre, ist Jack auch sonst krank, hat Wasser in der Lunge, und was weiß ich was noch alles. Der Tierarzt hat ihm noch ein paar Wochen gegeben, eine Frist, die Jack schon seit einer Weile überschritten hat. Er bekommt unter anderem Joghurt mit Himbeeren zu fressen, was aus irgendeinem Grund gut für seine Leiden sein soll, und muss eine Reihe von

Medikamenten schlucken, was er nur ungern tut. Von alldem merke ich ihm nichts an. Nur als wir über die metallene Galerie gehen (mittlerweile zu ihrem Vorteil mit einer Art Gummimatte belegt), die an einer bestimmten Stelle direkt übers Wasser (der Uferfelsen ist zu steil) führt, wird er ängstlich und muss eine Weile getragen werden.

G. erzählt, wie Jack nach der Operation, die ihn vollkommen blind gemacht hat, in eine dermaßen depressive Stimmung verfallen sei, dass er weder fressen noch sich bewegen wollte. Sie habe dann stundenlang auf ihn eingeredet, ihn gestreichelt und ihm gesagt, dass er der intelligenteste, schönste und liebenswürdigste Hund der Welt sei. So lange, bis er ihr glaubte und wieder der Alte wurde. Auch jetzt nehme sie ihn auf alle Spaziergänge mit und lasse ihn laufen, so viel er mag. Sollte er dabei irgendwann tot umfallen, habe sie wenigstens die Gewissheit, dass er nicht nur ein gutes Leben gelebt, sondern auch einen schnellen Tod gestorben sei.

Ich überlege, ob sich Ratten in dermaßen düsteren Momenten auch einreden ließen, gut, schön, liebenswürdig und auch noch (trotz Wasser in der Lunge) topfit zu sein. Ich nehme an, dass sie einerseits ihren eigenen Fähigkeiten gegenüber selbstkritischer wären (ein von Lambert angestelltes Experiment weist in diese Richtung). Andererseits hinge es wahrscheinlich davon ab, welche Beziehung die Ratte zu dem jeweiligen Menschen hat, der ihr das einzureden versuchte. Ich weiß zu wenig über die Emotionalität von Ratten. Die von Hunden glaube ich ganz gut zu kennen, zumindest so gut, dass mir die Geschichte von Jack glaubwürdig erscheint.

Während ich noch vor mich hin sinniere, spüre ich, wie mich von Zeit zu Zeit eine Hundeschnauze leicht an der Hand berührt. Es ist der jüngere Hund, Giacomo, ein Mischling, aufgelesen auf Ibiza. Er

ist um einiges höher gewachsen als Jack, hellbraun und schwarz, mit elegantem Schwanz und zierlichem Kopf.

Er läuft frei, da er verlässlich auf Autos und Fahrräder achtet (Jack muss deswegen öfter an die Leine, weil er das nicht mehr tut).

Ein sehr diskreter Hund, dieser Giacomo, der ideale Begleiter, von unendlicher Geduld mit Jack, immer in der Rolle des Zweiten. Und doch weiß er sich ins Spiel zu bringen. Während er ein Weilchen neben mir hertrottet, höre ich ihn förmlich sagen, wie gut man auf Jack aufpassen müsse. Der Arme sei nun einmal behindert, auch wenn er es nicht wahrhaben wolle. Er könne einem schon leidtun, der arme Jack. Und dazu all die Medikamente, Giacomo schüttelt sich.

Und du?, frage ich.

Alles bestens. Er zieht die Lefzen ein wenig hoch. (Bei Menschen könnte man Lächeln dazu sagen.) Man muss selbst sehen, wo man bleibt. Schon büchst er wieder aus. Muss nachschauen, was sich hinter jenem Baum bewegt hat.

Beim Rückweg zögert auch Giacomo kurz, als die Galerie über den kleinen Fjord führt. Aber er ist nicht der Hund, der getragen werden möchte. Ich lobe Giacomo G. gegenüber. O ja, ein guter Hund, sagt sie. Er folgt nur nicht aufs Wort, wenn er anderes zu tun hat. Fällt aber nicht weiter auf.

Ich glaube zu wissen, was sie meint.

Darum sage ich, dass er ein guter Hund ist, der weiß, was von ihm erwartet wird. Nur ist er sehr neugierig. Da kann man ihn dann rufen, sooft man will.

Als wir beim Bahnhof vorbeikommen, ist Giacomo blitzschnell über die Gleise gehüpft und spaziert nun auf der anderen Seite schnüffelnd die Schienen entlang.

Wir rufen beide nach ihm, dringlich, ein Zug wird gleich einfahren. Ohne Erfolg. Dann bellt Jack, und Giacomo springt mit der Leichtigkeit, die einem professionellen Tänzer gut anstehen würde, zurück auf den Perron und gleich weiter den Weg, den wir zurück zum Auto nehmen werden, um jedem Verweis von vornherein den Wind aus den Segeln zu nehmen.

Wieder spüre ich seine Schnauze an meiner Hand. Ich muss doch wissen, was rundum abgeht, höre ich ihn sagen. Schließlich bin ich für eure Sicherheit zuständig. Jack hat längst an mich abgegeben. Vernünftig, wie er ist.

Wir machen kurz Rast auf einer Bank in Ufernähe. Jack muss trinken. G. hält ihm die hohle Hand mit Wasser, das sie aus dem See geschöpft hat, hin, um ihn zu animieren. Giacomo ist sogleich beim See unten und kontrolliert, ob alles mit rechten Dingen zugeht. Er watet ein wenig durchs Wasser, nimmt nebenher ein paar Schluck, ist mit drei Sprüngen wieder bei mir und schüttelt sich. Ich drehe mich zur Seite.

Tut mir leid, sagt er, ich kann nicht anders. Aber du bist ja nicht aus Zucker.

Und fort ist er wieder. Lautlos und ohne dass ich es gleich bemerke. Ein anderer Hund kommt ihm entgegen. Er wedelt freundlich, sie begrüßen einander. Dann ist Giacomo wieder bei Jack. Im Fall sichs der andere Hund überlegen und sich mit Jack anlegen sollte.

Die Vegetation ist in diesem Jahr insgesamt um einen Monat voraus, und das im ganzen Land. Die Schneekanonen wurden wegen zu wenig Naturschnee und zu großer Kosten wieder eingepackt, der Liftbetrieb eingestellt, obgleich Ostern noch drei Wochen entfernt ist. Besonders deutlich wird die Zeitverschiebung in den Wäldern. Eine Pflanze, die wir alle drei zu kennen glauben, auch wenn keine von uns sie benennen kann, dominiert in diesem Frühling. Sie sieht einem Salomonssiegel sehr ähnlich, nur dass ihre Blätter eher denen der Lenzrosen gleichen und ihre naturweißen Glöckchen alle den Achseln der in Wirteln stehenden Blätter entspringen. Wie sich später herausstellt, ist es das Wirtelige Salomonssiegel.

Dieses Phänomen kenne ich aus dem Garten. Beinahe in jedem Frühjahr gibt ein anderer der Selbstaussäer im Wettlauf um die Erstbesetzung den Ton an. Einmal ist es die Mondviole, auch Silberblatt genannt, *Lunaria rediviva L.*, die die Beete mit rotvioletten Blüten und leicht samtigen dunkelgrünen Blättern einfärbt (wobei das Grün in regenreichen Zeiten heller bleibt), dann sind es die von der Wiese her eindringenden Kuckuckslichtnelken, die ich in ihrer tiefrosafarbenen Üppigkeit stehenlasse, solange kaum etwas anderes blüht, ein andermal sind es die blauen Kugelprimeln, die ins Auge fallen und zusammen mit dem Zierlauch bloß einen Hauch von Rosa widerspiegeln. Nur das Scharbockskraut, *Ranunculus ficaria*, ein Hahnenfußgewächs, ist und bleibt beständig in seiner Bodendeckerfunktion, auch wenn seine blitzgelben, meist halbgeschlossenen Sternchenblüten nicht immer gleich gut zu den anderen Frühblühern passen. Ohne das saftige Grün seiner runden Blättchen, die für alle Farben eine akzeptable Grundierung schaffen, würde ich diese Pflanze nicht so gern in meinen Beeten sehen. Leider vergilbt es spätestens in ein paar Wochen deutlich sichtbar.

Dieses Jahr ist der Garten gelb (die unverwüstlichen Schlüsselblumen), weiß (die ebenso unverwüstlichen Buschwindröschen) und blau (das von der milden Witterung profitierende Kaukasusvergissmeinnicht). Klimaveränderung hin oder her, im März finden eben doch nur die echten Wintervertreiber aus ihren Erdlöchern.

Während wir gegen Ende des Spaziergangs an einer Trockenmauer entlanggehen, zeigt S. auf den Boden.

Und das?

Ich verstehe nicht gleich, worauf sie hinauswill. Dann bemerke ich den unscheinbaren hautfarbenen (ein Ausdruck aus der Dessous-Branche) Stängel, alle paar Zentimeter durch Blattmanschetten, die bloß eine Andeutung von ebenso hautfarbenen Blattspitzen sind, untergliedert und mit einem spitzen morchelförmigen Hütchen ausgestattet, der sogenannten Sporenträger.

Erst wenn dieser in eine erste Pflanze ausgelagerte Prozess der Sporenbildung abgeschlossen ist, entsteht die schlanke Pflanze mit ihren vielen grünen Wedeln. Eine der – von uns aus gesehen – ältesten Pflanzenverwandtschaften überhaupt, die eine – von ihr aus gesehen – große und glorreiche Vergangenheit hinter sich hat, mit Exemplaren, die vor 370 bis 354 Millionen Jahren, im Oberdevon, mit einer Wuchshöhe von bis zu 30 Metern und einem Stammdurchmesser von einem Meter ihren Höhepunkt erlebte.

O, sage ich, das sind die Riesen, die vor einigen Hundertmillionen Jahren Karriere gemacht haben und dann vorübergehend zu Zwergen wurden.

Was meinst du mit vorübergehend? Und wer sind sie überhaupt?

Ich meine die Schachtelhalme.

Also Zinnkraut. Sag bloß, dass das Zinnkraut ist.

Es ist die sexuell erregte Form des Zinnkrauts.

Sie schaut mich zweifelnd an und grinst. Na ja, ausgesprochen phallisch, kann man wohl sagen. Aber wo bleibt das Zinnkraut?

Sobald sich sein Ding zurückgezogen hat, erscheint die neue Version mit den grünen Wedeln.

Hast du nicht »vorübergehend« gesagt?

Nachdem das Klima sich deutlich erkennbar ändert, wird es auch hier in absehbarer Zeit wieder warm und feucht sein. Auf die Dauer vielleicht sogar sehr warm und feucht. Dann kommen sie wieder, die riesigen Gestalten. Besetzen erst die Täler und arbeiten sich dann hoch bis zur Baumgrenze, die nach oben rutscht.

Du meinst, die hier sind nur die kleinen Verwandten.

Die für die Großen spionieren und Ausschau halten nach geeigneten Grundstücken.

Schachtelhalme, sagst du, aber die haben sich doch schon einmal für ein paar Millionen Jahre ausgetobt. Warum sollten sie sich die Eroberung der Welt noch einmal antun?

Weil sie es satthaben, dass man mit ihren Wedeln Zinnteller scheuert. Außerdem, jeder exilierte König hat Sehnsucht nach seinem Reich.

Das wird er sich dann aber mit den Riesenfarnen teilen müssen.

Er ist selbst ein Farn, da geht es dann bloß noch um die Beziehungen zwischen den Dynastien zueinander.

Sag ich ja, er wird teilen müssen.

Das müssen die Säuger auch längst.

Die fressen einander. Auch eine Form von dynastischer Abfolge.

Es scheint an der Zeit, dass die Menschen einmal eine Auszeit nehmen und andere ans Weltmanagement lassen.

Meinst du uns? So alt werden wir doch gar nicht.

Ich meine den Menschen, vom Zeitalter der Schachtelhalme her betrachtet.

Und wie soll das gehen?

Erst einmal durch Bescheidung im Körpervolumen. Wir werden alle immer größer und fetter. Vielleicht täte uns eine Zwergform für den vorläufigen Rückzug ganz gut.

Vorläufig? Soll das heißen, wir kommen wieder?

Wenn die Schachtelhalme die Erde nicht an den Baum fahren …

Aber was bedeutet groß, und was bedeutet klein? Wir sind alle drei überfordert, und die Hunde sind im Augenblick nicht an diesem Thema interessiert. Für sie ist Größe ein aktuelles Problem. Giacomo würde wahrscheinlich sagen, eines der sozialen Kompetenz. Umgänglichkeit erspart einem eine Menge Ärger. Die meisten Hierarchien sind Scheinhierarchien. Zieh einen der Thronsessel heraus und schon purzeln alle übereinander. Gib nur acht, dass du nicht darunter zu liegen kommst. Jack hat zwar das Sagen, aber ich denke für uns. Voraussicht, Umsicht und Nachsicht, nur darauf kann man bauen.

Er lässt Jack den Vortritt beim Einstieg ins Hundeabteil des Wagens, das durch ein Plastikgitter von unseren Sitzen getrennt ist (damit die Hunde nicht durch die Gegend fliegen, wenn ich einmal scharf bremsen muss, meint G.), und riskiert damit, dass Jack den besseren Platz bekommt.

Aber gibt es überhaupt einen besseren Platz im Hundeabteil? Na also. Giacomo setzt sich neben Jack und wirft mir einen letzten vielsagenden Blick zu, bevor sich die Hecktür schließt. Nenn es Intelligenz.

Das hängt natürlich vom Maßstab ab. S. hat über groß und klein nachgedacht.

Am besten wir gehen von uns aus, meint G., da wissen wir wenigstens, wovon wir reden. Was würdet ihr denn als besonders klein bezeichnen? Sie muss sich darauf konzentrieren, aus der Parklücke raus und dabei nicht in den See zu fahren.

Bakterien zum Beispiel (S. lenkt im Geist das Auto mit), die unseren Stoffwechsel organisieren und sich angeblich zu Milliarden in unseren Innereien bei der Aufbereitung der Rohstoffe und der anschließenden Mülltrennung abrackern. Und dafür als Mitesser ihr Auslangen finden. Verglichen damit, sind wir ganze Landstriche, um nicht zu sagen, Kontinente oder gar Erdkugeln, die sie bevölkern. Ziemlich eigenständig, wenn du mich fragst. Dabei gibt es solche und solche unter denen, die uns bearbeiten.

G. legt großen Wert auf gesunde Ernährung. Du meinst solche, die nur ihre eigene Brut im Sinn haben, und solche, die begriffen haben, dass wir der Ast sind, auf dem sie sitzen?

Das erinnert mich an etwas. Ich sitze hinten und muss mich bei jedem Satz (beginnende Schwerhörigkeit) vorbeugen, damit ich verstehe, was gesagt wird.

Klar, S. neigt mir ihr Profil zu. Sie sind genau wie wir. Immer damit beschäftigt, die oberste Schaltzentrale zu umgehen.

Du meinst, Freiheit ist das Wichtigste. Und Freiheit ist gleich Unabhängigkeit?

Sie schaut mich mitleidig an. Unabhängigkeit ist Empfindungssache. Wenn das, wovon du unabhängig sein willst, aufhört zu existieren, geht es auch dir an den Kragen.

Also Hirn aus, Bakterien raus?

So ungefähr. Trotzdem versuchen alle, die oberste Instanz auszutricksen. Nichts geht über einen gelungenen Coup im Namen der Selbständigkeit.

Bist du sicher, dass es diese oberste Schaltzentrale überhaupt gibt?

Wir gehören natürlich alle dazu und schalten mit. Dennoch liegt die Lust in den Nischen, in der Überschaubarkeit des eigenen Territoriums. Wo man das Gefühl hat, zu erfassen, worauf es ankommt.

Auch Gefühle trügen, wie du weißt.

Eine bedrohliche Binsenwahrheit.

Ziemlich müde vom langen Spaziergang und der noch ungewohnten Hitze, lehne ich mich zurück und versinke, das heißt schrumpfe in eine Welt der Baumriesen zurück, deren Wedel sich synchron bewegen, als winkten sie den ebenfalls riesigen Libellen mit ihren Adlerflügelspannweiten zu. Eine Eidechse von den Ausmaßen eines Alligators steigt über mich hinweg, eine Riesenschildkröte frisst einen Riesenwedel von meiner Zwergenschulter, ohne mich auch nur zu bemerken. Niemand bemerkt mich, kann mich bemerken. Es gibt mich nicht.

Ich muss mich ganz hinten anstellen bei der Existentwerdung. Selbst wenn ein sich gerade größenmäßig ins Gigantische verändernder Vorsaurier mich fressen wollte, er könnte mich nicht einmal zwischen seinen Zähnen spüren (dazu ist die Zeit eben gut), geschweige denn mich futtermäßig verwerten. Denn noch wird ein paar Hundertmillionen Jahre von mir nicht einmal die Rede sein.

Wohingegen der kleine Schachtelhalm am Fuße der Trockenmauer und erst recht die vielen kleinen Schachtelhalme, die seit Jahr und Tag versuchen, in meine Beete vorzudringen, um auch hier ihre bis in zwei Meter Tiefe reichenden Kommunikations- und Sprossleitungen zu verankern, tief in ihren Nervenbahnen eine Erinnerung an jene Gründerzeit der Erde haben und eine Art Speicher für ihre imperiale Vergangenheit. Gemessen daran, bin ich, obwohl zurzeit um einiges größer als sie in ihrer verzwergten Gestalt, das Brösel einer fehlgeleiteten Entwicklung, das sich unrechtmäßig für Sekunden (gemessen an den viereinhalb Milliarden Jahren des Erdbestands) zum Usurpator aufspielt, der nicht wirklich ernst zu nehmen ist. Ein Mückenstich eben, schmerzhaft, lästig, aber nicht wirklich nachhaltig.

Die Wärme dieses Frühlings ist ein gutes Indiz dafür, dass die Welt langsam wieder riesenschachtelhalmtauglich wird. Man muss es nur abwarten können. In der Zwergform wartet es sich ganz gut, das ist erprobt. Ebenfalls seit Hunderten Jahrmillionen.

Von der Macht der Pilze

Heute ist Dienstag, der 15. April, sagt der Nachrichtensprecher um sieben Uhr früh und kündigt als Erstes den Wetterbericht an. Wieso höre ich überhaupt hin, ich sehe doch, dass alles weiß ist. Und es tröstet mich überhaupt nicht, dass es noch bis 400 Meter Seehöhe hinunter schneien könnte. Die Schneegrenze würde zwar im Laufe des Tages wieder steigen, nämlich bis auf 800 Meter, 800 Meter ist eine beliebte Schneegrenze. Wie oft habe ich erlebt, dass es bei uns heroben schneit, während unten im Dorf der Schnee als Regen ankommt. Und es soll so weitergehen bis übermorgen, also bis Gründonnerstag. Der alte Ennui über Weiß in der Karwoche ist immer schon heftiger gewesen als der über grüne Weihnachten.

Am Abend, als es schon beinahe dunkel war und ich bereits Böses ahnte, ging ich noch einmal vor die Tür, um das alte bedruckte Seidentuch in Sondergröße wieder über die Knospen der Strauchpfingstrose (sieben sind es in diesem Jahr) zu ziehen und mit Wäscheklammern an den Stützstäben festzuklemmen, damit mir nicht jetzt noch der angesagte Frost die Knospen versengt.

Als ich gestern Morgen aus dem Schlafzimmerfenster schaute, war auch alles weiß, aber da war es der Apfelbaum der Nachbarin, die Kirschen haben schon abgeblüht. Auf dem Zierapfelbaum in meinem Garten, der in einem satten Himbeerrot blüht, hat der Schnee die Farbe ausgeblendet und die Blüten in weißes gefranstes Christbaumpapier gewickelt, wie Bonbons für die frierenden Vögel. Die Tulpen stehen windschief da, gebeugt unter ihren weißen Wintersportmützen, die Mondviolen schimmern rotviolett unter ihren Militärschiffchen hervor, und die Rosen sammeln auf ihren bereits gut entwickelten Blättern Material für kleine Lawinenabgänge. Ein Buchfink sieht sich unter dem Futterhäuschen um und pickt unschlüssig an den Schalen der Sonnenblumenkerne herum, anstatt sich aufzuschwingen, direkt an der Quelle nachzuschauen. Fürchtet er, dass die ansässigen Meisen ihn vertreiben könnten?

Letzten Donnerstag hatte ich nicht widerstehen können und kaufte im Baumarkt, wo ich Staubsaugerbeutel besorgen wollte, eine weitere Pfingstrose. Ihr Laub war so schön rötlich grün, sie sah gesund und stämmig aus, und auf dem Pflanzenschild war eine halbgefüllte rote mit zartem Blaustich zu sehen, die, wenn die Farbe stimmt, den kleinen Monte Baldo farblich aufmischen wird. Wenn sie auch noch so gut riecht wie viele *lactifloras*, ist das schon in Ordnung. Ich habe sie vor Ungeduld gekauft, weil ich es nicht erwarten konnte, in der nächsten Zeit einmal nach Orth im Innkreis zu fahren und nach besonderen *Wilden* Ausschau zu halten.

Wie immer im Frühjahr hat mich die Panik überkommen, dass Lücken bleiben könnten. Einiges hat es trotz Versprechen des Verkäufers eben doch nicht über den Winter geschafft, noch im Herbst Gepflanztes ist gar nicht erst aufgegangen.

Meine selbst Ausgesäten sind im Freien noch nicht überlebensfähig, wie die gestreifte Malve (*Malva sylvestris*) und der kalifornische Mohn. Als ich in den letzten Tagen vor dem Wintereinbruch bemerkte, dass meine alten Lilien und sogar die letzten Herbst frisch gepflanzten bereits mit den Köpfen durch die Bodendecke gestoßen waren, begann ich nervös zu werden. Ich versuchte mich zu erinnern, welche Lilien ich in Berlin (wahrscheinlich zu spät und zu spektakuläre, die gar nicht mehr vorrätig sind) bestellt habe (wir verschi-

cken in der Reihenfolge des Eingangs der Bestellungen), schaute den Katalog durch, in dem ich viel zu viele verschiedene Sorten angekreuzt hatte, die ich gar nicht alle haben will, vergebens, ich weiß es nicht mehr und muss mich überraschen lassen. Eigentlich sollten sie längst hier sein. Aber vielleicht ist meine Bestellung gar nicht angekommen und die Versandfrist für Lilien schon vorüber.

Heute Morgen habe ich in Berlin angerufen. Wir sind am Verpacken, sagt eine Männerstimme, so als sei es ganz normal, Lilien zu verschicken, wenn die angestammten selbst in dieser Höhenlage den Kopf schon im Freien haben. »Es kann allerdings bis nach Ostern dauern.« Ich bedanke mich höflichst. Die Schneeflocken bleiben an meinen Wimpern hängen, während ich den sich ansammelnden weißen Grusch vom Seidentuch der Strauchpäonie schüttle.

Die Lücken vor Augen, habe ich im Baumarkt auch noch zwei *Centaurea dealbata*, die zweifarbige Flockenblume (ein Asterngewächs), die angeblich winterhart ist, erworben. Sie sollen im Gärtchen etwas hermachen, wo ich im Herbst viele Japananemonen (diese hübschen Wucherer) ausgegraben habe. Dazu einen rosa Fingerhut für eines der vorderen Beete, *Digitalis pupurea* ›Castor Rose‹, der immer so leicht verschwindet, seit der Garten einigermaßen etabliert ist. In den Anfängen säte er sich willig aus und füllte ein ganzes Schattenbeet. Angeblich mag er frisch angelegte Beete, immer auf der Suche nach dem Neuesten. Was mich nicht am Versuch hindert, ihn noch einmal zum Bleiben zu überreden. Seine unscheinbareren Verwandten namens *Digitalis parviflora* und *Digitalis ferruginea* halten es schon über Jahre hinweg bei mir aus.

Und wieder verhielt ich mich enttäuschend inkonsequent, ich konnte nicht ohne eine Iris aus dem Markt kommen. Eine der unzähligen *germanica*-Sorten mit dem Namen ›Indian Chief‹ und zu erwartenden violettrosa Dom- und braunrosa Hängeblättern sowie einer deutlich angezeigten Landebahn (nicht alle Wege führen zur Narbe) zur ausgestreckten Zunge und den wartenden Fruchtknoten dahinter.

Wie ich erst beim Studieren des Etiketts (zu studieren gibt es da nicht viel, die Informationen auf den standardisierten Hochglanzschildern werden immer spärlicher) bemerkte, wird sie 80 Zentimeter hoch, für meine Begriffe zu hoch. Hoffentlich duftet sie wenigstens, aber das erscheint heutzutage nicht mehr von Belang, jedenfalls ist kein Hinweis auf den Duft zu finden.

Zu Hause habe ich gleich alles eingepflanzt, damit es sich an Ort und Stelle ein wenig strecken kann nach den eng besetzten Regalen im Markt. Die Iris in Einzelposition, um von nichts anderem in den Schatten gestellt zu werden, sollte sie tatsächlich so phantastisch blühen wie auf ihrem Personalausweis in Aussicht gestellt. Einstweilen zeugen nur ein paar hochgeschossene Blattspieße und der Ansatz zu einer Knospe davon, dass sie willens ist, noch in diesem Sommer aufzutreten.

Und dann nahm ich auch noch einen kleinen Steinbrech, *Saxifraga arendsii,* voller weißer Blütchen im Vorübergehen mit und setzte ihn unter die Steinpyramide neben das Bruchstück eines türkischen Grabsteins, den mir einst eine großmütige Buchhändlerin anlässlich eines Besuchs in meinem Garten schenkte. Sie hatte ihn als junges Mädchen von einer Anatolienreise mitgebracht.

Als ich mir am nächsten Morgen die Neuzugänge genauer anschaute, war es vor allem der kleine Steinbrech, der glücklich aussah in seiner neuen Umgebung. Seine weißen Minikelche hatten die Sonne im Blick, und er wirkte, als wäre er immer schon hier gewesen. Während die Centaureen noch ihre Blätter ordnen mussten und die neue Pfingstrose sich erst einmal genauer umsehen wollte, mit jedem ihrer Blattäste in einer anderen Richtung.

Kaum ist Ostern vorbei, setzt wieder der Vorsommer ein mit Temperaturen weit über 20°. Die angekündigten Schauer gehen alle anderswo nieder.

Ich beginne erneut in den Steinen Figuren zu sehen. Der Gipfelstein der Pyramide, der im Winter ins Rutschen gekommen war und neu aufgesetzt werden musste, wendet mir nun seine Vorderseite zu, wenn ich aus dem Küchenfenster schaue. Ein Mann im Schneidersitz mit überm Schoß verschränkten Armen. Die angedeutete Kopfbedeckung spricht für einen wandernden Derwisch, einen Mystiker und Geschichtenerzähler. Oder doch eher für einen buddhistischen, einen taoistischen Mönch?

Es ist hierorts üblich, sich auch größere Steine in den Garten zu holen (die Berge lassen immer etwas fallen), Steine als Skulpturen, Steine als Ablage fürs Grillbesteck, Steine als Grenzwächter. Auch im Dorf unten. Einer, an dem ich schon oft vorbeigekommen bin, sieht plötzlich wie ein Hund aus, weiß und mit Schlappohren. Nur mein eigener Torstein lässt die Krötenkönigin, die ich einst in ihm sehen konnte, nicht mehr so recht erkennen. Aus Vernachlässigung oder weil ein Eschensämling ihn beinah gesprengt hat?

Die Kraft der Sämlinge, eine Monstrosität, die man gesehen haben muss, um sie glauben zu können. Einfache Blutwurzkeimlinge wachsen durch randständige Betondecken, und im alten China gehörte es zu den besonders ausgeklügelten Foltermethoden, die Körper der Geschundenen von Bambussprossen durchbohren zu lassen.

Wie nahe Leben und Tod einander doch sein können.

Ich stehe vor meinem Amberbaum, *Liquidambar styraciflua*, dessen korkige Rinde auf und auf von Flechten überzogen ist, quasi in Bouclé-Strick gehüllt, und suche nach den Spalten in seinem Stamm, in die sich angeblich einige seiner Samen zurückgezogen haben, um – wie ich gerade gelesen habe – beim Absterben des Baumes den Stamm zu sprengen und so auf die Welt zu kommen. Von einer als Tote gebärenden Baummutter entbunden, die sich ihren Sämlingen als Nahrung überlässt.

Ein Baum, der zudem in einem Flechten-Kleid steckt, das aus symbiotisch lebenden Algen und Pilzen besteht. Wobei der *tierische* Pilz dominiert, wie er auch Form und Struktur aller Flechten vorgibt. Während die Algenart oder die -arten (es dürfen sogar mehrere sein) durch ihre Fähigkeit zur Fotosynthese die Nahrung bereitstellen dürfen, die der Pilz sich nur von organischen Lebewesen beschaffen kann. Ein Schelm, der dabei an Haremsfigurationen denkt, und das bei Lebewesen, die an die 600 Millionen Jahre alt sind. Übrigens sind die Algen tatsächlich in den Pilzfäden eingesperrt.

Als ich nach zweitägiger Abwesenheit vom Bahnhof über die Umfahrungsstraße zurückkomme, lese ich im Vorüberfahren an einem Gasthaus das Schild »*Gebügelte* Küche« und finde es gar nicht so absonderlich, dass mir die bürgerliche Küche dermaßen geplättet am Auge vorbeizieht, denn die *bürgerliche* Küche besteht noch immer aus den traditionellen österreichischen Speisen Wiener Schnitzel, Gulasch usw., scheint also ziemlich gleichgeschaltet.

Was aber geschieht, wenn so eine Verwechslung passiert, in meinem Hirn?

Angeblich verändern sich nicht nur die Gene beziehungsweise die Genkombinationen, sondern auch die Moleküle sowie die Nervenzellen und ihre Verknüpfungen im Laufe eines Lebens. Und zwar so stark, dass die Frage berechtigt erscheint, ob man derselbe Mensch bleibt.

Schon Carrolls Alice machte sich Sorgen, als sie, unterwegs im ebenfalls von einem Pilz beherrschten Wunderland, ständig die Größe wechselte und sie keine zehn Minuten halten konnte. Auch konnte sie sich nicht wie früher an Dinge erinnern, ein Gedicht zum Beispiel, das sie auswendig wusste und das sich plötzlich aus ganz anderen Wörtern zusammensetzte.

Sie war gerade drei Zoll, um nicht zu sagen, drei Käse hoch, als sie auf die ebenfalls drei Zoll lange Raupe traf, die auf einem ebenfalls drei Zoll hohen Pilz saß und eine Wasserpfeife rauchte.

Als die Raupe in ziemlich arrogantem Ton von Alice wissen wollte, wer sie sei, antwortete Alice, sie wisse es nicht. Sie wisse zwar noch, wer sie morgens beim Aufstehen gewesen war, aber sie müsse inzwischen mehrmals vertauscht worden sein.

Daraufhin forderte die Raupe sie auf, sich zu erklären. Leider könne sie das nicht, meinte Alice, sie sei ja gar nicht mehr sie selbst und finde es sehr verwirrend, an einem Tag so viele Größen zu haben.

Die Raupe fand das ganz und gar nicht. Alice prophezeite ihr, dass sie dieses Gefühl nach ihrer Verpuppung oder spätestens als Schmetterling schon noch kennenlernen werde.

»Keineswegs!«, erwiderte die Raupe, die auch sonst nicht sehr gesprächig war. Und als Alice langsam ungehalten wurde, meinte sie bloß: »Bleib bei Laune!«, und kroch vom Pilz herunter.

Als Alice dann auch noch ins Größenfettnäpfchen trat und sich über ihre momentane *Drei-Käse-hoch*-Größe beklagte, machte die Raupe sich, des vielen Redens müde, davon, wobei sie Alice zum Abschied noch den Rat gab, ihre Größe doch selbst zu bestimmen. Dabei zeigte sie auf den Pilz: »Von der einen Seite wirst du größer, von der anderen kleiner!« Und weg war sie.

Zurück blieb der Pilz, Repräsentant der Anderswelt, der die unterirdischen Netzwerke beherrscht, eines der ältesten Lebewesen überhaupt.

Übrigens gibt es laut Internet im Malheur National Forest, USA, einen Hallimasch, dessen Myzel sich auf eine Fläche von neun Quadratkilometern erstreckt, circa 600 Kilo schwer und an die 2400 Jahre alt ist. (Nur so viel, um anzudeuten, wovon da die Rede ist.)

Als die Pflanzen vor etwa 500 Millionen Jahren zum ersten Mal versuchten, an Land zu gehen, gelang ihnen das nur mit Hilfe von Pilzen, die die Pflanzen mit Nährstoffen in Form von Kohlenwasserstoffverbindungen versorgten, in die sie (die Pilze) wiederum die durch Fotosynthese gebildeten Rohzucker, die in den Wurzeln der Pflanzen zu Traubenzucker und Fruchtzucker wurden, umwandelten.

Das *wood wide web* der Bäume, von dem schon die Rede war, wird von eben diesen Mykorrhizapilzen betrieben, wohingegen unsere Speisepilze bloß oberirdische Ausstülpungen jener ausgedehnten Fädengeflechte sind, sogenannte Wegmarkierungen, die vielleicht nur existieren, damit die Pilze sich auch in unsere Gehirne einschalten können.

Seit sich dieser Verdacht erhärtet hat, sehe ich Eierschwammerl und Herrenpilze nur mehr als Einstiegsdrogen für das, was die Pilze in unseren Köpfen zu installieren versuchen, nämlich einen an-

deren Blick auf die Wirklichkeit, die damit auch eine andere Wirklichkeit, nämlich die der Pilze, zu werden verspricht. Zugegeben, ein verführerisches Angebot, das alles an Für und Wider in sich birgt und wahrscheinlich noch viel mehr, als unsere beschränkte Vorstellungskraft sich ausdenken mag.

Wer wüsste mehr über Pflanzen als Pilze, die sie seit ihrer Entstehung begleiten, als Symbionten und Organisatoren, als Schmarotzer und Manipulierer, als verlässliche Helfer und verräterische Schädlinge, ein Weltalter lang miteinander verbunden, nicht ganz Pflanze und nicht ganz Tier, fast immer im Verborgenen am Werk. Was Wunder, wenn auch sie einmal zu Wort kommen wollen als die, die sie sind, einflussreich, mächtig und von hoher Intelligenz (insofern den Bakterien ähnlich), während die meisten von uns nicht einmal mit dem Rausch klarkommen, den ihr Wissen uns verursacht.

Als ich vor Jahren Michael Pollans »Botanik der Begierde« las, kam mir erst so recht zu Bewusstsein, wovon ich zwar schon eine Ahnung, aber keinerlei Gewissheit hatte, nämlich wie sehr wir Menschen an unserem ureigenen Blickwinkel festhalten. Besonders bei Pflanzen. Bei Tieren ist unser Tunnelblick durch einige Bruchstellen bereits in andere Richtungen gelenkt worden, wenn die Aussicht auch noch nicht besonders groß ist.

Pflanzen bedeuten für die meisten von uns noch immer das, was uns zur Verfügung steht, womit wir machen können, was wir wollen, und das in Eigenregie.

»Werch ein Illtum!«, hätte Ernst Jandl gesagt, hätte er sich ernsthaft dafür interessiert. Mir als Gärtnerin bleibt gar nichts anderes übrig, als mich zu interessieren.

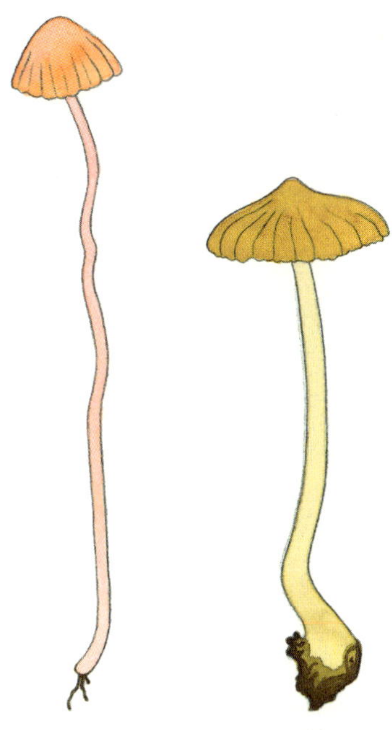

Michael Pollan, ebenfalls Gärtner (siehe sein Buch »Second Nature. A Gardener's Education«), erklärt in der Einleitung zu seinem Buch, einer Kulturgeschichte von Apfel, Tulpe, Hanf und Kartoffel, dass all diese Pflanzen, die er immer als Objekte seiner Begierde gesehen hatte, selbst Subjekte waren, die auch mit ihm etwas anstellten, ihn zum Beispiel dazu bewogen, Aufgaben für sie zu übernehmen, die sie selbst nicht ausführen konnten. Und fragte sich, was passieren würde, wenn wir nicht nur den Garten, sondern die ganze Welt so sehen würden, was hieße, den Blickwinkel der Pflanzen ernst zu nehmen. Wir glaubten nämlich immer noch, dass Domestikation etwas sei, was wir mit anderen Arten anstellten, dabei wäre es genauso logisch, zu sagen, gewisse Pflanzen und Tiere hätten uns domestiziert, gleichsam als clevere evolutionäre Strategie, um ihre eigenen Interessen durchzusetzen.

Die Arten, die sich seit der letzten Eiszeit damit beschäftigten, wie sie uns am besten nähren, heilen, bekleiden, berauschen oder sonst wie erfreuen könnten, hätten sich dadurch zu den größten Erfolgsstorys der Natur entwickelt.

Nach 10000 Jahren Koevolution seien die Gene dieser domestizierten Tiere und Pflanzen prall gefüllte Archive mit Informationen über Natur und Kultur. Das käme daher, dass wir uns in dieser Zeit vor allem damit beschäftigt haben, diese biologischen Arten durch künstliche Selektion sozusagen neu zu erschaffen. Viel weniger offensichtlich wäre, jedenfalls für uns, dass diese Tiere und Pflanzen gleichzeitig auch uns neu erschaffen haben.

Es sind Spiegelgeschichten, die Pollan erzählt, in denen uns ein Abbild von uns selbst vorgehalten wird, in dem wir erkennen sollen, wie sehr auch wir, die großen Aktivisten, als die wir uns sehen, von Pflanzen und Tieren motiviert werden, bestimmte Dinge in Angriff zu nehmen beziehungsweise, soziale Wesen, die wir sind, sie für andere zu übernehmen.

Das Weltgenie Pilz, das beinah von Anfang an da war, passt bestens in diesen Zusammenhang. Pilze haben es auch in den vier Disziplinen Pollans zur Meisterschaft gebracht. Wenn man beim *Apfel* Duft und Geschmack zum Kriterium macht, können eine Reihe von Speisepilzen mit ihrem unverkennbaren Duft und dem süchtig machenden Geschmack durchaus mithalten.

Wenn es um die Schönheit geht wie bei der *Tulpe*, muss man zugeben, dass sich diesbezüglich auch die Pilze nicht zu verstecken brauchen. Als knallroter Fliegenpilz mit herrlich weißen Tupfen hat er es als Glückspilz nicht nur in den Katalog der Embleme geschafft, sondern auch in die Sammlung der sprichwörtlichen Redensarten.

Beim Rausch, den er sachbezogener und intensiver vermittelt als der *Hanf*, steht der Pilz in der ersten Reihe und liefert dazu auch noch brauchbare Informationen, nicht nur für Künstler, sondern auch zu Spirituellem, wie Schamanen aus den verschiedensten Völkern erkannt und für die Menschen nutzbar gemacht haben.

Und letztlich auch in Sachen Kontrolle, für die bei Pollan die *Kartoffel* steht, ist der Pilz ganz vorne dabei, unterliegt er doch noch viel stengeren Vorgaben und Veränderungen als das Nahrungsmittel Kartoffel. Schließlich gilt auch für ihn, was für alle potentielle Medizin zu gelten hat, nämlich dass Dosis und Form der Verabreichung entscheiden, ob er als Gift oder Heilmittel wirkt.

Dass man den auf so viele Weisen aktiven Pilz so leicht unterschätzt, hat wohl damit zu tun, dass er meist unterirdisch und somit im Verborgenen werkt. Dass er sich in seiner schmackhaftesten Form noch nicht züchten lässt, ist eher als Schabernack zu sehen, so als bringe er uns auf scherzhafte Weise zur Kenntnis, dass er, der erfahrene Koevolutionär und gewiefte Organisator von Partnerschaften, immer noch etwas im Talon habe. Er würde sich natürlich gerne, wie er das immer getan habe, einbringen in die Zusammenarbeit mit uns, doch habe er dabei auch ein Wörtchen mitzureden. Ohne sein Einverständnis gehe da gar nichts.

Und wie soll es gehen?

Berücksichtigung der gegenseitigen Interessen, damit verhandeln sich lohnt.

Carrolls Alice hat den Spiegel schon hinter sich (der zweite Teil von »Alice im Wunderland« heißt »Through the Looking Glass«), doch hatte sie auch schon vor dem Spiegel kein Problem damit, mit Tieren zu sprechen. Wohingegen sie (typisch Mensch) daran zweifelt, dass das auch mit Pflanzen möglich sei.

»Wir können sprechen«, wird sie daraufhin von der Tigerlilie belehrt, »wenn da jemand ist, mit dem zu sprechen sich lohnt.«

Alice ist geradezu schockiert und kann nur mehr flüstern: »Können denn alle Pflanzen sprechen?«

»So gut wie du«, antwortet die Tigerlilie, »und um einiges lauter.«

Das darauf folgende Geplapper von Rose, Veilchen und Lilie erscheint als Umkehrung des Blickwinkels, nämlich ähnlich klischeehafte Vorstellungen der Blumen von den Menschen.

Was den Pilz angeht, so hat er sich in Carrolls Wunderland vornehm zurückgehalten. Seine tierische Seite wäre wohl als Gesprächspartner in Frage gekommen wie all die anderen kleinen und kleinsten Tiere »Under Ground« (so hieß ursprünglich der erste Teil der Alice-Geschichte). Seine pflanzliche Seite aber fand wohl, dass es sich nicht wirklich lohnte, mit Alice zu sprechen. Lieber griff er unmittelbar in ihr Denken und Erleben ein. Einerseits durch die (wie die Raupe ihr verrät) vom Pilz gesteuerte dauernde körperliche Veränderung und andererseits durch die Verwirrung ihrer Gedanken (dass sich ihr beim Aufsagen eines Gedichts immer die falschen Wörter aufdrängen). Eine mittelbare Kommunikation, die sich als wesentlich wirksamer erweist als das unmittelbare Gespräch mit den Pflanzen.

Damit soll keinesfalls behauptet werden, dass nicht auch andere Pflanzen (selbst wenn sie nicht so vielfältig im Einsatz sind wie die Pilze), zum Beispiel Hanf, Mohn, Tollkirsche usw., Stoffe entwickelt haben, mit denen sie imstande sind, in unser Bewusstsein einzugreifen und es, solange ihre Wirkung anhält, auch zu verändern. Pflanzen, die nicht erst von uns gezüchtet werden mussten, um uns Zustände zu bescheren, die wir wohl immer schon gesucht haben.

Der Preis, der dafür zu entrichten ist, nämlich Suchtverhalten, ist womöglich nur ein agronomischer Trick der Pilze, nicht bloß den Erhalt der Art, sondern auch deren gefördertes Wachsen und Gedeihen sicherzustellen. Wie es ja auch die Trauben seit Jahrtausenden praktizieren.

Ich frage mich natürlich, was die Pflanzen selbst mit diesen Stoffen machen. Bringen sie sich damit in Stimmung, wie man das den körpereigenen Dopaminen nachsagt, oder haben diese Stoffe, die in unseren Körpern Rauschzustände erzeugen, in den anders ausgestatteten Pilzen und Pflanzen auch eine andere Wirkung? Vielleicht findet die Pflanzenneurobiologie auch darauf eine Antwort.

Obgleich ich es nicht für sehr wahrscheinlich halte, dass wir die Phantasien und Träume der Pflanzen je entschlüsseln werden. Dazu müssten wir wohl erst einmal nachvollziehen können, was Pflanzen sehen, wenn sie schon keine Bilder sehen, wie Daniel Chamovitz vermutet. Vielleicht ähnelt das, was sie sehen, am ehesten dem, was abstrakte Maler in ihren Bildern sehen, und sie ziehen ihre Informationen aus den Farben, womöglich nach einem eigens von ihnen erstellten Farbcode. Mit dem auch bestimmte Formen in Verbindung gebracht werden, die Signalwirkung haben.

Seit Ernst Haeckel kennen wir die »Kunstformen der Natur«, von denen auch unsere Kunst reichlich profitiert hat. Aber dabei handelt es sich um die Formen äußerer Erscheinung, in denen Lebewesen sich präsentieren. Was aber würden wir sehen, wenn wir sehen könnten, was zum Beispiel Tulpen sehen, die sich ein Beet mit anderen Pflanzen teilen und es immer wieder mit menschlichen Händen zu tun bekommen? Verschiedene ineinandergreifende Farben, die für uns nicht entschlüsselbare Formen annehmen und, wie auch das menschliche Bildersehen, voller Hinweise auf Sein und Zeit, Hoffnung und Enttäuschung, Erfüllung und Verschwinden, Bedrohung und Sich-Wehren stecken?

Dass auch unser Schönheitsbegriff etwas mit Blüten zu tun hat, ist naheliegend. Schließlich sind diese entstanden, als es galt, die Tiere dazu zu verführen, die Bestäubung zu übernehmen.

Da wir alle aus demselben Topf kommen, wie es immer wieder heißt, scheint in diesem Topf, einem Bündel von Möglichkeiten, auch die Fähigkeit, etwas schön zu finden, zu gären. Verwirklicht wurde diese Möglichkeit auf verschiedenste Art und Weise, wenn auch nicht ganz so verschieden, wie wir in unserer humanen Überheblichkeit glauben. Auch unsere Bräute schmücken sich mit Blüten, und Männer rücken mit einem Blumenstrauß in der Hand zum Muttertag an. Keiner kann die Bilder zählen, auf denen Blüten eine Rolle spielen. Vom Schönheitsempfinden der Gärtner will ich gar nicht erst reden.

Die Blütenpflanzen haben Schönheit vor allem mit Geschlechtlichkeit in Verbindung gebracht (wenn auch nicht ausschließlich), und darin sind sich Menschen, Tiere und Pflanzen ähnlich geblieben, egal, vor wie vielen Jahrmillionen sich ihre Wege getrennt haben.

Die Evolutionsleistungen der Pflanzen stehen, für sich betrachtet, keineswegs hinter denen der Tiere (zu denen ja auch wir gehören) zurück. Allein wie sie es vermocht haben, sich am Leben zu erhalten, ohne andere Lebewesen fressen zu müssen (die Betonung liegt auf müssen, denn manche, wie zum Beispiel Kannenpflanzen, Venusfliegenfalle oder Sonnentaugewächse, tun es dennoch), indem sie ihre Nahrung mit Hilfe des Lichts selbst herstellen können, ist eine der größten Errungenschaften der Entwicklungsgeschichte des Lebens. Und dass sie auch noch von der Menge her den Globus dominieren, ist eine Tatsache.

Das, was sie möglicherweise an *Kunst* produzieren, ist an und in ihrem Körper. Aber angenommen, sie würden im Gegenzug zur abstrakten Malerei der Menschen in und mit ihren Körpern etwas für sie ähnlich Abstraktes zum Ausdruck bringen wollen, ließe sich da nicht phantasieren, dass sie das menschliche Gesicht, das eine Reihe von Blüten ja zu zitieren scheinen, ebenfalls als eine Art Kunstform wahrnehmen?

Die Rose versteht nur wenig von Alices Gesicht (wie auch viele Menschen von der abstrakten Malerei) und meint, dass es zwar einen Funken Verstand erkennen ließe, jedoch nicht wirklich klug wirke. »Aber wenigstens stimmt die Farbe, das ist immerhin etwas«, bemerkt sie.

Die Lilie aber meint: »Die Farbe ist mir egal. Wenn nur ihre Blütenblätter ein wenig mehr aufgebogen wären, dann wäre sie schon in Ordnung.«

Auch giftige und sogar halluzinogene Pflanzen machen auf sich aufmerksam. Ihre grimmige Schönheit soll sie wohl einerseits vor Fressfeinden schützen und andererseits als unverzichtbare Droge in Szene setzen.

Mir zum Beispiel hat sich das Bilsenkraut auf eindrückliche Weise vorgestellt, als ich noch nicht einmal wusste, wie es aussieht. Wie schon erwähnt, lebte ich sieben Jahre lang in einem Gestüt mit etwa 40 Pferden, die sich, auf große Koppeln verteilt, außerhalb der Rennen und des Trainings austoben sollten.

Die meisten Hengste mussten jedoch einzeln in den beiden kleinen Innenhofkoppeln gehalten werden, um zu vermeiden, dass sie Stuten besprangen, die noch Rennen liefen, oder aus Dominanzgelüsten mit anderen Hengsten, ja selbst mit Wallachen Raufhändel begannen und diese womöglich verletzten.

In diesen Innenhofkoppeln wuchs bald kein Halm mehr. Eines Tages fiel mir eine Pflanze mit gezackten, flauschigen Blättern und blassen schwefelgelben Glocken mit braunviolett geädertem Schlund auf, die unversehrt und in voller Blüte am Rande der Koppel, durchaus in Reichweite des jeweiligen Hengstes, stand. Ich schaute sogleich in meinen Pflanzenbüchern nach: Es war tatsächlich Bilsenkraut, das ich bis dahin nur aus Hexengeschichten kannte.

Mit dem Stechapfel erging es mir nicht anders. Ich hatte beim Spazierengehen durch die Felder (mit Kinderwagen und Hund an der Leine wegen der vielen Hasen) ein Kraut mit wollig behaarten Blättern und großen weißen Blütenglocken entdeckt, die mir wie auf mich gerichtete Fernrohre erschienen. Als ich nachlas, erfuhr ich, dass man auch noch im 19. Jahrhundert Stechapfelsamen ins Bier zu mischen pflegte, damit Leute, die sich kaum einen Humpen Bier, geschweige denn zwei leisten konnten, schneller in den Genuss eines Rauschs kamen. Es scheint an den nicht immer richtig bemessenen Dosen gelegen zu haben, dass das Stechapfelbier schlussendlich wegen zu häufig auftretender Gesundheitsschäden verboten wurde.

Was es mit dem Sich-Kümmern auf sich hat

Der Mai wartet vor der Tür, und trotz aller gegenteiligen Wettervorhersagen kommt der große Regen nicht. Hin und wieder ein leichter Guss, aber nicht das, was sich die Pflanzen vom Frühjahr erwarten. Manche zeigen Wirkung, selbst wenn ich jeden zweiten oder dritten Tag mit dem Schlauch nachhelfe.

Es ist wie immer. Einige Pflanzen profitieren von den ungewohnten Umständen, andere leiden darunter. Es sieht nur immer wieder anders aus.

Ein Hundszahn, eine hellgelbe Pagodenlilie, bringt zum ersten Mal seit vielen Jahren (ich dachte, sie hätte längst aufgegeben) zwei unbeschadete Blüten hervor. Entweder haben die Schnecken, die sich der Trockenheit wegen ziemlich bedeckt halten, ihn (obwohl er im Schattenbeet haust) noch nicht bemerkt, oder er schmeckt nur den Nackten, von denen ich noch kaum eine gesehen habe.

Einige Schachbrettblumen (*Fritillaria meleagris*), die zur gewohnten Zeit, nur in anderem Umfeld (viele Kohibitanten haben der Wärme wegen schon viel früher ausgetrieben) blühen, habe ich in ihrem dunkellila-schwarzen Rautenmuster noch nie so glänzen gesehen. Alles deutet darauf hin, dass es ein Fritillarien-Jahr wird. Auch *F. kamtschatcensis*, *F. pallidiflora* und *F. acmopetala* sind am Aufblühen.

Ich erinnere mich noch an all die Fritillarien wie *Michailovsky*, *Persica*, *Pontica*, *Uva-vulpis*, die ich pflanzte, nachdem ich sie vor Jahren im selben Nymphenburger Kalthaus entdeckt hatte wie *Iris elegantis-*

sima (u. a. auch eine *Kamtschatcensis* ganz in Schwarz) und dann aufzutreiben versucht hatte, weil ich wie besessen von ihnen war.

Leider blühten die meisten nur ein- oder zweimal. Die Prächtigste unter ihnen, *Fritillaria persica*, hochgewachsen, wenn auch in den Bergen maximal einen halben Meter hoch, mit bis zu 30 purpurbraunen, traubenförmig angeordneten Glöckchen, kaufte ich trotz stolzem Preis mehrfach nach, weil sie immer nur im ersten Jahr so richtig blühen wollte, im zweiten faul und im dritten ausgesprochen auftrittsunlustig wurde.

Nachdem ich die Letzte ausrangiert hatte, zeigte sie mir eine lange Nase und blühte im nächsten Frühjahr, etwas gekrümmt, durch das Drahtgitter des Kompostbehälters hindurch.

Ich habe sie alle bei mir blühen sehen, sagte ich mir, nachdem die *Michailovskys, Acmopetalas, Uva-vulpis* usw. immer wieder verschwanden, und ließ es.

Jetzt, wo ich ein wesentlich entspannteres Verhältnis zu Fritillarien habe (bis auf die Kaiserkronen, die mir zu sehr prunken und zu schlecht riechen), stelle ich fest, dass eine Reihe von ihnen sich doch zum Bleiben entschlossen hat. *Pallidiflora*, *Meleagris* und *Kamtschatcensis* vermehren sich sogar, wenn auch nur zögerlich. Und als ich gerade dabei bin, das Moorbeet ein wenig vom Buchenlaub zu befreien, entdecke ich eine *Graeca*. Wo war die bloß in den letzten Jahren? Versteckt unter den Farnen, die ich letzten Herbst wegen zu starken Wucherns aus dem Beet genommen habe?

Es schneit Apfelblüten von den windgebeutelten Bäumen. Ein Spaziergang um den Plattenkogel, der mich steil rauf- und steil runterführt, soll meine alten Gärtnerinnenknochen wieder locker machen, damit sie das viele Knien beim Jäten vergessen.

Grün tut den Augen gut, heißt es. Über einen Mangel an Grün können sich meine Augen wahrlich nicht beklagen. Dennoch nimmt die Sehkraft des rechten Auges ab. Dabei gehören Karotten zu meinem Lieblingsgemüse. Die Operation des Grauen Stars soll heutzutage ja keine große Sache mehr sein. Na ja, man wird sehen. Oder auch nicht.

Noch dominiert die Farbe Gelb auf den Wiesen. Nach den schwefelgelben Schlüsselblumen die dottergelben Löwenzähne. Dann sehe ich auf den Hängen immer häufiger Scharen von mintfarbenen, zart behaarten Blättern mit kleinen gelben Lippenblütchen als Hintergrund für die gelb-gelben Hahnenfüße. Es sind Klappertöpfe, die, wie es scheint, die Gunst der Stunde genutzt haben. Ich kann mich gar nicht erinnern, je so viele auf einmal gesehen zu haben.

Am Ufer eines Rinnsals neben dem Schotterweg zeigen sich die ersten Sumpfdotterblumen, Blondinen, die die Zehenspitzen zaghaft ins kalte Wasser strecken und dabei ihre sattgrünen Blätter kaum merklich schütteln.

Auf der anderen Seite des Weges eine der vielen Narzissenwiesen der Gegend, auf denen die Stängel bereits Gewehr bei Fuß stehen. Dabei ist es bis zum Narzissenfest noch vier Wochen hin. Die Frage, ob es dann noch Narzissen geben wird, durchzieht die meisten Gespräche. Wenn nicht, muss mit weißen Nelken geschummelt werden. Pfingsten ist diesmal sehr spät im Jahr.

Ein anderer Tag, wieder einmal sonniger als erwartet, und mein Blick fällt auf die erste zarte Kugelblüte des Maiapfels (vulgo Fußblatt, *Podophyllum peltatum*) im Beet, die unmittelbar aus den gescheckten Blättern, die sich wie ein halb aufgespannter Regenschirm um den Stängel schmiegen, hervorgewachsen ist.

Während ich jäte, abgestorbene Wurzeln aus der Erde ziehe und die Übergriffe des noch immer blitzblau blühenden Immergrüns auf den gesamten Steingarten einzudämmen versuche, erreicht mich

ein Hilferuf. Weder hörbar noch sichtbar, nur spürbar. Ich lasse alles liegen, wo es ist, und eile zu den Lilien. Wobei ich mich selbst ein wenig lächerlich finde.

Da mein Blick nach all den Jahren einigermaßen darin geübt ist, entdecke ich den kleinen, leuchtend roten Käfer sofort, der sich zwischen den frischen Lilienblättern eingerichtet hat. Meine Finger sind schneller als mein Hirn. Und so gewieft, dass sie nicht vergessen: eine Hand gehört unter das Blatt, falls der Käfer sich fallen lässt, und mit den Fingern der anderen wird exekutiert. Bei Lilien gehe ich über Leichen. Danach kontrolliere ich all die insgesamt siebzehn anderen und erwische noch zwei dieser Übeltäter, von mir und den Lilien aus gesehen, die wohl noch ein wenig vom Winterschlaf benommen sind und es mir dadurch leichtgemacht haben. Später im Jahr sind sie viel wacher und reagieren bereits auf den Schatten, den ich werfe.

Wer immer mir den Hilferuf übermittelt hat und über welches geheime Medium, muss auf Seiten der Lilien stehen. Oder ist es mein eigenes Gehirn, das bereits im *plant wide web* surft, sozusagen auf eigene Faust, ohne mir pflichtschuldigst Mitteilung davon zu machen? Aber wer bin ich, wenn nicht mein Gehirn?

Seit zwei Tagen blühen die *Germanica,* das heißt eine bestimmte Sorte: dunkelblaue Dom- und lila Hängeblätter mit weißer pelziger Zunge und Landebahngravierungen in gestrichelten Schneisenmustern. Bild-, bild-, bildschön! Sechs bis sieben Blüten wie nichts, während die Zwerge noch schlafen und sich von Schnecken und Ungeziefer benagen lassen. Sie sind beinahe die einzigen Pflanzen in diesem Frühjahr, deren Blätter hässliche Fraßspuren aufweisen. Vor allem die im Steingarten, der Einfallsbahn von der Hangwiese her. Oder sie haben beschlossen, dieses Jahr Pause zu machen.

Wie ich darauf komme? Normalerweise sind sie früher da als die Großen. Aber was ist schon normal in diesem Frühjahr?

Eine Frau aus Wien hat mir Samen von der Schwarzen Iris geschickt, der Wappenblume der Heimat ihres Mannes, Jordanien. Die Samen müssten für ein paar Tage in den Kühlschrank, schreibt sie, ansonsten keimen sie nicht.

So holen mich die Irisse immer wieder ein. Ich brenne geradezu darauf, diese Schwarze Iris blühen zu sehen. Auch die bereits vor einigen Wochen in Graz gekaufte *Rote* Iris (ich habe noch nie eine in der Farbe auf ihrem Pflanzenstecker gesehen), das heißt ihre trockene Knolle hat endlich ausgetrieben. Ich dachte schon, sie sei so etwas wie eine in Plastik verschweißte taube Nuss. Vorurteile sind unausrottbar.

Aus Gründen der Bequemlichkeit hatte ich seit letztem Winter die kleine Grüne Tonne für organische Abfälle in der Küche stehenlassen. Da der Deckel gut schließt, erinnerte mich auch kein übler Geruch daran, dass der Eimer die letzten Jahre ab Anfang Mai immer draußen zu stehen hatte. Erst seit ich die vielen Ameisen sehe, die – offensichtlich aus dem Winterschlaf erwacht – nach ihm Ausschau halten, fällt mir wieder ein, dass ich so etwas wie einen Pakt mit den Ameisen geschlossen habe. Ich überlasse ihnen die Küchenabfälle, sie mir die Küche. Bis jetzt haben sie sich immer daran gehalten. Also nichts wie raus mit der kleinen Grünen Tonne.

Auch das Wochenende mit Schnee auf den Bergen ändert nichts am zu warmen Mai. Seit Tagen blüht der Flieder. Nach dem Formschnitt letzten Herbst bilden der weiße und der violette Busch ein Paar, das von der Erscheinung her an *Stan und Olli* erinnert. Von einem bestimmten Sessel am Terrassentisch aus bildet sich eine Blickachse, die die rotvioletten, dieses Jahr besonders prächtigen Mondviolen mit einbezieht. Rotviolett – Weiß – Blauviolett. Dahinter müsste auch noch das Braunviolett der Clematis aus Polen zu sehen sein. Sie hält sich jedoch an den Kalender und zeigt gerade einmal ihre weißlich grünen Knospen.

Als ich von der Hecke her zufällig den Blick in Richtung Hausgiebel richte, traue ich meinen Augen nicht. Eine voll aufgeblühte kirschrote Rose? Eine optische Täuschung? Ist es nicht. Schon im letzten Jahr war mir aufgefallen, dass es ›Zéphirine Drouhin‹ gelungen ist, einen Trieb unter einer der senkrechten Latten der Holzverkleidung des Hauses emporzuschieben und erst wieder kurz vor dem Giebel mit einem Büschel Blätter den Eindruck zu erwecken, jemand habe das Büschel dorthin gehängt, da keine Verbindung zum Stamm der Kletterrose auszumachen war.

Dass sie nun ihre erste Blüte genau dort oben macht, beweist zweierlei: erstens, dass das Versteck unter der Verschalung sehr warm sein muss, und zweitens, dass die Rose erst einmal ihren ganzen Saft nach oben schickt, während an den unteren Trieben sogar Trockenschäden auszumachen sind.

Der Garten verändert sich täglich, das Grün greift zügig Platz. Die Löcher, die ich in den letzten Tagen mit dem Neuerwerb noch nicht geschlossen habe, wachsen beinahe von alleine zu. Das Paket aus Berlin mit den Lilienzwiebeln und den weißen Taubnesseln mit silbrigen Blättern (also doch keine Iriszwerge mehr) ist genau an dem Tag angekommen, an dem ich in Orth im Innkreis war, um den kleinen Monte Baldo aufzustücken. Und wer könnte von Kress nicht voll bepackt zurückkommen? Dabei stehen die von mir Ausgesäten noch auf den Fensterbrettern oder (nach dem Keimen) auf der oberen Veranda. Ich werde also wieder einiges zu verschenken haben.

Um ein wenig mehr Fläche zu gewinnen, jäte ich die Blätter von Scharbockskraut und Buschwindröschen, die eine Weile als Bodendecker gute Dienste taten, jetzt aber fleckig werden und zu verbräunen beginnen.

Noch lässt sich ein Sedum der Sorte ›Purple Emperor‹ versetzen und eine goldgrün gestreifte Waldschmiele (ein Gras) ebenso.

Die weiße Clematis am Teich unten ist mir regelrecht davongewachsen. Trotzdem versuche ich noch, sie den Vogelsitzstamm (ein missratenes Bäumchen mit ausladendem Knick, das ich einst im Wald gefunden habe) hinaufzuleiten, ohne eine ihrer spröden Ranken abzubrechen.

Bei allem, was ich tue, folgt mir der Amselmann. Wenn ich auf der Terrasse sitze, um einen Blick in die Zeitung zu werfen, kommt er mit vollem Schnabel angehüpft, bestrebt, ihn noch voller zu kriegen, indem er die Reste der Sonnenblumenkörner aufpickt, die den Meisen, Finken und Konsorten aus dem Schnabel gefallen sind. Manchmal habe ich den Eindruck, er flirtet sogar ein bisschen. Ich aber stimme sein Loblied an, besonders wenn ihm die Enden einer Junikäferlarve aus dem Schnabel hängen.

Meist gegen fünf (wie zum Tee) kommt die schwarze Nachbarskatze, legt sich auf den Rücken und erwartet, dass ich sie nach Kräften kraule und streichle. Wenn der Amselmann, der sich in den Amberbaum zurückgezogen hat, lauthals gegen ihr Erscheinen protestiert, schaut sie nur gelangweilt zu ihm auf. Sie weiß genau, dass er ein bisschen zu groß ist für sie. Ich bin mir nicht sicher, ob der Amselmann das auch weiß. Jedenfalls lässt er alle Welt deutlich sein Missfallen hören.

Immer wieder fällt mir etwas ein, das zu topfen, zu beschneiden, von Laub oder Wucherern zu befreien wäre. Oder noch eine Schicht Kompost bräuchte, einen Stützstab, einen extra Schluck Wasser. Was vor Schnecken, Lilienhähnchen oder Rehen zu schützen wäre.

Die Rehe hätte ich dieses Jahr beinahe vergessen, bis ihre tiefen Hufspuren in der gelockerten Erde mich deutlich an sie erinnerten.

Nachdem ich Abend für Abend aufzuschreiben versuche, womit ich zugange war, damit es dem Garten und mir (symbiotisches Verhältnis) ja an nichts fehle, lege ich mich ins Bett und wache nach sechs bis sieben Stunden wieder auf, so wie ich mich hineingelegt habe (zumindest empfinde ich es so). Das heißt, ich schlafe wie eine Blumenzwiebel im Winter, um dann anderntags wieder Ausschau zu halten, woran es dem Garten und mir noch fehlen könnte.

Und warum? Die gute Luft, recht und schön, aber die Abnützung der Knochen lässt sich auch mit Gartenarbeit nicht aufhalten. Das mit der Belohnung hatten wir schon. Aber das alleine kann es wohl nicht sein.

Robert Pogue Harrison, Professor für italienische Literatur an der Stanford University of California und Leadgitarrist einer Rockband namens »Glass Waves«, ist in seinem Buch »Gardens. An Essay on the Human Condition« (2008) der Sache auf den Grund gegangen und hat dabei eine *Vocation of Care* beim Menschen festgestellt, die er auf eine alte Parabel über die Göttin Cura zurückführt und am Beispiel des Odysseus auf der Insel der Göttin Kalypso zu erläutern versucht.

Ich habe lange darüber nachgedacht, wie Care am besten zu übersetzen wäre. Die Begriffe Fürsorge, Pflege, Betreuung usw. eignen sich nicht so recht für eine Göttin, die dafür steht, sich um etwas zu kümmern. Dieses Sich-Kümmern, in dem auch noch ein wenig von dem Kummer steckt, den man sich um jemanden macht, dem es nicht gutgeht.

Als Göttinnenname geht die Sorge wohl noch an, aber sie sorgt sich nicht nur, sie tut auch etwas. Sie kümmert sich aktiv um jemanden oder um etwas. Umsorgen klingt allerdings ein wenig zu betulich für eine Göttin. Eigentlich wäre das Wort Be-sorgen das richtige, nur dieses Wort ist zu sehr auf die Bedeutungsebene des Be-schaffens gerutscht, und dazu fällt einem erst einmal die Beschaffungskriminalität ein. Für die Parabel lasse ich also der Göttin lieber den lateinischen Namen, der all die Bedeutungen enthält, für die das Deutsche eine Entscheidung fordert.

Cura überquerte demnach einen Fluss und bemerkte an dessen Ufer etwas Lehm. Gedankenverloren nahm sie eine Handvoll davon auf und begann ihn zu formen. Während sie darüber nachdachte, was sie da geformt hatte, kam Jupiter vorbei. Cura bat ihn, dem Ding etwas Geist abzugeben, was er gerne tat. Doch als Cura das Geschöpf unter ihrem Namen laufen lassen wollte, verbot er es ihr und verlangte, dass ihm stattdessen *sein* Name gegeben werde. Während Cura und Jupiter disputierten, meldete sich Erde und wünschte, dass der Kreatur ihr Name übertragen werde, schließlich habe sie sie mit einem Teil ihres Körpers ausgestattet. Sie baten Saturn, die Rolle des Schiedsrichters zu übernehmen, und er traf folgende Entscheidung, die von allen als eine gerechte anerkannt wurde. »Da du, Jupiter, dem Geschöpf Geist gegeben hast, sollst du diesen seinen Geist nach seinem Tod zurückbekommen, und da du, Erde, ihm seinen Leib gegeben hast, sollst du seinen Leichnam erhalten. Aber da du, Cura, dem Geschöpf seine Form gegeben hast, soll es dir gehören, solange es am Leben ist. Da ihr euch aber über seinen Namen nicht einig seid, lasst es uns doch *homo* nennen, schließlich ist es aus *humus* (Erde) gemacht worden.«

Cura hat uns also zeitlebens im Griff. Kein Wunder, dass das menschliche Geschöpf, das Cura aus Lehm geknetet hat, noch immer von ihr angehalten wird, sich vordringlich um die Erde (*humus*) zu kümmern, aus der sein Lebensmaterial stammt. So auch bei Odysseus, den das Land seiner Väter ruft, das Land, das von ihnen *kultiviert* wurde und in dem sie auch begraben liegen. (In dieser Parabel wird der Mensch, der neue Mensch, erst nach der steinzeitlichen Revolution, der Erfindung des Ackerbaus, geboren, etwa vor 12 000 Jahren.)

Und so kann auch Odysseus es nicht dabei bewenden lassen, lustvoll in Kalypsos Armen zu liegen und sich dabei die Früchte in den Mund wachsen zu lassen (auf Kalypsos Insel ist von vielem, aber nie von Arbeit die Rede, da einfach alles da ist). Und so sitzt er am Ufer dieser wunderbaren Insel und starrt aufs Meer hinaus. Sehnt sich danach, etwas zu tun, sich um etwas zu kümmern, um das er sich schon die längste Zeit sorgt. Harrison vermutet, dass Odysseus, gezwungen, seine endlosen Tage auf Kalypsos Insel zu verbringen, wahrscheinlich zum Gärtner geworden wäre, wie sinnlos das auch in einem irdischen Paradies wie diesem gewesen wäre.

Doch der Mensch, von Cura geschaffen, muss sich einer Sache widmen, sich ihr verschreiben und, wenn es sein muss, sich für sie aufopfern können. Auf diese Weise erfährt der Mensch die Zeit als das Abarbeiten von Aufgaben (Problemen). Denn wie eine Erzählung (Geschichte), meint Harrison, habe auch ein Garten in Sachen Entwicklung seinen eigenen Handlungsablauf (plot), und dessen Machenschaften (Ränke) hielten den Betreuer (Gärtner) ständig auf Trab. Der wahre Gärtner sei immer der *be-ständige* Gärtner.

Es ist schon etwas dran an dieser Verbindung mit Cura, wie ich aus eigener Erfahrung weiß. Wie viele meiner gärtnernden Freundinnen habe auch ich mich im Verdacht, dass der durch das Aufziehen von Kindern trainierte Fürsorgemuskel einfach eine neue Trainingsmöglichkeit sucht, um nicht ins Leere zu laufen und womöglich anderweitig Schaden anzurichten. So wird die *constant nurse* zum *constant gardener*, in einer Zeit, zu der man als Mutter den Überblick zu verlieren beginnt und die eigenen Sorge- und Fürsorgerituale nur mehr in Maßen gefragt sind. Man kann nur froh sein, wenn man den Wechsel (*nurse – gardener*) rechtzeitig hinkriegt und damit auch seine Belohnungserwartung (richtige Studien-, Berufs-, Partnerwahl des Sprösslings) auf ein anderes Terrain überträgt, um die familiären Beziehungen entspannter gestalten und auch auf erfreuliche Art und Weise aufrechterhalten zu können.

Harrison weitet in »Gardens« seine Idee eines von Cura (vom Sich-Kümmern) bestimmten Lebens auf alle möglichen Bereiche aus, indem er den Begriff des Gärtnerns auf die Erziehung sowie auf die Politik und die Philosophie überträgt. Interessant ist dabei die Annahme, dass so wie die Lyrik vor der Prosa (Harrison ist vor allem Literaturwissenschaftler) auch der Garten vor der Landwirtschaft in Erscheinung getreten sei.

Einiges in der Geschichte der Entstehung des Getreides als Volksnahrungsmittel spricht auch dafür. So soll die schrittweise Domestizierung der Haustiere (Schafe, Ziegen usw.) dafür gesorgt haben, dass der Platz um die Wohnstätten herum immer flacher, also busch- und baumfrei wurde (Ziegen nehmen, wie man weiß, mit fast allem vorlieb, was grün und nicht ausgesprochen giftig ist) und die Tiere nebenbei auch noch für Dünger sorgten, wodurch einzelne Samen von Kräutern, Gräsern usw. in Hüttennähe zu keimen begannen. Was auch dem Auge der einstigen (ausschließlichen) Sammlerinnen nicht verborgen blieb.

Wie man heute annimmt, waren ebendiesen Sammlerinnen wesentlich mehr Kräuter, Heil- und Nahrungspflanzen bekannt, bevor das Getreide die meisten von ihnen ersetzte. Und da diese Auch-Nahrungspflanzen nicht überall und in großen Mengen zur Verfügung standen, musste man sie für gewöhnlich im lichten Wald suchen gehen. Der einen oder anderen Sammlerin mag es wohl sehr gelegen gekommen sein, die Kamille für den Tee, den Fenchel für die Verdauung und den Giersch (schmeckt übrigens gut und ein wenig nach Holunder, warum er in manchen Gegenden auch *Erdholler* heißt) für den Salat, aber auch Vogelmiere, Schlangenknöterich, Beinwell und Brennnessel (alles essbare Pflanzen) vor der Haustüre zu haben, anstatt fürs Abendessen oder im Krankheitsfall zum nächsten Waldrand laufen zu müssen.

Möglicherweise ist man durch diese kleinen, meist zufällig entstandenen Küchengärten (die Einzäunung ergab sich aus der Gefräßigkeit der Haustiere) überhaupt erst zum Anbau von Gräsern in großem Stil angeregt worden. Wobei die Gräser den angehenden Agronomen wohl ebenfalls entgegenkamen. Schließlich ging es auch für sie um etwas, nämlich sich gegen die Bäume durchzusetzen, wie Michael Pollan bemerkte.

So gesehen wurde durch die Landwirtschaft eine Win-win-Situation geschaffen, auf deren Basis die Menschen erst so richtig *hingehen und sich mehren* konnten. Insofern ist der Garten, nachdem die erste umfassende Spezialisierung auch beim einzelnen Menschen angekommen war, für uns anders (nicht agronom) Spezialisierte weniger eine Flucht vor der Welt als die Erforschung des Lebens selbst unter geschützten Bedingungen.

Ich muss zugeben, dass mir die Definition des Menschen aus der Sicht der Cura (der sich sorgenden, sich kümmernden Göttin, ja auch der kurierenden) wesentlich sympathischer ist als die einer Krone der Schöpfung, eines Vaters aller Dinge oder eines, der dem anderen ein Wolf ist und Ähnliches. Sähen wir uns als ein Geschlecht der Sich-Kümmernden mit dem *homo ludens* als jeweiligem Kulturheros (Trickster), wie er auch in weit karger ausgestatteten Gesellschaften unverzichtbar ist, stünden wir als Menschheit wahrscheinlich gar nicht so schlecht da und wüssten vielleicht besser, worum es geht. Nämlich nicht darum, alles zu haben, sondern in der Fülle des Möglichen besser zu leben.

Ein Detail, das einen »aha!« sagen lässt, solange man es dem gemeinsamen Ursprung der *höheren* Religionen zugutehält: doch haben Wissenschaftler vor gar nicht langer Zeit herausgefunden, besser gesagt, Prof. Graham Cairns, Geowissenschaftler an der University of Glasgow, hat ein Tonmaterial namens Montmorillonit entdeckt, an dessen elektrisch geladenen Partien seiner Oberfläche sich Aminosäuren anlagern können, die sich schon bei leichtem Erhitzen zu kurzen Eiweißketten, sprich, Peptiden verbinden. Lehm als Katalysator des Lebens – eine Idee, die schon in der Schöpfungsgeschichte auftaucht, derzufolge der Gott der Israeliten den Menschen aus einem Klumpen Lehm geformt hat.

Reicht unser kollektives Gedächtnis so weit zurück, oder handelt es sich um eine Spekulation der Mythenschöpfer, dass »man ist, was man isst«, nämlich Getreide (seit der Erfindung der Landwirtschaft), das sich wiederum von lehmhaltigem Boden ernährt?

Was jedoch aus der Parabel über die Göttin Cura nicht hervorgeht: wohin sie eigentlich wollte, als sie auf jener Brücke den Fluss überquerte. Etwa zu Ceres? Der römischen Göttin des Ackerbaus und der Fruchtbarkeit, aber auch des Rechts? Um ihr vorzuschlagen, erst einmal einen Garten anzulegen und sich die dazu nötigen Helfer aus demselben Topf (dem Lehmtopf) zu holen wie die Pflanzen, die sie später ernähren sollten?

Nur Cura konnte auf die Idee kommen, die Tiere, die man davor nur jagte und aß, zu zähmen, indem man sich um sie kümmerte, wie man sich auch um das Geschöpf aus Lehm zu kümmern hatte, damit es lernte, sich auch um andere und anderes zu kümmern.

In dieser Entstehungsgeschichte ist noch nichts vom Fluch der Arbeit zu spüren. Noch hat alles mit Neugier und mit Lust zu tun wie bei einem Spiel (das Wort Massenproduktion ist noch nicht im Umlauf, ebenso wenig das Wort Topkonsument). Davon ist im Garten etwas erhalten geblieben, nämlich die Neugier auf das, was man der Erde entlockt hat, und die Lust am Ausprobieren. Es ist ein wenig wie bei der Entstehung der Welt. Erst müssen Bakterien aus einem Stück Grund Gartenboden machen, damit wir darin Pflanzen ziehen können, die aus dem so vorbereiteten Boden ein Gemüsebeet machen, das wiederum uns verändert (man ist, was man isst), worauf wir unser Bedürfnis nach Schönheit wiederum dort festmachen, wo es möglicherweise begonnen hat, nämlich in der Zeit, in der Pflanzen anfingen, Blüten zu produzieren, um ihre Bestäuber anzulocken.

Diese andauernde gegenseitige Einflussnahme schafft natürlich Intimität, und Intimität fordert und fördert das Sich-Kümmern. Je intimer das Verhältnis, desto selbstverständlicher wird dieses Sich-Kümmern, auch ohne unmittelbare Belohnung.

Wenn man tut, was man gerne tut, ist schon das Tun eine Art von Belohnung. Rückblickend auf all die Jahre im und mit dem Garten, ist es die Intimität, die das Sich-Kümmern nicht nur lohnt, sondern auch belohnt. So wie das Gefühl, dem Leben durch diese oder jene Pflanze, selbst durch den Amselmann oder die Ameisen, die die kleine Grüne Tonne einforderten (also Fütterung), ziemlich nahe gekommen zu sein. Wobei es gar nicht so sehr um Iris oder Sedum, um Meise oder Schnecke geht, sondern um die Vielfalt der Lebewesen, die ununterbrochen mit- und gegeneinander agieren. Sobald sie einen Ort zur Verfügung haben, kann man sie dabei auch beobachten, was allerdings eine gewisse Distanz erfordert. Und dennoch weiß man, dass man durch das Sich-Kümmern dazugehört und seinerseits beobachtet wird, was ebenfalls eine gewisse Distanz erfordert.

Vielleicht ist es gerade dieser ununterbrochene Wechsel von Distanz und Nähe, von Jäten und Pflanzen, von Welken und Wachsen, von Kampfbereitschaft und Friedfertigkeit, von Erregung und Gelassenheit, was den Garten ausmacht. Das gemeinsame Projekt der verschiedensten Wesen, deren jedes Teil des verrücktesten kosmischen Projekts überhaupt ist, nämlich des Lebens, das sich, einmal entstanden, Milliarden von Jahren darum gekümmert, ja darum gekämpft hat, diese Erde ganz und gar lebbar zu machen.

Erinnerungen, die auf Visionen des Zukünftigen übergreifen

Die Eisheiligen organisieren ihren Auftritt. Schon regnet es heftig vor ihnen her. Die kommende Woche soll zur Gänze unter ihrem Diktat stehen – so weit der Wetterbericht.

Die wunderbaren sieben Knospen meiner bonbonfarbenen Strauchpfingstrose sind so prall gefüllt, dass man schon etwas Rosa zwischen den Deckblättern sieht. Ob die Pflanze das Aufgehen ihrer Knospen bei Schlechtestwetter verhindern kann? Bei der Pionierknospe wahrscheinlich nicht. Den sechs anderen könnte es gelingen, sich zumindest vor den stärksten Regengüssen zu verschließen.

Jedes Jahr dasselbe Zittern und Bangen. Dank des bedruckten Seidenschals hat sie alle Fröste überstanden. Und jetzt rütteln die Eismänner (so heißen sie in dieser Gegend, keine Rede von Heiligen) samt *soacherter Sopherl* (was so viel wie *pissende Sophie* heißt) und drohen, die Knospen wenn schon nicht zu vereisen, so zumindest auszuwaschen.

Während die Wilden auf dem kleinen Monte Baldo bereits seit zwei Wochen ihre Stempel schamlos präsentieren, ihre Blütenblätter einfach flattern lassen und im Regen erst recht Farbe zeigen. Nach ein, zwei Wochen ist ohnehin alles vorbei, dann wird an den Fruchtständen gearbeitet, pompösen kleinen Hörnchen, die ihre schwarzen, manchmal auch himbeerroten Samen bis zum Herbst in der Auslage halten, und die schick gezähnten, glänzenden Blätter bleiben auch dann grün, wenn das Laub der Zwiebelschönheiten längst erschlafft und vergilbt ist.

Die Mondviolen stehen noch voll im Saft. So hochstängelig sah ich sie noch nie. Auch haben es sich einige von ihnen einfallen lassen, in andere Pflanzen hochzuwachsen. Wie zum Beispiel in eine Kulturheidelbeere im Container, die auch noch mit ihren eigenen weißen Glöckchen zur Eleganz des Ensembles beiträgt. Eine andere in eine Rose, und wieder eine, ostseitig und im Halbschatten, scheint dem noch ein wenig struppigen Geißblatt dabei helfen zu wollen, seine kahlen Stellen zu verdecken.

Eine ähnliche Rolle hat *nolens volens* die *Clematis montana* in der Blutpflaume übernommen, die im Herbst (wie sich nun herausstellt) unschön zurückgeschnitten wurde. Die großen hellrosa Clematisblüten entziehen einen Teil der Stumpen dem beleidigten Auge, was den viel kleineren Pflaumenblüten im April nicht so recht gelingen wollte.

Und wieder waren die Gärtner am Werk. Der Rindenmulch, der die vor zweieinhalb Jahren gepflanzte obere Blutbuchenhecke schützen und ihr beim Anwachsen die pralle Sonne vom Leib halten sollte, hat dem Hang nicht standgehalten und sickert immer mehr in den darunter aufgetragenen Schotter aus der Enns. Und nicht nur der Rindenmulch, auch Erde kommt nach jedem stärkeren Guss portionsweise in die Kiesel.

Es passiert, was ich eigentlich verhindern wollte. Die Flugsamen bleiben an der Erde hängen (einerseits), und da auch noch der Schotter kleinweise abrutscht, fühlen sich die robusteren Samen ermutigt, dessen wärmende Qualität zu nutzen und sich einfach überall hinzusetzen (andererseits). Und in Windeseile zu keimen, vor allem die Sonnenliebenden.

Ein Lärchenbrett (Lärche verwittert am langsamsten) unter der Hecke entlang, etwa zehn Zentimeter eingegraben und 20 Zentimeter über der Erde, würde zumindest Rindenmulch und Erde aufhalten, meint der Gärtner.

Schaut das nicht furchtbar aus? Ich weiß, wie frisches Holz wirkt, wie es leuchtet.

In einem Jahr siehst du es kaum mehr. Regen, Schnee, Sonne … Und in zwei Jahren ist es wie eingewachsen.

Mittlerweile hasse ich alle Prognosen, die über mehr als sechs Monate hinausgehen. Wieder zwingt mich der Garten, mich in Geduld zu fassen und mit so etwas wie Zukunft zu rechnen.

Ist keine große Geschichte, sagt der Gärtner. Nächste Woche schicke ich dir zwei von meinen Leuten.

Die Lärchenbretter kreischen beinahe vor Frische. Ich stelle mich auf mehrstündiges Knien ein (mit Schaumstoffunterlage) und versuche, die Rindenstücke aus dem Kies zu den Buchen und die restlichen Steine aus dem Mulch der Buchen ins Geröll unterhalb des Bretts zu schmeißen.

Plötzlich kommt mir zu Bewusstsein, was das bedeutet. Ich will es selbst nicht glauben, aber was da unter meinen Händen entsteht, ist ein *neues* Beet. Ein neun Meter langes und etwa einen halben Meter breites Beet!!!

Es ist ja nicht so, dass unter der Buchenhecke nichts wachsen würde. All die aus dem aufgelassenen Beet versprengten Astern, die herrlichen ›Rozanne‹-Storchschnäbel, die ich letztes Jahr gesetzt hatte, und die üblichen Frühlingsblüher wie Sauerampfer, Beinwell und Gundelrebe waren sofort zur Stelle. Aber das alles bedeutete für mich (obwohl innerhalb des Zauns) mehr oder weniger Wildnis, natürliche Eroberung wie am Straßenrand. Auch wenn ich den Beinwell klein zu halten versuchte und die schlimmsten Wucherer im Vorübergehen ausriss, aber es war kein Beet. Durch die Begrenzung ist es zum Beet geworden (wenn auch mit Wildwuchs) und verlangt nach Obhut. Das heißt, ich werde mich darum kümmern müssen.

Schon fallen mir Namen ein, Namen von Pflanzen, die es (so kommt es in meiner Wahrnehmung an) in dieses Beet zieht. Der Rindenmulch ist bei weitem nicht mehr flächendeckend. Ich werde auch keinen neuen auftragen lassen. Darunter verstecken sich nur die Nacktschnecken, die aus der Wiese einfallen. Die Beschattung der Blutbuchenfüße werden ein paar neue Pflanzen übernehmen. Scheint doch den ganzen Tag über die Sonne auf das neue Beet. Wenn sie scheint.

Um meine Knie zu beruhigen, mache ich einen langen *Geher*, wie man hierorts zum Spaziergang sagt. Eigentlich ist das neue Beet so etwas wie eine Waldrandpflanzung, sage ich mir, unaufwendig und leger. Nur dass dieser Rand in der Sonne liegt.

Bevor ich losgehe, schaue ich noch zum Rand der alten Hecke hinüber, der seitlichen, die von Ost nach West ansteigt, und der auf meiner Seite früh im Schatten liegt. Da hat sich längst alles selbst geregelt, seit ich dort kaum mehr mähe. Im oberen Teil geben ausgewanderte Lenzrosen den Ton an. Manchmal ähneln sie winkenden Händen mit ihren fünf (allerdings gespaltenen) Fingern, die die Aufmerksamkeit auf sie ziehen sollen.

Von der Wiese gekommene blitzblau blühende Storchschnäbel im Verein mit braunblütigen (*Geranium phaeum*), die aus dem ehemaligen Dreiecksbeet geflüchtet waren, setzen fort. Dazwischen wuchern exilierte Frauenmäntel, die ich für jemanden ausgegraben habe, der sie nie holen kam. In Teichnähe macht das Moos immer größere Polster innerhalb der offenen Gras- und Günseldecke, die von Blutwurz und Löwenzahn, dessen fette Blüten bis zum Küchenfenster heraufleuchten, durchsetzt ist. Auch Weidenröschen mischen sich darunter und Erdbeeren vor allem an den Stellen, an denen das bisschen Erde, das die Siedler für sich erobert haben, in den Schotter übergeht.

Nicht schlecht, scheint mir. Selbst die Kraftmeier unter den Wilden wissen, wie man sich miteinander arrangiert.

Kämpfer wie Federmohn und Herbstanemonen ziehen es vor, unterirdische Leitungen zu legen (und zwar in alle Richtungen), um den Schotter zu begrünen. Ihr Charakter ist der von Pionieren, die es ablehnen, sich unter die Massen zu mischen, sondern lieber mit erprobter Taktik die eigene Bleibe erobern. Nicht etwa eine Garçonnière (einen halben Tag habe ich gebraucht, bis mir das Wort wieder einfiel, bis ich einen Zipfel in Form von garçon zu fassen bekam), sondern eher ein Landhaus mit mehreren Schlafzimmern (man weiß ja nie, was an Verwandtschaft nachkommt).

Auch der Günsel scheint diesen Weg einzuschlagen, was ihm nicht unbedingt guttut. Solange seine tiefblauen Blütchen frisch sind und auf dem Grau der Steine gut zur Geltung kommen, sieht er ansprechend aus, aber ihm wird schnell zu warm. Dann verfärben sich seine Blätter ins Rotbraune, und die Blütenkerzen sehen aus wie mit Gesteinsmehl bestäubt.

Am hartnäckigsten gebärdet sich eine Truppe von (unvermutet) Akeleien, die vom obersten kleinen Beet aus hangabwärts ziehen. Auch ihre Blätter reagieren ähnlich auf die zu starke Erwärmung der Steine, doch ihre Blütenstände wachsen ordentlich in die Höhe und tun, als hätten sie immer schon auf Schotter gelebt. Dabei gelten sie allgemein als Liebhaber humoser Böden im Halbschatten. Aber nicht einmal die pralle Sonne von morgens bis abends kann sie von ihrem Vorhaben abhalten. Von weiter oben sieht ihr Vorstoß eher aus wie ein Tümpel, der ausgelaufen ist, und als würde sich das, was ausgelaufen ist (in diesem Fall die Akeleien), unregelmäßig auf der *Geröllhalde* verteilen.

Langsam muss ich mich der Frage stellen, wie lange ich dieser beeindruckenden Landnahme noch zuschauen möchte. Schließlich soll der Garten begehbar und als Garten erkennbar bleiben.

Zu spät! Ohne Kahlschlag sind nur mehr leichte Korrekturen möglich. Ähnlich wie bei der Vogelwicke, die sich entlang des Gewässers (der Teich und sein Zulauf) dermaßen nachhaltig in Szene gesetzt hat, dass außer einer radikalen chemischen Vernichtungskampagne sie nichts und niemand mehr aus dem Garten entfernen könnte.

Und so arrangiere ich mich mit ihr. Eigentlich ist es eine hübsche Pflanze, mit hell- bis olivgrünen fiedrigen Blättern und blauvioletten Schmetterlingsblütchen, deren Farbe im Hochsommer allerdings zu einem diffusen Lila verbleicht. Eigentlich, sage ich. Wenn sie sich nur nicht so gnadenlos ausbreiten und auch noch in die Höhe wachsen würde. Was ihr gar nicht gut zu Gesicht steht. Vor allem dann nicht, wenn sie in struppigen Pölstern über den Teichrand hängt oder bei zu viel Regen schlichtweg verkrautet.

Eine andere Attacke gegen meine *makellose* Geröllhalde reiten die Karden, deren Samen (keine Ausläufer) sich zig Zentimeter tief unters Gestein schieben, um sich dann in den feuchten, kühlen Lehmboden zu bohren. Allerdings lassen sich die Sämlinge (wie die der Japananemonen und des Federmohns) bis zu einer bestimmten Größe noch leicht aus dem Boden ziehen. Übersieht man die Größengrenze, was bei all den Wachstumsschüben schnell passiert ist, wird die Sache schon schwieriger. Wie denn auch nicht. Wenn sogar Lilienkeimlinge eine Kunststofffolie wie nichts durchstoßen oder Bambusschösslinge menschliches Gewebe durchbohren, was soll dann gewiefte Schuttflaneure im Zaum halten können

Nomadismus ist wohl eine der frühesten Eigenschaften von Lebewesen, nicht nur der Menschen. Pflanzen bilden da keine Ausnahme. Ob sie sich durch Ranken, Winden, Ausläufer oder schlicht durch Samen, die von Wind, Vögeln, Fledermäusen, menschlichen Schuhsohlen oder Mantelsäumen, in Gedärmen oder dem Pelz von Tieren (zum Beispiel Kletten) auf Wanderschaft begeben, ihre Samen durch eingebaute Schleudermaschinen (siehe Springkräuter) auf den Weg bringen oder Menschen durch die Pracht ihrer Blüten, den Geschmack und den Nährwert ihrer Früchte dazu veranlassen, ihre Samen zu sammeln (zu kaufen) und an anderer Stelle auszubringen, all dies lässt sich in einem bekannten, wenn auch ursprünglich auf die ganze Erde bezogenen Spruch unterbringen: »Und sie (in diesem Fall die Pflanze) bewegt sich doch!«

Wenn ich daran denke, was so alles über die Jahre hin durch meinen Garten gezogen, mal hier und mal da Rast gemacht hat und wieder verschwunden ist, sich niedergelassen und eine Weile gesiedelt hat, komme ich auf mehr Namen, als die Anzahl der Sesshaften ergibt, die bleiben, wo man sie hingesetzt hat. Eine große Wandergesellin ist auch die Königskerze (mehrere Arten betreiben diesen Sport in meinem Garten). Die Wahl ihres Standplatzes ist fast immer überraschend, wenn auch, vom Ästhetischen her gesehen, immer zielführend. Ich habe noch nie eine von ihnen ausgraben müssen, weil sie so überhaupt nicht in ihr Umfeld gepasst hätte. Ob ihre Blüten gelb oder weiß, ihre Blätter glatt oder bepelzt, ihre Größe 80 oder 180 Zentimeter misst, sie passen immer. Und zu ihrer sozialen Verträglichkeit lässt sich nur sagen, dass sie sich mit ihren langen Pfahlwurzeln die Nahrung aus der Tiefe holen und die Wurzeln der anderen Pflanzen, die sich eher horizontal ausbreiten, so gut wie in Ruhe lassen.

Dass sie umschwärmt werden, ist leicht nachzuvollziehen. Ihre zahllosen kleinen Blüten, die sich über den ganzen Blütenstand verteilen, machen es den Insekten leicht, sich zu bedienen. Da die

Stängel so lange sind, gibt es auch kaum Drängelei wie bei den Korbblütlern oder bei den Lippen- und Schmetterlingsblütlern, wo die Nektarspender nicht nur eng beisammenstehen, sondern ihren Nektar auch nicht so offen anbieten wie die Königskerzen.

Eine andere gefinkelte *Walkerin* ist die Elfenbeindistel, die man manchmal sogar der Bosheit zeihen möchte. Vor allem wenn sie sich an die Ecken der Beete setzt, an denen man täglich vorbeimuss, und sie einen sticht, wenn man (die Gießkanne in der Hand) die Kurve nicht richtig genommen hat.

Auch meine Wolfsmilche sind sozusagen Tourengeher. *Euphorbia myrsinitis*, die Walzenwolfsmilch, hält allenthalben Beetränder besetzt, über die sie ihre Walzen einigermaßen ansehnlich drapiert. Sie taucht in so gut wie jedem Beet auf. Diejenigen, die mir als zu viel erscheinen, pflege ich zu verschenken, sollen sie nur auch anderswo Grenzen verwischen.

Euphorbia cyparissias, die Zypressenwolfsmilch (keine Ahnung, woher sie den Weg zum kleinen Monte Baldo gefunden hat), ist von der zartesten Erscheinung unter all meinen Sorten, dennoch steht in Dumont's Großer Pflanzen-Enzyklopädie, dass sie *aggressiv* werden kann, im Klartext, dass sie sich invasiv verhält. Bei mir testet sie zurzeit das Päonien-Revier, aber da hat sie wohl keine Chance, sich über Gebühr auszubreiten. Auch werden die Monte-Baldoianerinnen sich zu behaupten wissen.

Meine erste Wolfsmilch war *Euphorbia polychroma*, die mit ihren messingfarbenen Cyathien (männliche und weibliche Blüten, die zu einem charakteristischen Blütenstand vereint sind), von grüngelben Hüllblättern und dunkelgrünem Laub umgeben, den Frühling einleuchtet und das auch noch tut, wenn der Frühling in den Sommer übergegangen ist. Sie taucht beinah überall auf, und ich habe noch immer meine Freude daran, eignet sie sich doch bestens für überraschende Farbkombinationen, wie ich gerade wieder eine entdeckt habe.

Im letzten Jahr hat sie sich nämlich still und heimlich zu einer herrlich roten kleinen Berberitze (*Berberis thunbergii* ›Rose Glow‹) gesellt, gleich neben dem Stein, unter dem das vom Teich hochgepumpte Wasser die höchste Stelle erreicht und wieder Richtung Teich fließt. Das Einzige, was den Anblick, in den versunken ich länger stehenbleibe, trübt, sind sich vom Stein her ausbreitende Efeutriebe, deren vergilbte und zum Teil von Pilzspuren gefleckte Blätter die staksigen Ästchen über Gebühr in den Blick rücken.

Mir ist klar, was das bedeutet. Vor mich hin murrend, hole ich

Werkzeug und Kniekissen. Noch bestimmen die Eismänner das Wetter und spielen warm – kalt, nass – kalt, windig – kalt.

Kniend stutze ich den Efeu, der sich, über den Stein kommend, an Berberitze und Wolfsmilch vorbei, am Boden hinschiebt. Einige seiner Ranken nehmen jedoch die Abkürzung durch die Berberitze und stören die rot-grüne Harmonie zwischen Berberitze (ein Rot mit kaum merkbarem Blaustich) und Wolfsmilch (ein Grün mit messingfarbenen Gelbtönen). Also ritsch – ratsch, ab damit! Der Efeu soll sich rundum erneuern und frisch austreiben, dann wird man weitersehen.

Ich umkreise das neue Farbwunder, es ist und bleibt schön. Aber als mein Blick auf die Baumscheibe des Amberbaums fällt, ist mir klar, dass Berberitze plus Wolfsmilch einen angemessenen Hintergrund brauchen, um auch aus mehr als einem Meter Entfernung zu überzeugen.

Bisher habe ich mir das Gerackere mit der Baumscheibe erspart, aber jetzt ist sie mir unübersehbar in den Blick geraten, also muss sein, was sein soll.

Was sich hier zusammengefunden hat, ähnelt einer Jahrmarktsgesellschaft. Ha, denke ich, selbst die Lenzrosen haben eine Abordnung geschickt. Kleine Inseln von abgeblühten Traubenhyazinthen, Blattbüschel der kleinblütigen Nelkenart, die überall den Fuß in der Tür hat, welkende Buschwindröschenblätter, die unvermeidlichen Reste des Scharbockskrauts, Ahornsämlinge, rauhaarige Glockenblumen, Schlüsselblumenblätter, eine total zerfressene Iris, die ich bis auf fünf Zentimeter zurückschneide, weil ich ihren Anblick nicht ertrage. Dicke Laubschichten (Amberbaum-, Buchen- und Bluthaselblätter) drohen das Einzige, was ich selbst in diese Baumscheibe gesetzt habe, nämlich Hauswurzen, zu ersticken. Sie werden in einem Eimer für Kompost versenkt. Und siehe da, die Hauswurzen kommen wie frisch geschlüpfte, noch vor Muttermilch glänzende Babys zum Vorschein, mit bis zum Gehtnichtmehr gefüllten Sukkulentenblättern in hellem Grün und weinstichigem Rot, die Struktur in das Gewimmel bringen.

Je mehr die Baumscheibe zu einer erfreulichen Form findet, desto deutlicher tritt ein neuer Störfaktor in Erscheinung. Ein Cotoneaster der Sorte, die man lange Zeit geradezu zwanghaft als Bodendecker für jede Art von Geländeschräge verwendet hat, die perfekte Tarnung für Generationen von Feldmäusen, die unter dieser Bedeckung ganze Hänge unterminierten.

Ich weiß schon seit einem Jahr von dem wahrscheinlich ebenfalls von Mäusen als Samen eingeschleppten Ankömmling, der sich zwischen den Wurzeln des Amberbaums fest verankert hat.

Wo ich nun schon einmal dabei bin, die Baumscheibe wieder zum Beet zu machen, raffe ich mich auf, das längst Fällige auch zu tun. Er soll ins Heckenbeet, da ist noch etwas Platz, und vor Tagen habe ich schon einen anderen seiner Art aus dem Sandbeet im Gärtchen geholt und ebenfalls ins neue Beet verfrachtet, in die kaum sichtbare Ecke, wo die beiden Cotoneastern von mir aus deckend wirken können.

Als dann auch noch all die braun gewordenen Buschwindröschenblätter abgezupft sind, ist mir zumindest der angenehme Anblick der als Miniaturgarten wiedergeborenen Baumscheibe beschieden, deren Bewohner sich sichtbarlich recken und strecken, bevor ich mit einem großen Eimer grünen Überschusses und tauben Knien zum Haus zurückschlurfe.

Eine Frage, die wohl alle, die über ihren Küchengarten hinaus Interesse an Gärten haben, beschäftigt, ist, ob man Gärten als Kunstwerke sehen kann und soll. Das, was man gemeinhin als Gartenkunst bezeichnet, ist weniger auf Kunst als auf kunstvolle Gestaltung bezogen, bestenfalls noch auf Elemente der Architektur, die den Garten umgibt und (oder) strukturiert.

In einer Zeit, in der alles zu Kunst erklärt werden kann, wenn das Konzept es einleuchtend als Kunst ausweist, ist es schwierig, eine definitive Grenze zu ziehen. Es kommt wie immer auf den Blickwinkel an und auf die Priorität, die man bei der Ziehung einer solchen Grenze setzt.

Gärten seien keine Denkmale, meint der bereits zitierte Robert Pogue Harrison, die Geschichte erinnere sich ihrer so gut wie nicht, seien sie doch von Natur aus keine bleibenden Schöpfungen, und bis auf wenige Ausnahmen existierten sie auch nicht, um die Gegenwart rückzuverwandeln.

Wie Kunstwerke würden auch Gärten uns als von Menschen geschaffene Dinge gegenüberstehen, deren prinzipielle Absicht es sei, sich selbst darzustellen; auch sie zögen die Aufmerksamkeit auf ihre Erscheinung. Doch wie groß die Rolle auch sei, die die Kunst bei ihrem Design gespielt habe, Gärten entwickelten ein eigenes, naturgemäßes Leben, das unabhängig von ihrer formalen Bestimmung existiere. Nicht Anliegen, nicht Idee, sondern das Leben selbst sei das Phänomen, das sich in Form von Gärten ausdrücke. Wir reagieren auf sie nie unbeteiligt, auch nie bloß ästhetisch.

Die Evolutionsbiologen sagen es einfacher. Wir sind alle aus denselben Elementen entstanden, und deshalb ist ein Garten nur ein Garten, wenn er uns alle mit einschließt, von den Bakterien über die Tiere und Pflanzen bis hin zu uns, die wir uns (mythologisch ausgewiesen) dazu berufen fühlen, uns darum zu kümmern, sozusagen im Garten mit der Natur in Gesellschaft zu leben.

Und so sind Gärten auch nicht so sehr Fluchtpunkte, an denen wir sicher vor den Unbilden der Welt und dem mörderischen Treiben jenseits der Hecke, des Zauns oder der Mauer sind, sondern eher Lehrstätten, in denen wir die Welt, die noch immer den Gesetzen der Natur gehorcht, besser erkennen lernen. Auch wenn wir glauben, uns längst von der Natur emanzipiert und mit Hilfe von Chemie und Technik von ihr unabhängig gemacht zu haben, zeigt uns gerade die neuere Forschungsarbeit in Bezug auf Pflanzen, wie weit wir manchmal sowohl bei chemischen als auch bei technischen Erfindungen hintennach sind. Nicht von ungefähr sucht gerade die Bionik den Pflanzen, was Technologie und Materialgestaltung angeht, so einiges abzuschauen.

Der größte Unterschied ist vielleicht der, dass wir die Herstellung vieler Dinge in großem Stil ausgelagert haben, die die Pflanzen in sich selbst produzieren.

Tarnen und Täuschen sind dabei Taktiken, auf die wohl schon die Mikroben gekommen sind (also auch nicht auf unserem Mist gewachsen), ebenso der Versuch, sich gegenseitig zu manipulieren. Dennoch spielen Kommunikation und Kooperation die viel größere Rolle zwischen den Geschöpfen als Kampf und Konkurrenz. Tauschgeschäfte und Symbiosen sind erfolgreicher als Aggressionen und Abwehrsysteme. Wobei es nicht nur darum geht, aus einer Verbindung Nutzen zu ziehen, manchmal schafft auch erst der Nutzen die Verbindung.

Man sagt den Pflanzen nach, die Sexualität erfunden zu haben. Deren Vorteile, von denen schon die Rede war, begünstigen die Vielfalt der Nachkömmlinge und somit deren verbesserte Widerstandskräfte. Einen Hauch dieser urtümlichen Erotik verspüren auch wir noch, wenn wir uns in Blütenpflanzen verlieben, deren Schönheit wohl nur in zweiter Instanz auch uns meint. Damit sind wir wieder bei der (wahrscheinlich nur für uns Menschen mit dem historischen Blick als Dilemma empfundenen) Geschichte von der Henne und dem Ei. Um den Geschlechtspartner (ob es sich nun um eine andere Pflanze oder den *Dritten im Bund* handelt) durch eine anziehende Blüte (ein anziehendes Gesicht) anlocken und zum Geschlechtsakt verführen zu können, muss bereits eine wie auch immer beschaffene Anlage dafür bestehen, Schönheit als solche empfinden und sich davon verlocken lassen zu können.

Wahrscheinlich werden wir nie zweifelsfrei erfahren, wann sich die Glieder dieses Reißverschlusses zum ersten Mal ineinander verhakt haben. Wir wissen nur, dass sie zu den stärksten Anreizen des Lebens gehören. Und der Garten ist der Inbegriff von Leben.

Dass der Garten uns auch zur Kontemplation animiert, hat wohl mit der Stille zu tun, die unserem Nachdenken guttut. Selbst wenn Pflanzen im einen oder anderen Fall Geräusche von sich geben, ihre Kommunikation ist nicht wie die unsere auf Lauten aufgebaut.

Die tierischen Bewohner des Gartens verhalten sich bis auf Vögel und Grillen meist ebenfalls ruhig, oder ihre Geräusche (das Summen der Bienen zum Beispiel) haben eine beruhigende Wirkung auf uns. Wir sind also im Garten der permanenten Geräuschkulisse und der automatischen Berieselung mit Musik ein wenig entrückt (ganz lässt sich dieser Zivilisationsschrott ja nirgendwo abschalten), und dazu haben wir noch das Gefühl, etwas Sinnvolles zu tun, indem wir etwas kultivieren, was ohne unsere Hilfe in dieser Form nicht überleben würde. Dass uns das auch noch Freude bereitet, muss mit unserer Anlage zur Bio- oder Phytophilie zu tun haben, obwohl sich unsere gemeinsame Evolutionsrichtung schon vor undenklichen Zeiten aufgespalten hat.

Ich habe zu Anfang dieses Buches leichtfertig angekündigt, eine genauere Definition des Phänomens Garten geben zu wollen. Leider will mir das auch jetzt nicht in vollem Umfang gelingen.

Es gibt so viele verschiedene Arten von Gärten, und es werden immer mehr, seit es keine verbindlichen Vorgaben wie Herrschaftsgarten, Landschaftsgarten, Cottagegarten, Bauerngarten, Siedlungs- beziehungsweise Schrebergarten usw. mehr gibt und manche Gärten entweder bloß noch ein Stück eingezäunte Natur sind, während andere bereits so gut wie ohne Pflanzen auskommen.

Meine persönliche Erfahrung ist, dass ein Garten einem, je länger es ihn gibt, von sich aus Vorschläge macht, auf die man zu achten lernt, je vertrauter man mit ihm wird. Die Ideen, die ich gelegentlich habe und die dann auf rasche Umsetzung drängen, sind gewiss meinen eigenen Erwägungen geschuldet, aber dass ich etwas überhaupt erwogen habe, hat mit jenen so gut wie ohne mein Zutun gelungenen Pflanzenkombinationen zu tun, die Bilder entstehen lassen, die mich bezaubern und mir zu denken geben. Sie verändern meine Blickrichtung und machen mich auf Dinge aufmerksam, die ich zuvor übersehen habe.

Auch der kleine Monte Baldo ist auf diese Weise entstanden. Oder der Steinerne Sitzplatz. Wann immer ich am Herd stehe, sehe ich den Garten in seiner ganzen Ost-West-Breite vor mir (zumindest all das an Garten, was auf der Südseite des Hauses liegt, also den größeren Teil). Hat man sich einmal an so eine Blickachse gewöhnt, neigt man dazu, sie als richtunggebend anzusehen. Da liegt es dann am Garten, mich dazu zu verlocken, auch von den anderen Seiten her genauer zu schauen und dabei auf Schwachstellen zu stoßen, auf Vernachlässigtes, das zu wenig zur Geltung kommt, selbst wenn es sich um einen neuen Aspekt des Gartens handelt, den ich als Nächstes berücksichtigen wollte, schon dem Garten als Ganzes zuliebe.

Mein Garten ist weder ein Schau- noch ein Nutzgarten, obwohl es mir um Vielfalt zu tun ist und ich auch einiges Essbare darin ziehe.

Ich sehe ihn eher als Experimentierfeld und als Ort, an dem Pflanze, Tier und Mensch sich täglich begegnen, beobachten und ausloten, wie weit sie einander trauen können.

Auch das klappt nicht perfekt. Pflanzen nehmen einander Licht und Platz weg, Pilze beschädigen die Rosen, die Katze frisst nach wie vor Vögel, wenn sie sie erwischt, die Amseln Würmer, die Lilienhähnchen Lilien, die Schnecken so ziemlich alles, was grün und frisch ist, ich bringe Schnecken um, Mücken und Gelsen stechen, Zecken beißen mich und hinterlassen dabei Borrelien oder was nicht noch alles.

Und doch verlässt keiner von uns deswegen den Garten, wir gehören alle dazu, reagieren aufeinander, greifen ein, und sei es durch unsere bloße Gegenwart, spiegeln das Vergehen der Zeit in immer neuen Bildern und Konstellationen unserer Gegenseitigkeit. Wobei es uns Menschen, uns heillosen Allroundern und Universalisten am ehesten an Gelassenheit fehlt. Selbst die Verantwortung, die wir für unsere Gärten übernehmen, zeugt noch von unserer inneren Rastlosigkeit, unserer Unfähigkeit, wirklich Ruhe zu geben. Manchmal glaube ich, dass die Pflanzen und Tiere uns für die größten Unruhestifter des Universums halten und gleichzeitig für einigermaßen paktfähig, selbst wenn Vorsicht geboten ist. Denn es ist vor allem unsere Unberechenbarkeit, die uns ihre Neugier sichert. Mir ist auch klar, dass die Bewohner des Gartens wesentlich besser über mich Bescheid wissen als ich über sie.

Weil sie nichts anderes zu tun haben, sagt die human überhebliche Stimme in mir. Weil wir ihnen zur Unterhaltung dienen, sozusagen als Übertreibungskünstler der besonderen Art, die sogar ihr Aussehen durch eine immer neue Außenhaut verändern müssen.

Was gäbe ich nicht darum, uns ein einziges Mal mit den Augen einer Erdkröte oder eines Dompfaffs (Gimpel) zu sehen, der sich nie in etwas anderem als seinem roten Prachtgefieder zeigen würde. Oder wie ich meiner großartigen bonbonrosa Strauchpäonie vorkomme, wenn ich sie in den bedruckten Seidenschal wickle, um sie gegen den Frost zu schützen. Ob sie sich dabei vor Lachen ausschüttet, wenn ich die Säume mit Wäscheklammern fixiere, damit sie nicht im Wind verflattern?

Der Gedanke, dass das alles einmal ein Ende haben wird, wenn ich die Verpflichtungen, die ich dem Garten gegenüber zu haben mir einbilde, nicht mehr erfüllen kann, beschäftigt mich weiterhin. Werde ich noch Zeugin dessen sein, was mit dem Garten geschieht, wenn er mehr und mehr sich selbst überlassen und in seine verschiedenen Komponenten zerfallen wird? In die Bestandteile Teichlandschaft, Geröllhalde, formales Beet, Wiese, angedeuteter Wald? Während die Grundvoraussetzung des Gartens war, alle diese Komponenten zusammenzuhalten und in diesem Gemeinsamen auch für jene Platz zu schaffen, die auf freier Wildbahn nicht mehr ohne weiteres überleben.

Ach was, sagt der ältere, der nomadische Mensch in mir, glaub ja nicht, dass du am Ende in deinem Garten sitzen und zu Erde werden kannst.

Was bleibt mir sonst?

Die Erinnerung natürlich.

Und der Garten?

Wird tun, was Pflanzen und Tiere immer tun, sich verändern und die Befugnisse neu verteilen.

Du meinst die Ahorn- und die Eschensämlinge?

Nicht so bald. Zuerst kommen die Herbstanemonen und der Federmohn zum Zug. Vielleicht die Buschmalven und ein paar von den wilden Pfingstrosen. Die Rosen werden einfach bleiben, wo sie sind, und das noch ziemlich lange. Weberkarden und Storchschnäbel werden sich ins Zeug legen, Wurmfarne und Bärlauch im Schatten weiter vorankommen.

Und danach?

Lass deine Phantasie spielen. Du kennst deine Kostgänger gut genug.

Ich verstehe, sage ich, wie man das eben so sagt. Aber will ich überhaupt verstehen? Mir wird klar, dass ich einen anderen Zugang brauche, um an der drohenden Entropie nicht zu verzweifeln. Keine privaten Zukunftsvisionen, die bloß Melancholie erzeugen, sondern eine andere Vorstellung von Pflanzen und ihren verschiedenen Lebensbereichen auch außerhalb des Gartens, ihrer Wirksamkeit in den Bereichen zwischen Garten und Wildnis, ohne ihren Nutzen, ihre Schönheit, ihre – ja, sprechen wir es einfach aus –, ihre überlegene Gelassenheit den Herausforderungen des Lebens gegenüber. Womöglich in der Kunst?

Damit meine ich nicht oder nicht vordringlich die wunderbaren Zeichnungen einer Sybilla Merian oder die des Rosenmalers Redouté aus dem 19. Jahrhundert und der vielen anderen Künstler, deren Stillleben mit Blumen wir noch immer wertschätzen.

Aber was dann?

Die Nutzung des nicht Nutzbaren

Die Eismänner gebärden sich, als wären sie Weihnachtsmänner, treiben den Schnee die Berge hinunter, wo er auf halber Höhe zu liegen kommt. Heftige Niederschläge seit einer Woche.

Dank der intensiven Wildwasserverbauung der letzten Jahre kommt der Fluss nicht mehr über die Straße, doch der Seespiegel steigt und wird demnächst die Klausenbrücke übersteigen. Die Temperaturen? Gerade ein paar Grade über Bodenfrost.

Noch hält die erste große Blüte der Staudenpäonie der Wasserung stand, doch die dichten Triebe der Clematis, die den Dachpfosten hochranken sollten und das Klettergerüst des überdachten Terrassenteils, werden vom Sturm Richtung Boden gebogen (zum Glück sind dabei nur ein paar Ranken geknickt). Während die Königslilien (*L. regale*) beherzt, wenn auch langsam weiterwachsen, ist von den Goldbandlilien in den Töpfen (*L. auratum*) noch nichts zu sehen. Wenn ihre Zwiebeln der permanenten Nässe wegen bloß nicht zu faulen beginnen.

Von den Schnecken lassen sich kaum welche blicken.

Zwischen der vorletzten und der letzten Regenattacke war das Wetter gerade richtig für sie. Überall tauchten Junge auf, kaum dicker als ein Streichholz, die sich besonders an Sämlingen gütlich taten. Jetzt liegen sie wahrscheinlich unter dichtem Bodenblattwerk auf der Erde, um zu verdauen und zu wachsen. In den wärmeren Tagen werden sie mit Heißhunger und Fresssucht erwachen, über die wässrigen Austriebe herfallen und nur mehr die Blattrippen übriglassen.

In nicht einmal zwei Wochen steht die nächste Plage an, die Junikäfer (fast immer auf den Tag genau), die sich zuhauf in ihren Rosenbetten wälzen, alle Blütenblätter benagen und die Stempel mit ihren Ausscheidungen anstatt mit Pollen beschmieren. Ich bedanke mich bei dem Amselmann für jede einzelne der Larven, deren Enden er aus seinem Schnabel hängen lässt.

Darmera peltata, ein Riesensteinbrech, gehört zusammen mit den Buchenhecken, der Weide und den anderen Wassersäufern zu den wenigen Pflanzen, die von den himmlischen Sturzfluten profitieren. Sind seine Blüten der anhaltenden Trockenheit wegen dieses Jahr eher klein und niederwüchsig, recken sich die Blätter, die bis zu einem Meter hoch werden, schon gewaltig. Dann erscheint auch wieder die Komposition aus dunkelrotem Bluthasellaub und den darunter hervorwachsenden hellgrünen *Darmera*-Blättern, die es dem englischen Gartenfotografen Gary Rogers angetan hatte, als er vor Jahren im Garten fotografierte.

Tapfer kämpfen die beiden Sämlinge der gestreiften Malve und die vier an sich robusten Kapuzinerkressen, die ich dummerweise zu Beginn der Regenperiode ausgesetzt hatte (nicht ahnend, dass diese den Ansatz zu einer Sintflut in sich trug), gegen den Tod durch Ertrinken in zu kaltem Wasser, während sich die (Blüten-)Reichen und Schönen auf der oberen Veranda schon gegenseitig im Weg sind.

Die gelbe *no name*-Rose muss Ast für Ast gestützt werden, da sie in den Wochen, als auch in der Veranda oben Treibhaustemperaturen herrschten, dermaßen ausgetrieben hat, dass die eigenen Knospen sie ansonsten zu Boden ziehen würden. Die stark gefiederten Triebe des Kalifornischen Mohns (meist vier Keimlinge in einem Topf) kommen sich gegenseitig ins Gehege und sollten dringend ausgesetzt werden.

Die Mähnengerste, die ich viel zu spät ausgebracht habe, hat endlich gekeimt, mit Trieben, die Stopfnadeln gleichen, ebenso die Rauke (Rucola), deren Triebe hinwiederum wie die Köpfe von Stecknadeln aussehen.

Bei der Schwarzen Iris aus Jordanien mache ich mich auf eine längere Wartezeit gefasst. Ich erinnere mich noch an Irissamen, den meine Schwägerin mir vor vielen Jahren aus Nepal mitgebracht und der sich dann zwei Jahre Zeit gelassen hat.

Auf dem kleinen Monte Baldo blühen bereits die halbwüchsigen Gören der *Masculas*, *Tenuifolias* usw. noch immer farbecht gegen die perlende Nässe an, und sogar *P. veitchii* mit ihrer von Hell nach Dunkel changierenden Rosenfarbe, die ich erst letztes Jahr und als Letztes versetzt habe, macht ihre Aufwartung, ohne dass ich mehrmals am Tag nach ihr sehe und ihre Eleganz lobe, der das Wetter wohl mehr zu schaffen macht als den deftigeren Original-Monte-Baldoianerinnen.

Ich will gar nicht wissen, was mich in der nächsten Woche (da soll es dann innerhalb von ein paar Tagen zum ersten Mal an die 30° geben) alles an Jät-, Stütz- und Stutzarbeit erwartet. Meine Knie schlagen schon aus, wenn ich nur daran denke.

Und wenn ich nicht jäte? Nur den Boden absuche nach Pflanzen, die der Regen aus ihm hervorgelockt hat, während Blumenzwiebeln zu verrotten beginnen und damit das Umfeld düngen? Pflanzen, die den Kuss einer Art von Überschwemmung brauchten, um aus ihrem Dornröschenschlaf zu erwachen, einen Kuss, der sie bisher nur noch nicht erreicht hat?

Peter Thompson beschreibt in seinem Buch »Der Keim unserer Zivilisation«, wie groß zum Beispiel der Aufwand einer Eiche ist, die so viele Eicheln erzeugen muss, von denen sich unzählige Säuger, die die Eicheln auf Vorrat vergraben, ernähren, bis eine dieser Eicheln es schafft, sich im Boden festzusetzen und zu keimen. Hingegen würden Pflanzen, die herkömmliche kleine und trockene Samen produzieren, dieser Situation begegnen, indem sie ihrerseits Samen in einer Diasporenbank auf die hohe Kante legen, wo sie Jahrzehnte, selbst Jahrhunderte liegen könnten und auf eine Gelegenheit zum Keimen warten.

Der älteste Samen (sein Alter wurde durch Radiokarbondatierung festgestellt), den Wissenschaftler je wieder zum Keimen bringen konnten, war 1288 Jahre alt. Es handelte sich um eine indische Lotusblume, deren Samen aus einem Seebett in China stammte.

Also wer weiß, was sich in den 25 Jahren, die dieser Garten nun schon besteht, alles im Boden angesammelt hat, ob unabsichtlich aus Samenpäckchen gerutscht, vom Wind aus anderen Gärten herübergetragen, von Vögeln ausgeschieden oder von Samenständen längst verschwundener Pflanzen zurückgeblieben.

Während ich, am Herd stehend, dem Regen zuschaue, wie er in die Erde eindringt (in den umliegenden Überschwemmungsgebieten kann sie kein Wasser mehr aufnehmen), denke ich, dass die Hanglage schon auch ihr Gutes hat – das Wasser rinnt großteils ab.

Während ich also am Herd stehe, fällt mein Blick auf die Blüte einer Rembrandt-Tulpe (rot-weiß gestreift), die sich nicht nur den Weg durchs Geröll gebohrt, sondern auch noch trotz großer Trockenheit üppig geblüht hat. (Ihre Zwiebel muss bei der Herstellung des Steinernen Sitzplatzes ebenfalls *verlegt* worden sein.) Ihr Laub begann früh zu vergilben, während ihre gedrechselten Blütenblätter sich so kunstvoll verrenkten, dass ich sie kurz unter dem Kelch abschnitt, in einen gläsernen Teelicht-Behälter steckte und auf die Fensterbank stellte. Inzwischen hat sie die Konsistenz einer Mumie, die vor dem weiß gekachelten Untergrund einem Schmuckstück immer ähnlicher wird. So in etwa könnte eine jener wunderschönen Emailbroschen ausgesehen haben, die während der vorletzten Jahrhundertwende en vogue waren.

Was mir noch in die Augen sticht, sind die zwei Behälter mit Pflanzen, die ich mir geholt habe, den einen schon vor Tagen vom Landmarkt, den anderen heute bei der Pflanzenbörse im hiesigen Alpengarten. Sie alle warten darauf, in mehr Erde zu kommen, da sie langsam aus ihren Pflanztöpfchen herauswachsen.

Die einen, verschiedenfarbige Petunien, sollen in den Blumenkasten, die anderen (Wolldistel, Knabenkraut, Ungarischer Enzian, weiße Graslilie, Reiherschnabel) in die Beete. Laut Wetterbericht frühestens übermorgen. Es werden auch die Orte mit den höchsten Niederschlagsmengen pro Quadratmeter genannt. Der Ort, an dem ich lebe, ist mit 150 Litern dabei.

Warum ich schon wieder Pflanzen gekauft habe? Weil es noch immer etwas Platz gibt. Unter anderem wenn die Tulpenzwiebeln, die ich samt Töpfen eingegraben habe, zum Austrocknen ins Sommerquartier kommen.

Da solche Starkregen immer häufiger werden, möchte ich herausfinden, wie die Neuen damit zurande kommen. Wo ich nicht einmal mehr davon ausgehen kann, dass die Goldbandlilien sich nicht doch am vielen Wasser verschluckt haben.

Plötzlich steht mir das Bild der kleinen Spinne wieder vor Augen, die sich mit ihren winzigen luftgefüllten Schwebekissen dem Wind entgegenwirft, um zusammen mit Millionen von Insekten ins Unbekannte aufzubrechen. Kein Wunder, dass auch der Mensch über die Jahrhunderttausende hin der Sehnsucht, sich in die Luft zu erheben und fliegend auf Reisen zu gehen, erlegen ist.

Eine Metapher, die auch Pflanzen, die unserem Augenschein nach

zu den *festsitzenden* beziehungsweise zu den *festgesetzten* Lebewesen gehören, was, wie wir bereits wissen, so nicht stimmt (wie vieles, was wir allein nach dem Augenschein *feststellen*), als Reisende, ja, in vieler Hinsicht als die klassischen Migranten sieht, hat einer der interessantesten Künstler Österreichs, nämlich Lois Weinberger, zum Thema vieler seiner Installationen (oder wie immer man seine mobilen Kunstwerke bezeichnen will) gemacht. Und das auf eine Weise, die einem tatsächlich eine neue Sicht auf Pflanzen ermöglicht. Und die dabei so gut wie ohne Gärten auskommt oder, sagen wir, mit der bloßen Andeutung eines Gartens, jedoch kaum etwas von der traditionellen Gartenästhetik übernimmt. Trost für all jene, die keinen Garten haben oder keinen mehr haben? Aber hat das Wort Trost dort überhaupt etwas zu suchen, wo es um einen neuen Aspekt von etwas geht, das man so gut zu kennen glaubt, dass man meint, alle Blickwinkel ausgeschöpft zu haben? Wahrscheinlich nicht, denn selbst die umfassendste neue Sicht setzt nicht alle alten Anschauungsweisen außer Kraft.

»Die besten Gärtner sind diejenigen, welche den Garten verlassen«, sagt Weinberger in einem seiner nicht allzu häufigen Interviews, was bedeutet, dass er sich einerseits gar nicht als Gärtner sieht, sondern als einen, dessen Gebiet als Analyse und Gegenentwurf zum herrschenden Konsumverhalten zu sehen ist.

Seine tragbaren Gärten in bunten Plastiktaschen, seine Käfige für Ruderalpflanzen (Pflanzen, die auf stickstoffreichen Schuttplätzen und an Wegrändern gedeihen), seine mit Neophyten bepflanzten Brachen sind als Metaphern für die zu allem Leben gehörende Tendenz, weiterzuziehen, gemeint, als Darstellung der permanenten Migration von Pflanzen, Tieren, Menschen. Zeichen der ungebrochenen Vitalität dieser Lebensströme, die vor allem im Ungezähmten, nicht Beachteten, Unterschätzten zutage treten. In den sogenannten Unkräutern, die man am liebsten ausrotten würde, um sich der eigenen Überlegenheit endlich sicher sein zu können, ebenso wie seiner Bestimmungsgewalt und Deutungshoheit.

Im Gespräch mit Bergit Arends (Kuratorin des Naturgeschichtlichen Museums in London), die Weinberger fragte, wie er die Rolle des Menschen in der Natur sehe und wie sein Verständnis von Hierarchie innerhalb der Natur sei, besonders in Bezug auf die Menschen, antwortet er, dass die Natur zu lieben in letzter Konsequenz das Verschwinden des Menschen bedeute. Den Zorn gegen Nabelmiere und Brennnessel nähre die Ahnung, dass diese auf unseren Gräbern wachsen würden.

Weinberger ist als Bauernsohn in Stams in Tirol aufgewachsen, er weiß, wovon er spricht. Doch als Künstler pflegt er Pflanzen gegenüber jene *präzise Achtlosigkeit*, die ihm im Sinne seiner Kunst das Kultivieren des Unkultivierbaren ermöglicht. Und das auch noch mit großer ästhetischer Souveränität, wie vor allem die Fotos zeigen, auf denen er genau das festhält, von dem er andernorts sagt: »Naturschönheit mutiert, bevor sie fassbar wird.«

Als ich vor einigen Jahren Weinbergers Arbeiten zum ersten Mal im Niederösterreichischen Landesmuseum in St. Pölten sah, begann sich einiges in mir zu bewegen. Allein die Fotos von dem *Garten*, den er auf dem mit Glas- und Spiegelabfällen, Schleifstaubschichten und Undefinierbarem übersäten Gelände einer ehemaligen Spiegelfabrik an der Kamp *angelegt* hat, um darauf Ruderalpflanzen, großteils aus Ländern des Ostens und Südostens, auszusäen, gruben sich tief in meine Wahrnehmung ein.

So ungefähr stelle ich mir die Welt nach der Sintflut vor (das Gelände ist übrigens hochwasseranfällig). Die durch den Wasseransturm eine Zeitlang gestaute unbändige Kraft des Grüns, das aus dem sandig-steinigen Boden schießt, ließ mich wieder an die menschendurchbohrenden Bambussprossen denken, und die Faszination, die von alldem ausging, beschäftigte mich tagelang.

Im Sommer 2013 besuchte ich dann Weinbergers große Ausstellung im Ferdinandeum in Innsbruck.

Am Balkon des historistischen Gebäudes standen die üblichen Weinberger'schen Plastikeimer, gefüllt mit der einer Brache entnommenen Erde, die sich selbst und den Flugsamen überlassen blieb, was bald auch für von unten sichtbaren Bewuchs sorgte.

Merkwürdigerweise sahen diese Eimer selbst im historistischen Kontext gut aus. Anders als jeder städtische oder ländliche pflanzliche Fassadenschmuck, den ich je gesehen habe, aber durch den Kontrast irgendwie schön, weil unübersehbar lebendig.

Auch hier wieder das Bild einer Landnahme durch Samen, die bereits in der Erde waren oder durch den von Weinberger als solchen bezeichneten »Pflanzentransfer« mit Hilfe der üblichen Verdächtigen (Wind, Tiere, Mensch) bewerkstelligt wurde.

Dazu die vielen Ausstellungsstücke im Inneren des Museums, gefertigt aus Fundstücken und Überresten aus Abfallendem (für den Abfall ist einzig und allein der Mensch zuständig) und überflüssig Gewordenem, ohne Ansehen des Materials, das heißt tierische Knochen, Pflanzliches, Wachs, Beton, Plastik, was auch immer sich von all dem unbrauchbar Gewordenen als brauchbar für die Kunst erweist.

Im beinahe 500 Seiten starken Katalog sind auch jene radikalsten Varianten dieses Landnahmethemas abgebildet wie der im Ausmaß von acht mal acht Metern aufgerissene und mit Plastikstreifen gegen die Fußgänger eingezäunte Straßenbelag, in dessen Schründen es sogleich zu keimen begann. Und obwohl man dabei die Wurzeln der Pflanzen nicht sehen konnte, schaute das Ganze nach einer Entfesselung alles Pflanzlichen aus, als hätten die Pflanzen selbst den Asphalt an dieser Stelle gesprengt, wozu sie mitunter ja auch imstande sind.

Wenn man diese Arbeiten länger betrachtet, glaubt man zu verstehen, was Weinberger meinte, als er auf Bergit Arends nächste Frage: »Man könnte behaupten, dass Natur nur als kulturelles Konzept besteht. In diesem Sinne wird Natur oft nur als metaphorischer Wert gesehen. Würdest du da zustimmen?«, zur Antwort gab: »Solange uns die Natur sterben lässt, kann sie nicht nur als metaphorisch angesehen werden.« Aus, Schluss, Punkt.

Weinberger ist, wie er immer wieder betont, kein Gärtner. Er rodet zwar (zum Beispiel die vielen Robinien auf dem Gelände der ehemaligen Spiegelfabrik) und pflanzt (Pflanzentransfer der südlichen und südöstlichen Ruderalpflanzen), auf manchen Fotos sieht man ihn sogar mit der Gießkanne, aber dann geht er. Wissend, dass seine *Wilden* (*Ruderalen*) nach einer kleinen Starthilfe ihr Leben und Überleben selbst organisieren und, sollten die Bedingungen sich verschlechtern, einfach weiterziehen. Ein paar ihrer Samen würden es schon in die nächste »urbane Lücke« schaffen.

Weinberger ist der Letzte, der Pflanzen unterschätzt. Er will sie nur nicht begärtnern. Vielleicht würde sie das (in seinen Augen) wieder kleinmachen, der Hilfe des Menschen und der Göttin Cura bedürftig. Er hingegen möchte sie zu einem *respektablen Gegenüber* aufladen. Und das tut er in vielen seiner künstlerischen Arbeiten.

Im Gespräch mit Jessica Ullrich (Institut für Kunstwissenschaft und Ästhetik, Universität der Künste Berlin) 2010 in London meinte er sogar: »Es wird in nächster Zeit sicher Parameter geben, die das Sein und Leben der Pflanzen erweitern und ausdehnen werden – zudem könnte es günstig für unsere Mitweltsituation sein, würden wir den Pflanzen eine Seele zusprechen. Die wissenschaftlichen Eingrenzungen erzeugen auch oft immens leere Bücher. Die freie und unorthodoxe Annäherung bedeutet für mich Erweiterung und Lichtblick.«

Genau besehen, empfinde ich viele der Übergriffe von *Wilden* auf meinen Garten als ausgesprochen anregend. Dabei entdecke ich gelegentlich Integrationsbereitschaft. Oder will sie entdecken. Auch Gärten sind im Grunde passager, vorläufig und vergänglich. (Selbst für R. P. Harrison, der ansonsten einen vollkommen anderen Zugang zu Gärten als Lois Weinberger hat.) Warum sollte ausgerechnet meiner eine Ausnahme sein?

Solange es möglich ist, werde ich im Gegensatz zu Harrison (der selbst keinen Garten hat) und Weinberger (der sich um seine Pflanzen nicht kümmern, das heißt, sie nicht begärtnern will) versuchen, die Beziehung zu meinem Garten aufrechtzuerhalten. Und sollte das aus irgendeinem Grund nicht mehr möglich sein, zumindest zu begreifen, was es mit diesem Garten auf sich hatte und was er für mich und mein Leben bedeutet, auch noch in der Erinnerung.

Dank

Ich möchte keinesfalls verabsäumen, einigen Menschen, ohne die dieses Buch nicht geworden wäre, wie und was es ist, aufs herzlichste zu danken: vor allem dem Direktor des Botanischen Gartens der Universität Wien, Ao. Univ. Prof. Dr. Michael Kiehn, dafür, dass er sich die Zeit genommen hat, das Manuskript zu korrigieren und auf für mich sehr erhellende Weise zu kommentieren. Meiner Lektorin Frau Dr. Angela Drescher für ihre Ermutigung und Unterstützung von den ersten Ideen für dieses Buch bis hin zu seiner Fertigstellung sowie für ihre Geduld mit meiner meist unorthodoxen Zeichensetzung. Dr. Rainer Götz für sein schonungsloses Erstlesen und den Ansporn, in jedem Fall weiterzumachen, aber auch Frau Dr. Andrea Kourgli vom Naturhistorischen Museum in Wien, die mir beim Suchen nach entsprechender wissenschaftlicher Literatur mit Rat und Tat zur Seite gestanden ist. Und natürlich der Illustratorin, Frau Melanie Gebker, für die schönen und einfallsreichen Zeichnungen.

Inhalt

© Christian Jungwirth

BARBARA FRISCHMUTH wurde 1941 in Altaussee (Steiermark) geboren, wo sie seit zwanzig Jahren wieder lebt.

Zuletzt erschienen die Romane *Der Sommer, in dem Anna verschwunden war*, *Vergiss Ägypten* und *Woher wir kommen*. Neben Romanen, Erzählungen, Essays, Kinderbüchern, Hör- und Fernsehspielen veröffentlichte sie bisher drei literarische Gartenbücher, *Fingerkraut und Feenhandschuh*, *Löwenmaul und Irisschwert* und *Marder, Rose, Fink und Laus*.

Die Illustratorin MELANIE GEBKER wurde 1976 in Ahaus (Nordrhein-Westfalen) geboren. Sie studierte Bildende Kunst/Malerei an der AKI (academy of visual arts and design) in den Niederlanden und lebt seitdem als freischaffende Malerin/Grafikerin in Berlin. Sie hatte zahlreiche Ausstellungen und wird durch eine Galerie vertreten.

ISBN 978-3-351-03585-3

Aufbau ist eine Marke der Aufbau Verlag GmbH & Co. KG

1. Auflage 2015

Einbandgestaltung hißmann, heilmann, Hamburg
unter Verwendung einer Grafik von Melanie Gebker
Gesetzt aus der Caslon und der Myriad bei Greiner & Reichel, Köln
Lithografie: bildpunkt, Berlin
Druck und Binden CPI – Clausen & Bosse, Leck
Printed in Germany

www.aufbau-verlag.de